我这一辈子

老舍 著

浙江人民出版社

只 为 优 质 阅 读

好读
Goodreads

目录

我这一辈子 / 1

月牙儿 / 59

新时代的旧悲剧 / 90

不成问题的问题 / 144

老字号 / 178

断魂枪 / 185

恋 / 193

牺牲 / 204

大悲寺外 / 228

马裤先生 / 244

微神 / 250

开市大吉 / 262

柳家大院 / 269

抱孙 / 280

黑白李 / 290

附录 我怎样写短篇小说 / 304

我这一辈子

一

我幼年读过书，虽然不多，可是足够读七侠五义与三国志演义什么的。我记得好几段聊斋，到如今还能说得很齐全动听，不但听的人都夸奖我的记性好，连我自己也觉得应该高兴。可是，我并念不懂聊斋的原文，那太深了；我所记得的几段，都是由小报上的"评讲聊斋"念来的——把原文变成白话，又添上些逗哏打趣，实在有个意思！

我的字写得也不坏。拿我的字和老年间衙门里的公文比一比，论个儿的匀适，墨色的光润，与行列的齐整，我实在相信我可以做个很好的"笔帖式"。自然我不敢高攀，说我有写奏折的本领，可是眼前的通常公文是准保能写到好处的。

凭我认字与写的本事，我本该去当差。当差虽不见得一定能增光耀祖，但是至少也比做别的事更体面些。况且呢，差事不管大小，多少总有个升腾。我看见不止一位了，官职很大，可是那笔字还不如我的好呢，连句整话都说不出来。这样的人既能做高官，我怎么不能呢？

可是，当我十五岁的时候，家里教我去学徒。五行八作，行行出状元，学手艺原不是什么低搭的事；不过比较当差稍差点劲儿罢了。学手艺，一辈子逃不出手艺人去，即使能大发财源，也高不过大官儿不是？可是我并没和家里闹别扭，就去学徒了；十五岁的人，自然没有多少主意。况且家里老人还说，学满了艺，能挣上钱，就给我说亲事。在当时，我想象着结婚必是件有趣的事。那么，吃上二三年的苦，而后大人似的去耍手艺挣钱，家里再有个小媳妇，大概也很下得去了。

我学的是裱糊匠。在那太平年月，裱糊匠是不愁没饭吃的。那时候，死一个人不像现在这么省事。这可并不是说，老年间的人要翻来覆去地死好几回，不干脆地一下子断了气。我是说，那时候死人，丧家要拼命地花钱，一点不惜力气与金钱地讲排场。就拿与冥衣铺有关系的事来说吧，就得花上老些个钱。人一断气，马上就得去糊"倒头车"——现在，连这个名词儿也许有好多人不晓得了。紧跟着便是"接三"，必定有些烧活：车轿骡马，墩箱灵人，引魂幡，灵花等等。要是害月子病死的，还必须另糊一头牛，和一个鸡罩。赶到"一七"念经，又得糊楼库，金山银山，尺头元宝，四季衣服，四季花草，古玩陈设，各样木器。及至出殡，纸亭纸架之外，还有许多烧活，至不济也得弄一对"童儿"举着。"五七"烧伞，六十天糊船桥。一个死人到六十天后才和我们裱糊匠脱离关系。一年之中，死那么十来个有钱的人，我们便有了吃喝。

裱糊匠并不专伺候死人，我们也伺候神仙。早年间的神仙不像如今晚儿的这样寒碜，就拿关老爷说吧，早年间每到六月二十四，人们必给他糊黄幡宝盖，马童马匹，和七星大旗什么的。现在，几乎没有人再惦记着关公了！遇上闹"天花"，我们又得为娘娘们忙一阵。九位娘娘得糊九顶轿子，红马黄马各一匹，九份凤冠霞帔，还得预备痘哥哥痘姐姐们的袍带靴帽，和各样执事。如今，医院都施种牛痘，娘娘们无事可做，裱糊匠也就陪着她们闲起来了。此外还有许许多多的"还愿"的事，都要糊点什么东西，可是也都随着破除迷信没人再提了。年头真是变了啊！

除了伺候神与鬼外，我们这行自然也为活人做些事。这叫作"白活"，就是给人家糊顶棚。早年间没有洋房，每遇到搬家，娶媳妇，或别项喜事，总要把房间糊得四白落地，好显出焕然一新的气象。那大富之家，连春秋两季糊窗子也雇用我们。人是一天穷似一天了，搬家不一定糊棚顶，而那些有钱的呢，房子改为洋式的，棚顶抹灰，一劳永逸；窗子改成玻璃的，也用不着再糊上纸或纱。什么都是洋式好，耍手艺的可就没了饭吃。我们自己也不是不努力呀，洋车时行，我们就照样糊洋车；汽车时行，我们就糊汽车，我们知道改良。可是有几家死了人来糊一辆洋车或汽车呢？年头一旦大改良起来，我们的小改良全算白饶①，水大漫不过鸭子去，有什么法儿呢！

二

上面交代过了：我若是始终仗着那份儿手艺吃饭，恐怕就早已饿死了。不过，这点本事虽不能永远有用，可是三年的学艺并非没有很大的好处，这点好处教我一辈子享用不尽。我可以撂下家伙，干别的营生去；这点好处可是老跟着我。就是我死后，有人谈到我的为人如何，他们也必须要记得我少年曾学过三年徒。

学徒的意思是一半学手艺，一半学规矩。在初到铺子去的时候，

---

①白饶：白费劲。

不论是谁也得害怕，铺中的规矩就是委屈。当徒弟的得晚睡早起，得听一切的指挥与使遣，得低三下四地伺候人，饥寒劳苦都得高高兴兴地受着，有眼泪往肚子里咽。像我学艺的所在，铺子也就是掌柜的家；受了师傅的，还得受师母的，夹板儿气！能挺过这么三年，顶倔强的人也得软了，顶软和的人也得硬了；我简直地可以这么说，一个学徒的脾性不是天生带来的，而是被板子打出来的；像打铁一样，要打什么东西便成什么东西。

在当时正挨打受气的那一会儿，我真想去寻死，那种气简直不是人所受得住的！但是，现在想起来，这种规矩与调教实在值金子。受过这种排练，天下便没有什么受不了的事啦。随便提一样吧，比方说教我去当兵，好哇，我可以做个满好的兵。军队的操演有时有会儿①，而学徒们是除了睡觉没有任何休息时间的。我抓着工夫去出恭，一边蹲着一边就能打个盹儿，因为遇上赶夜活的时候，我一天一夜只能睡上三四点钟的觉。我能一口吞下去一顿饭，刚端起饭碗，不是师傅喊，就是师娘叫，要不然便是有照顾主儿来定活，我得恭而敬之地招待，并且细心听着师傅怎样论活讨价钱。不把饭整吞下去怎办呢？这种排练教我遇到什么苦处都能硬挺，外带着还是挺和气。读书的人，据我这粗人看，永远不会懂得这个。现在的洋学堂里开运动会，学生跑上两个圈就仿佛有了汗马功劳一般，喝！又是搀着，又是抱着，往大腿上拍火酒，还闹脾气，还坐汽车！这样的公子哥儿哪懂得什么叫作规矩，哪叫排练呢？话往回来说，我所受的苦处给我打下了做事任劳任怨的底子，我永远不肯闲着，做起活来永不晓得闹脾气，耍别扭，我能和大兵们一样受苦，而大兵们不能像我这么和气。

再拿件实事来证明这个吧：在我学成出师以后，我和别的耍手艺

---

① 有时有会儿：有时间限制。

的一样,为表明自己是凭本事挣钱的人,第一我先买了根烟袋,只要一闲着便捻上一袋吧唧着,仿佛很有身份,慢慢地,我又学了喝酒,时常弄两盅猫尿咂着嘴儿抿几口。嗜好就怕开了头,会了一样就不难学第二样,反正都是个玩意吧咧。这可也就出了毛病。我爱烟爱酒,原本不算什么稀奇的事,大家伙儿都差不多是这样。可是,我一来二去地学会了吃大烟。那个年月,鸦片烟不犯私,非常的便宜;我先是吸着玩,后来可就上了瘾。不久,我便觉出手紧来了,做事也不似先前那么上劲了。我并没等谁劝告我,不但戒了大烟,而且把旱烟袋也撅了,从此烟酒不动!我入了"理门"。入理门,烟酒都不准动;一旦破戒,必走背运。所以我不但戒了嗜好,而且入了理门;背运在那儿等着我,我怎肯再犯戒呢?这点心胸与硬气,如今想起来,还是由学徒得来的。多大的苦处我都能忍受。初一戒烟戒酒,看着别人吸,别人饮,多么难过呢!心里真像有一千条小虫爬挠那么痒痒触触的难过。但是我不能破戒,怕走背运。其实背运不背运的,都是日后的事,眼前的罪过可是不好受呀!硬挺,只有硬挺才能成功,怕走背运还在其次。我居然挺过来了,因为我学过徒,受过排练呀!

  提到我的手艺来,我也觉得学徒三年的光阴并没白费了。凡是一门手艺,都得随时改良,方法是死的,运用可是活的。三十年前的瓦匠,讲究会磨砖对缝,做细工儿活;现在,他得会用洋灰和包镶人造石什么的。三十年前的木匠,讲究会雕花刻木,现在得会造洋式木器。我们这行也如此,不过比别的行业更活动①。我们这行讲究看见什么就能糊什么。比方说,人家落了丧事,教我们糊一桌全席,我们就能糊出鸡鸭鱼肉来。赶上人家死了未出阁的姑娘,教我们糊一全份嫁妆,不管是四十八抬,还是三十二抬,我们便能由粉罐油瓶一直糊到衣橱

---

  ①活动:此处指灵活。

穿衣镜。眼睛一看，手就能模仿下来，这是我们的本事。我们的本事不大，可是得有点聪明，一个心窟窿的人绝不会成个好裱糊匠。

这样，我们做活，一边工作也一边游戏，仿佛是。我们的成败全仗着怎么把各色的纸调动得合适，这是耍心路的事儿。以我自己说，我有点小聪明。在学徒时候所挨的打，很少是为学不上活来，而多半是因为我有聪明而好调皮不听话。我的聪明也许一点也显露不出来，假若我是去学打铁，或是拉大锯——老那么打，老那么拉，一点变动没有。幸而我学了裱糊匠，把基本的技能学会了以后，我便开始自出花样，怎么灵巧逼真我怎么做。有时候我白费了许多工夫与材料，而做不出我所想到的东西，可是这更教我加紧地去揣摸，去调动，非把它做成不可。这个，真是个好习惯。有聪明，而且知道用聪明，我必须感谢这三年的学徒，在这三年养成了我会用自己的聪明的习惯。诚然，我一辈子没做过大事，但是无论什么事，只要是平常人能做的，我一瞧就能明白个五六成。我会砌墙，栽树，修理钟表，看皮货的真假，合婚择日，知道五行八作的行话上诀窍……这些，我都没学过，只凭我的眼去看，我的手去试验；我有勤苦耐劳与多看多学的习惯；这个习惯是在冥衣铺学徒三年养成的。到如今我才明白过来——我已是快饿死的人了！——假若我多读上几年书，只抱着书本死啃，像那些秀才与学堂毕业的人们那样，我也许一辈子就糊糊涂涂地下去，而什么也不晓得呢！裱糊的手艺没有给我带来官职和财产，可是它让我活得很有趣；穷，但是有趣，有点人味儿。

刚二十多岁，我就成为亲友中的重要人物了。不因为我有钱与身份，而是因为我办事细心，不辞劳苦。自从出了师，我每天在街口的茶馆里等着同行的来约请帮忙。我成了街面上的人，年轻，利落，懂得场面。有人来约，我便去做活；没人来约，我也闲不住：亲友家许许多多的事都托咐我给办，我甚至于刚结过婚便给别人家做媒了。

给别人帮忙就等于消遣。我需要一些消遣。为什么呢？前面我已说过：我们这行有两种活，烧活和白活。做烧活是有趣而干净的，白活可就不然了。糊顶棚自然得先把旧纸撕下来，这可真够受的，没做过的人万也想不到顶棚上会能有那么多尘土，而且是日积月累攒下来的，比什么土都干、细，钻鼻子，撕完三间屋子的棚，我们就都成了土鬼。及至扎好了秫秸，糊新纸的时候，新银花纸的面子是又臭又挂鼻子。尘土与纸面子就能教人得痨病——现在叫作肺病。我不喜欢这种活儿。可是，在街上等工作，有人来约就不能拒绝，有什么活得干什么活。应下这种活儿，我差不多老在下边裁纸递纸抹浆糊，为的是可以不必上"交手"，而且可以低着头干活儿，少吃点土。就是这样，我也得弄一身灰，我的鼻子也得像烟筒。做完这么几天活，我愿意做点别的，变换变换。那么，有亲友托我办点什么，我是很乐意帮忙的。

再说呢，做烧活吧，做白活吧，这种工作老与人们的喜事或丧事有关系。熟人们找我定活，也往往就手儿托我去讲别项的事，如婚丧事的搭棚，讲执事，雇厨子，定车马等等。我在这些事儿中渐渐找出乐趣，晓得如何能捏住巧处，给亲友们既办得漂亮，又省些钱，不能窝窝囊囊地被人捉了"大头"。我在办这些事儿的时候，得到许多经验，明白了许多人情，久而久之，我成了个很精明的人，虽然还不到三十岁。

三

由前面所说过的去推测，谁也能看出来，我不能老靠着裱糊的手艺挣饭吃。像逛庙会忽然遇上雨似的，年头一变，大家就得往四散里跑。在我这一辈子里，我仿佛是走着下坡路，收不住脚。心里越盼着天下太平，身子越往下出溜。这次的变动，不使人缓气，一变好像就要变到底。这简直不是变动，而是一阵狂风，把人糊糊涂涂地刮得不知上哪里去了。在我小时候发财的行当与事情，许多许多都忽然走到绝处，永远不再见面，仿佛掉在了大海里头似的。裱糊这一行虽然到如今还阴死巴活地始终没完全断了气，可是大概也不会再有抬头的一日了。我老早的就看出这个来。在那太平的年月，假若我愿意的话，我满可以开个小铺，收两个徒弟，安安顿顿地混两顿饭吃。幸而我没那么办。一年得不到一笔大活，只仗着糊一辆车或两间屋子的顶棚什么的，怎能吃饭呢？睁开眼看看，这十几年了，可有过一笔体面的活？我得改行，我算是猜对了。

不过，这还不是我忽然改了行的唯一的原因。年头儿的改变不是个人所能抵抗的，胳臂扭不过大腿去，跟年头儿叫死劲简直是自己找别扭。可是，个人独有的事往往来得更厉害，它能马上教人疯了。去投河觅井都不算新奇，不用说把自己的行业放下，而去干些别的了。个人的事虽然很小，可是一加在个人身上便受不住；一个米粒很小，教蚂蚁去搬运便很费力气。个人的事也是如此。人活着是仗了一口气，多咱①有点事儿，把这口气憋住，人就要抽风。人是多么小的玩意儿呢！

我的精明与和气给我带来背运。乍一听这句话仿佛是不合情理，可是千真万确，一点儿不假，假若这要不落在我自己身上，我也许不大相信天下会有这宗事。它竟自找到了我；在当时，我差不多真成了个疯子。隔了这么二三十年，现在想起那回事儿来，我满可以微微一笑，仿佛想起一个故事来似的。现在我明白了个人的好处不必一定就有利于自己。一个人好，大家都好，这点好处才有用，正是如鱼得水。一个人好，而大家并不都好，个人的好处也许就是让他倒霉的祸根。精

---

①多咱：什么时候。

明和气有什么用呢！现在，我悟过这点理儿来，想起那件事不过点点头，笑一笑罢了。在当时，我可真有点咽不下去那口气。那时候我还很年轻啊。

哪个年轻的人不爱漂亮呢？在我年轻的时候，给人家行人情或办点事，我的打扮与气派谁也不敢说我是个手艺人。在早年间，皮货很贵，而且不准乱穿。如今晚的人，今天得了马票或奖券，明天就可以穿上狐皮大衣，不管是个十五岁的孩子还是二十岁还没刮过脸的小伙子。早年间可不行，年纪身份决定个人的服装打扮。那年月，在马褂或坎肩上安上一条灰鼠领子就仿佛是很漂亮阔气。我老安着这么条领子，马褂与坎肩都是青大缎的——那时候的缎子也不怎么那样结实，一件马褂至少也可以穿上十来年。在给人家糊棚顶的时候，我是个土鬼；回到家中一梳洗打扮，我立刻变成个漂亮小伙子。我不喜欢那个土鬼，所以更爱这个漂亮的青年。我的辫子又黑又长，脑门剃得锃光青亮，穿上带灰鼠领子的缎子坎肩，我的确像个"人儿"！

一个漂亮小伙子所最怕的恐怕就是娶个丑八怪似的老婆吧。我早已有意无意地向老人们透了个口话：不娶倒没什么，要娶就得来个够样儿的。那时候，自然还不时行自由婚，可是已有男女两造①对相对看的办法。要结婚的话，我得自己去相看，不能马马虎虎就凭媒人的花言巧语。

二十岁那年，我结了婚，我的妻比我小一岁。把她放在哪里，她也得算个俏式利落的小媳妇；在定婚以前，我亲眼相看的呀。她美不美，我不敢说，我说她俏式利落，因为这四个字就是我择妻的标准；她要是不够这四个字的格儿，当初我决不会点头。在这四个字里很可以见出我自己是怎样的人来。那时候，我年轻，漂亮，做事麻利，所以我

---

①两造：本指讼诉的双方，原告与被告。此处指双方当事人。

一定不能要个笨牛似的老婆。

这个婚姻不能说不是天配良缘。我俩都年轻,都利落,都个子不高;在亲友面前,我们像一对轻巧的陀螺似的,四面八方地转动,招得那年岁大些的人们眼中要笑出一朵花来。我俩竞争着去在大家面前显出个人的机警与口才,到处争强好胜,只为教人夸奖一声我们是一对最有出息的小夫妇。别人的夸奖增高了我俩彼此间的敬爱,颇有点英雄惜英雄,好汉爱好汉的劲儿。

我很快乐,说实话:我的老人没挣下什么财产,可是有一所儿房。我住着不用花租金的房子,院中有不少的树木,檐前挂着一对黄鸟。我呢,有手艺,有人缘,有个可心的年轻女人。不快乐不是自找别扭吗?

对于我的妻,我简直找不出什么毛病来。不错,有时候我觉得她有点太野;可是哪个利落的小媳妇不爽快呢?她爱说话,因为她会说;她不大躲避男人,因为这正是做媳妇所应享的利益,特别是刚出嫁而有些本事的小媳妇,她自然愿意把做姑娘时的腼腆收起一些,而大大方方地自居为"媳妇"。这点实在不能算作毛病。况且,她见了长辈又是那么亲热体贴,殷勤地伺候,那么她对年轻一点的人随便一些也正是理之当然;她是爽快大方,所以对于年老的正像对于年少的,都愿表示出亲热周到来。我没因为她爽快而责备她过。

她有了孕,做了母亲,她更好看了,也更大方了——我简直地不忍再用那个"野"字!世界上还有比怀孕的少妇更可怜,年轻的母亲更可爱的吗?看她坐在门坎上,露着点胸,给小娃娃奶吃,我只能更爱她,而想不起责备她太不规矩。

到了二十四岁,我已有一儿一女。对于生儿养女,做丈夫的有什么功劳呢!赶上高兴,男子把娃娃抱起来,耍巴一回;其余的苦处全是女人的。我不是个糊涂人,不必等谁告诉我才能明白这个。真的,生小孩,养育小孩,男人有时候想去帮忙也归无用;不过,一个懂得点人事的人，自然该使做妻的痛快一些，自由一些；欺侮孕妇或一个年轻的母亲，据我看，才真是浑蛋呢！对于我的妻，自从有了小孩之后，我更放任了些；我认为这是当然的合理的。

再一说呢，夫妇是树，儿女是花；有了花的树才能显出根儿深。一切猜忌，不放心，都应该减少，或者完全消灭；小孩子会把母亲拴得结结实实的。所以，即使我觉得她有点野——真不愿用这个臭字——我也不能不放心了，她是个母亲呀。

四

直到如今，我还是不能明白那到底是怎么一回事。

我所不能明白的事也就是当时教我差点儿疯了的事，我的妻跟人家跑了。

我再说一遍，到如今我还不能明白那到底是怎回事。我不是个固执的人，因为我久在街面上，懂得人情，知道怎样找出自己的长处与短处。但是，对于这件事，我把自己的短处都找遍了，也找不出应当受这种耻辱与惩罚的地方来。所以，我只能说我的聪明与和气给我带来祸患，因为我实在找不出别的道理来。

我有位师哥，这位师哥也就是我的仇人。街口上，人们都管他叫作黑子，我也就还这么叫他吧；不便道出他的真名实姓来，虽然他是我的仇人。"黑子"，由于他的脸不白；不但不白，而且黑得特别，所以才有这个外号。他的脸真像个早年间人们揉的铁球，黑，可是非常的亮；黑，可是光润；黑，可是油光水滑的可爱。当他喝下两盅酒，或发热的时候，脸上红起来，就好像落太阳时的一些黑云，黑里透出一些红光。至于他的五官,简直没有什么好看的地方,我比他漂亮多了。他的身量很高,可也不见得怎么魁梧,高大而懈懈松松的。他所以不至教人讨厌他,总而言之,都仗着那一张发亮的黑脸。

我跟他是很好的朋友。他既是我的师哥,又那么傻大黑粗的,即使我不喜爱他,我也不能无缘无故地怀疑他。我的那点聪明不是给我预备着去猜疑人的;反之,我知道我的眼睛里不容沙子,所以我因信任自己而信任别人。我以为我的朋友都不至于偷偷地对我掏坏招数。一旦我认定谁是个可交的人,我便真拿他当个朋友看待。对于我这个师哥,即使他有可猜疑的地方,我也得敬重他,招待他,因为无论怎样,他到底是我的师哥呀。同是一门儿学出来的手艺,又同在一个街口上混饭吃,有活没活,一天至少也得见几面;对这么熟的人,我怎能不拿他当作个好朋友呢?有活,我们一同去做活;没活,他总是到我家来吃饭喝茶,有时候也摸几把索儿胡玩——那时候"麻将"还不十分时兴。我和蔼,他也不客气;遇到什么就吃什么,遇到什么就喝什么,我一向不特别为他预备什么,他也永远不挑剔。他吃得很多,可是不懂得挑食。看他端着大碗,跟着我们吃热汤儿面什么的,真是个痛快的事。他吃得四脖子汗流,嘴里西啦胡噜的响,脸上越来越红,慢慢地成了个半红的大煤球似的;谁能说这样的人能存着什么坏心眼儿呢!

一来二去,我由大家的眼神看出来天下并不很太平。可是,我并没有怎么往心里搁这回事。假若我是个糊涂人,只有一个心眼,大概对这种事不会不听见风就是雨,马上闹个天昏地暗,也许立刻把事情弄个水落石出,也许是望风捕影而弄一鼻子灰。我的心眼多,决不肯这么糊涂瞎闹,我得平心静气地想一想。

先想我自己,想不出我有什么不对的地方来,即使我有许多毛病,反正至少我比师哥漂亮,聪明,更像个人儿。

再看师哥吧,他的长相,行为,财力,都不能教他为非作歹,他不是那种一见面就教女人动心的人。

最后，我详详细细地为我的年轻的妻子想一想：她跟了我已经四五年，我俩在一处不算不快乐。即使她的快乐是假装的，而愿意去跟个她真喜爱的人——这在早年间几乎是不能有的——大概黑子也绝不会是这个人吧？他跟我都是手艺人，他的身份一点不比我高。同样，他不比我阔，不比我漂亮，不比我年轻；那么，她贪图的是什么呢？想不出。就满打说她是受了他的引诱而迷了心，可是他用什么引诱她呢，是那张黑脸，那点本事，那身衣裳，腰里那几吊钱？笑话！哼，我要是有意的话嘛，我倒满可以去引诱引诱女人；虽然钱不多，至少我有个样子。黑子有什么呢？再说，就是说她一时迷了心窍，分别不出好歹来，难道她就肯舍得那两个小孩吗？

我不能信大家的话，不能立时疏远了黑子，也不能傻子似的去盘问她。我全想过了，一点缝子没有，我只能慢慢地等着大家明白过来他们是多虑。即使他们不是凭空造谣，我也得慢慢地察看，不能无缘无故地把自己，把朋友，把妻子，都卷在黑土里边。有点聪明的人做事不能鲁莽。

可是，不久，黑子和我的妻子都不见了。直到如今，我没再见过他俩。为什么她肯这么办呢？我非见着她，由她自己吐出实话，我不会明白。我自己的思想永远不够对付这件事的。

我真盼望能再见她一面，专为明白明白这件事。到如今我还是在个葫芦里。

当时我怎样难过，用不着我自己细说。谁也能想到，一个年轻漂亮的人，守着两个没了妈的小孩，在家里是怎样的难过；一个聪明规矩的人，最亲爱的妻子跟师哥跑了，在街面上是怎么难堪。同情我的人，有话说不出，不认识我的人，听到这件事，总不会责备我的师哥，而一直地管我叫"王八"。在咱们这讲孝悌忠信的社会里，人们很喜欢有个王八,好教大家有放手指头的准头。我的口闭上,我的牙咬住,我心中只有他们俩的影儿和一片血。不用教我见着他们,见着就是一刀,别的无须乎再说了。

在当时,我只想拼上这条命,才觉得有点人味儿。现在,事情过去这么多年了。我可以细细地想这件事在我这一辈子里的作用了。

我的嘴并没闲着,到处打听黑子的消息。没用,他俩真像石沉大海一般。打听不着确实的消息,慢慢地我的怒气消散了一些;说也奇怪,怒气一消,我反倒可怜我的妻子。黑子不过是个手艺人,而这种手艺只能在京津一带大城里找到饭吃,乡间是不需要讲究的烧活的。那么,假若他俩是逃到远处去,他拿什么养活她呢?哼,假若他肯偷好朋友的妻子,难道他就不会把她卖掉吗?这个恐惧时常在我心中绕来绕去。我真希望她忽然逃回来,告诉我她怎样上了当,受了苦处;假若她真跪在我的面前,我想我不会不收下她的,一个心爱的女人,永远是心爱的,不管她做了什么错事。她没有回来,没有消息,我恨她一会儿,又可怜她一会儿,胡思乱想,我有时候整夜地不能睡。

过了一年多,我的这种乱想又轻淡了许多。是的,我这一辈子也不能忘了她,可是我不再为她思索什么了。我承认了这是一段千真万确的事实,不必为它多费心思了。

我到底怎样了呢?这倒是我所要说的,因为这件我永远猜不透的事在我这一辈子里实在是件极大的事。这件事好像是在梦中丢失了我最亲爱的人,一睁眼,她真的跑得无影无踪了。这个梦没法儿明白,可是它的真确劲儿是谁也受不了的。做过这么个梦的人,就是没有成疯子,也得大大地改变;他是丢失了半个命呀!

五

最初，我连屋门也不肯出，我怕见那个又明又暖的太阳。

顶难堪的是头一次上街：抬着头大大方方地走吧，准有人说我天生来的不知羞耻。低着头走，便是自己招认了脊背发软。怎么着也不对。我可是问心无愧，没做过一点对不起人的事。

我破了戒，又吸烟喝酒了。什么背运不背运的，有什么再比丢了老婆更倒霉的呢？我不求人家可怜我，也犯不上成心对谁耍刺儿，我独自吸烟喝酒，把委屈放在心里好了。再没有比不测的祸患更能扫除了迷信的；以前，我对什么神仙都不敢得罪；现在，我什么也不信，连活佛也不信了。迷信，我咂摸出来，是盼望得点意外的好处；赶到遇上意外的难处，你就什么也不盼望，自然也不迷信了。我把财神和灶王的龛——我亲手糊的——都烧了。亲友中很有些人说我成了二毛子的。什么二毛子三毛子的，我再不给谁磕头。人若是不可靠，神仙就更没准儿了。

我并没变成忧郁的人。这种事本来是可以把人愁死的，可是我没往死牛犄角里钻。我原是个活泼的人，好吧，我要打算活下去，就得别丢了我的活泼劲儿。不错，意外的大祸往往能忽然把一个人的习惯与脾气改变了；可是我决定要保持住我的活泼。我吸烟，喝酒，不再信神佛，不过都是些使我活泼的方法。不管我是真乐还是假乐，我乐！在我学艺的时候，我就会这一招，经过这次的变动，我更必须这样了。现在，我已快饿死了，我还是笑着，连我自己也说不清这是真的还是假的笑，反正我笑，多咱死了多咱我并上嘴。从那件事发生了以后，直到如今，我始终还是个有用的人，热心的人，可是我心中有了个空儿。这个空儿是那件不幸的事给我留下的，像墙上中了枪弹，老有个小窟窿似的。我有用，我热心，我爱给人家帮忙，但是不幸而事情没办到好处，或者想不到的扎手，我不着急，也不动气，因为我心中有个空儿。这个空儿会教我在极热心的时候冷静，极欢喜的时候有点悲哀，我的笑常常和泪碰在一起，而分不清哪个是哪个。

这些，都是我心里头的变动，我自己要是不说——自然连我自己也说不大完全——大概别人无从猜到。在我的生活上，也有了变动，这是人人能看到的。我改了行，不再当裱糊匠，我没脸再上街口去等生意，同行的人，认识我的，也必认识黑子；他们只须多看我几眼，我就没法再咽下饭去。在那报纸还不大时行的年月，人们的眼睛是比新闻还要厉害的。现在，离婚都可以上衙门去明说明讲，早年间男女的事儿可不能这么随便。我把同行中的朋友全放下了，连我的师傅师母都懒得去看，我仿佛是要由这个世界一脚跳到另一个世界去。这样，我觉得我才能独自把那桩事关在心里头。年头的改变教裱糊匠们的活路越来越狭，但是要不是那回事，我也不会改行改得这么快，这么干脆。放弃了手艺，没什么可惜；可是这么放弃了手艺，我也不会感谢"那"回事儿！不管怎说吧，我改了行，这是个显然的变动。

决定扔下手艺可不就是我准知道应该干什么去。我得去乱碰，像一只空船浮在水面上，浪头是它的指南针。在前面我已经说过，我认识字，还能抄抄写写，很够当个小差事的。再说呢，当差是个体面的事，我这丢了老婆的人若能当上差，不用说那必能把我的名誉恢复了一些。现在想起来，这个想法真有点可笑；在当时我可是诚心地相信这是最高明的办法。"八"字还没有一撇儿，我觉得很高兴，仿佛我已经很有把握，既得到差事，又能恢复了名誉。我的头又抬得很高了。

哼！手艺是三年可以学成的；差事，也许要三十年才能得上吧！

一个钉子跟着一个钉子，都预备着给我碰呢！我说我识字，哼！敢情有好些个能整本背书的人还挨饿呢。我说我会写字，敢情会写字的绝不算出奇呢。我把自己看得太高了。可是，我又亲眼看见，那做着很大的官儿的，一天到晚山珍海味地吃着，连自己的姓都不大认得。那么，是不是我的学问又太大了，而超过了做官所需要的呢？我这个聪明人也没法儿不显着糊涂了。

慢慢地，我明白过来。原来差事不是给本事预备着的，想做官第一得有人。这简直没了我的事，不管我有多大的本事。我自己是个手艺人，所认识的也是手艺人；我爸爸呢，又是个白丁，虽然是很有本事与品行的白丁。我上哪里去找差事当呢？

事情要是逼着一个人走上哪条道儿，他就非去不可，就像火车一样，轨道已摆好，照着走就是了，一出花样准得翻车！我也是如此。决定扔下了手艺，而得不到个差事，我又不能老这么闲着。好啦，我的面前已摆好了铁轨，只准上前，不许退后。

我当了巡警。

巡警和洋车是大城里头给苦人们安好的两条火车道。大字不识而什么手艺也没有的，只好去拉车。拉车不用什么本钱，肯出汗就能吃窝窝头。识几个字而好体面的，有手艺而挣不上饭的，只好去当巡警；别的先不提，挑巡警用不着多大的人情，而且一挑上先有身制服穿着，六块钱拿着；好歹是个差事。除了这条道，我简直无路可走。我既没混到必须拉车去的地步，又没有做高官的舅舅或姐丈，巡警正好不高不低，只要我肯，就能穿上一身铜钮子的制服。当兵比当巡警有起色，即使熬不上军官，至少能有抢劫些东西的机会。可是，我不能去当兵，我家中还有俩没娘的小孩呀。当兵要野，当巡警要文明；换句话说，当兵有发邪财的机会，当巡警是穷而文明一辈子；穷得要命，文明得稀松！

以后这五六十年的经验，我敢说这么一句：真会办事的人，到时候才说话，爱张罗办事的人——像我自己——没话也找话说。我的嘴老不肯闲着，对什么事我都有一片说辞，对什么人我都想很恰当地给起个外号。我受了报应：第一件事，我丢了老婆，把我的嘴封起来一二年！第二件是我当了巡警。在我还没当上这个差事的时候，我管巡警们叫作"马路行走""避风阁大学士"和"臭脚巡"。这些无非都是说巡警们的差事只是站马路，无事忙，跑臭脚。哼！我自己当上"臭脚巡"了！生命简直就是自己和自己开玩笑，一点不假！我自己打了自己的嘴巴，可并不因为我做了什么缺德的事；至多也不过爱多说几句玩笑话罢了。在这里，我认识了生命的严肃，连句玩笑话都说不得！好在，我心中有个空儿；我怎么叫别人"臭脚巡"，也照样叫自己。这在早年间叫作"抹稀泥"，现在的新名词应叫着什么，我还没能打听出来。

　　我没法不去当巡警，可是真觉得有点委屈。是呀，我没有什么出众的本事，但是论街面上的事，我敢说我比谁知道得也不少。巡警不是管街面上的事情吗？那么，请看看那些警官儿吧：有的连本地的话都说不上来，二加二是四还是五都得想半天。哼！他是官，我可是"招募警"；他的一双皮鞋够开我半年的饷！他什么经验与本事也没有，可是他做官。这样的官儿多了去啦！上哪儿讲理去呢？记得有位教官，头一天教我们操法的时候，忘了叫"立正"，而叫了"闸住"。用不着打听，这位大爷一定是拉洋车出身。有人情就行，今天你拉车，明天你姑父做了什么官儿，你就可以弄个教官当当；叫"闸住"也没关系，谁敢笑教官一声呢！这样的自然是不多，可是有这么一位教官，也就可以教人想到巡警的操法是怎么稀松二五眼①了。内堂的功课自然绝不是这样教官所能担任的，因为至少得认识些个字才能"虎"得下来。

---

　　①稀松二五眼：表示对某种事物或情况的否定。如不精湛，没规矩，不难等。

我们的内堂的教官大概可以分为两种：一种是老人儿们，多数都有口鸦片烟瘾；他们要是能讲明白一样东西，就凭他们那点人情，大概早就做上大官儿了；唯其什么也讲不明白，所以才来做教官。另一种是年轻的小伙子们，讲的都是洋事，什么东洋巡警怎么样，什么法国违警律如何，仿佛我们都是洋鬼子。这种讲法有个好处，就是他们信口开河瞎扯，我们一边打盹一边听着，谁也不准知道东洋和法国是什么样儿，可不就随他的便说吧。我满可以编一套美国的事讲给大家听，可惜我不是教官罢了。这群年轻的小人们真懂外国事儿不懂，无从知道；反正我准知道他们一点中国事儿也不晓得。这两种教官的年纪上学问上都不同，可是他们有个相同的地方，就是他们都高不成低不就，所以对对付付的只能做教官。他们的人情真不小，可是本事太差，所以来教一群为六块洋钱而一声不敢出的巡警就最合适。

教官如此，别的警官也差不多是这样。想想：谁要是能去做一任知县或税局局长，谁肯来做警官呢？前面我已交代过了，当巡警是高不成低不就，不得已而为之。警官也是这样。这群人由上至下全是"狗熊耍扁担，混碗儿饭吃"。不过呢，巡警一天到晚在街面上，不论怎样抹稀泥，多少得能说会道，见机而作，把大事化小，小事化无；既不多给官面上惹麻烦，又让大家都过得去；真的吧假的吧，这总得算点本事。而做警官的呢，就连这点本事似乎也不必有。阎王好做，小鬼难当，诚然！

六

我再多说几句，或者就没人再说我太狂傲无知了。我说我觉得委屈，真是实话；请看吧：一月挣六块钱，这跟当仆人的一样，而没有仆人们那些"外找儿";死挣六块钱,就凭这么个大人——腰板挺直,样子漂亮,年轻力壮,能说会道,还得识文断字!这一大堆资格,一共值六块钱!

六块钱饷粮,扣去三块半钱的伙食,还得扣去什么人情公议儿①,净剩也就是两块上下钱吧。衣服自然是可以穿官发的,可是到休息的时候,谁肯还穿着制服回家呢;那么,不做不做也得有件大褂什么的。要是把钱做了大褂,一个月就算白混。再说,谁没有家呢?父母——呕,先别提父母吧!就说一夫一妻吧:至少得赁一间房,得有老婆的吃,喝,穿。就凭那两块大洋!谁也不许生病,不许生小孩,不许吸烟,不许吃点零碎东西;连这么着,月月还不够嚼谷!

我就不明白为什么肯有人把姑娘嫁给当巡警的,虽然我常给同事的做媒。当我一到女家提说的时候,人家总对我一撇嘴,虽不明说,但是意思很明显,"哼!当巡警的!"可是我不怕这一撇嘴,因为十回倒有九回是撇完嘴而点了头。难道是世界上的姑娘太多了吗?我不知道。

由哪面儿看,巡警都活该是鼓着腮帮子充胖子而教人哭不得笑不得的。穿起制服来,干净利落,又体面又威风,车马行人,打架吵嘴,都由他管着。他这是差事;可是他一月除了吃饭,净剩两块来钱。他自己也知道中气不足,可是不能不硬挺着腰板,到时候他得娶妻生子,还是仗着那两块来钱。提婚的时候,头一句是说:"小人呀当差!"当差的底下还有什么呢?没人愿意细问,一问就糟到底。

是的,巡警们都知道自己怎样的委屈,可是风里雨里他得去巡街下夜,一点懒儿不敢偷,一偷懒就有被开除的危险;他委屈,可不敢抱怨,他劳苦,可不敢偷闲,他知道自己在这里混不出来什么,而不

---

①公议儿:大家凑钱所送的礼。

敢冒险搁下差事。这点差事扔了可惜，做着又没劲；这些人也就人儿似的先混过一天是一天，在没劲中要露出劲儿来，像打太极拳似的。

世上为什么应当有这种差事，和为什么有这样多肯做这种差事的人？我想不出来。假若下辈子我再托生为人，而且忘了喝迷魂汤，还记得这一辈子的事，我必定要扯着脖子去喊：这玩意儿整个的是丢人，是欺骗，是杀人不流血！现在，我老了，快饿死了，连喊这么几句也顾不及了，我还得先为下顿的窝窝头着忙呀！

自然在我初当差的时候，我并没有一下子就把这些都看清楚了，谁也没有那么聪明。反之，一上手当差我倒觉出点高兴来：穿上整齐的制服，靴帽，的确我是漂亮精神，而且心里说：好吧歹吧，这是个差事；凭我的聪明与本事，不久我必有个升腾。我很留神看巡长巡官们制服上的铜星与金道，而想象着我将来也能那样。我一点也没想到那铜星与金道并不按着聪明与本事颁给人们呀。

新鲜劲儿刚一过去，我已经讨厌那身制服了。它不教任何人尊敬，而只能告诉人："臭脚巡"来了！拿制服的本身说，它也很讨厌：夏天它就像牛皮似的，把人闷得满身臭汗；冬天呢，它一点也不像牛皮了，而倒像是纸糊的；它不许谁在里边多穿一点衣服，只好任着狂风由胸口钻进来，由脊背钻出去，整打个穿堂！再看那双皮鞋，冬冷夏热，永远不教脚舒服一会儿；穿单袜的时候，它好像是两大簸子似的，脚指脚踵都在里边乱抓弄，而始终找不到鞋在哪里；到穿棉袜的时候，它们忽然变得很紧，不许棉袜与脚一齐伸进去。有多少人因包办制服皮鞋而发了财，我不知道，我只知道我的脚永远烂着，夏天闹湿气，冬天闹冻疮。自然，烂脚也得照常地去巡街站岗，要不然就别挣那六块洋钱！多么热，或多么冷，别人都可以找地方去躲一躲，连洋车夫都可以自由地歇半天，巡警得去巡街，得去站岗，热死冻死都活该，那六块现大洋买着你的命呢！

记得在哪儿看见过这么一句：食不饱，力不足。不管这句在原地方讲的是什么吧，反正拿来形容巡警是没有多大错儿的。最可怜，又可笑的是我们既吃不饱，还得挺着劲儿，站在街上得像个样子！要饭的花子有时不饿也弯着腰，假充饿了三天三夜；反之，巡警却不饱也得鼓起肚皮，假装刚吃完三大碗鸡丝面似的。花子装饿倒有点道理，我可就是想不出巡警假装酒足饭饱有什么理由来，我只觉得这真可笑。

人们都不满意巡警的对付事，抹稀泥。哼！抹稀泥自有它的理由。不过，在细说这个道理之前，我愿先说件极可怕的事。有了这件可怕的事，我再反回头来细说那些理由，仿佛就更顺当，更生动。好！就这样办啦。

七

应当有月亮，可是教黑云给遮住了，处处都很黑。我正在个僻静的地方巡夜。我的鞋上钉着铁掌，那时候每个巡警又须带着一把东洋刀，四下里鸦雀无声，听着我自己的铁掌与佩刀的声响，我感到寂寞无聊，而且几乎有点害怕。眼前忽然跑过一只猫，或忽然听见一声鸟叫，都教我觉得不是味儿，勉强着挺起胸来，可是心中总空空虚虚的，仿佛将有些什么不幸的事情在前面等着我。不完全是害怕，又不完全气粗胆壮，就那么怪不得劲的，手心上出了点凉汗。平日，我很有点胆量，什么看守死尸，什么独自看管一所脏房，都算不了一回事。不知为什么这一晚上我这样胆虚，心里越要耻笑自己，便越觉得不定哪里藏着点危险。我不便放快了脚步，可是心中急切地希望快回去，回到那有灯光与朋友的地方去。

忽然，我听见一排枪！我立定了，胆子反倒壮起来一点；真正的危险似乎倒可以治好了胆虚，惊疑不定才是恐惧的根源。我听着，像夜行的马竖起耳朵那样。又一排枪，又一排枪！没声了，我等着，听着，静寂得难堪。像看见闪电而等着雷声那样，我的心跳得很快。啪，啪，啪，啪，四面八方都响起来了！

我的胆气又渐渐地往下低落了。一排枪，我壮起气来；枪声太多了，真遇到危险了；我是个人，人怕死；我忽然地跑起来，跑了几步，猛地又立住，听一听，枪声越来越密，看不见什么，四下漆黑，只有枪声，不知为什么，不知在哪里，黑暗里只有我一个人，听着远处的枪响。往哪里跑？到底是什么事？应当想一想，又顾不得想；胆大也没用，没有主意就不会有胆量。还是跑吧，糊涂地乱动，总比呆立哆嗦着强。我跑，狂跑，手紧紧地握住佩刀。像受了惊的猫狗，不必想也知道往家里跑。我已忘了我是巡警，我得先回家看看我那没娘的孩子去，要是死就死在一处！

要跑到家，我得穿过好几条大街。刚到了头一条大街，我就晓得不容易再跑了。街上黑黑忽忽的人影，跑得很快，随跑随着放枪。兵！我知道那是些辫子兵。而我才刚剪了发不多日子。我很后悔我没像别人那样把头发盘起来，而是连根儿烂真正剪去了辫子。假若我能马上放下辫子来，虽然这些兵们平素很讨厌巡警，可是因为我有辫子或者不至于把枪口冲着我来。在他们眼中，没有辫子便是二毛子，该杀。我没有了这么条宝贝！我不敢再动，只能藏在黑影里，看事行事。兵们在路上跑，一队跟着一队，枪声不停。我不晓得他们是干什么呢？待一会儿，兵们好像是都过去了，我往外探了探头，见外面没有什么动静，我就像一只夜鸟儿似的飞过了马路，到了街的另一边。在这极快地穿过马路的一会儿里，我的眼梢撩着一点红光。十字街头起了火。我还藏在黑影里，不久，火光远远地照亮了一片；再探头往外看，我已可以影影抄抄地看到十字街口,所有四面把角的铺户已全烧起来,火影中那些兵们来回地奔跑,放着枪。我明白了,这是兵变。不久,火光更多了,一处接着一处,由光亮的距离我可以断定:凡是附近的十字口与丁字街全烧了起来。

说句该挨嘴巴的话,火是真好看!远处,漆黑的天上,忽然一白,紧跟着又黑了。忽然又一白,猛地冒起一个红团,有一块天像烧红的铁板,红得可怕。在红光里看见了多少股黑烟,和火舌们高低不齐地往上冒,一会儿烟遮住了火苗;一会儿火苗冲破了黑烟。黑烟滚着,转着,千变万化地往上升,凝成一片,罩住下面的火光,像浓雾掩住了夕阳。待一会儿,火光明亮了一些,烟也改成灰白色儿,纯净,旺炽,火苗不多,而光亮结成一片,照明了半个天。那近处的,烟与火中带着种种的响声,烟往高处起,火往四下里奔;烟像些丑恶的黑龙,火像些乱长乱钻的红铁笋。烟裹着火,火裹着烟,卷起多高,忽然离散,黑烟里落下无数的火花,或者三五个极大的火团。火花火团落下,烟像痛快轻松了一些,翻滚着向上冒。火团下降,在半空中遇到下面的火柱,又狂喜地往上跳跃,炸出无数火花。火团远落,遇到可以燃烧的东西,整个地再点起一把新火,新烟掩住旧火,一时变为黑暗;新火冲出了黑烟,与旧火联成一气,处处是火舌,火柱,飞舞,吐动,摇摆,颠狂。忽然哗啦一声,一架房倒下去,火星,焦炭,尘土,白烟,一齐飞扬,火苗压在下面,一齐在底下往横里吐射,像千百条探头吐舌的火蛇。静寂,静寂,火蛇慢慢地,忍耐地,往上翻。绕到上边来,与高处的火接到一处,通明,纯亮,忽忽地响着,要把人的心全照亮了似的。

我看着,不,不但看着,我还闻着呢!在种种不同的味道里,我咂摸着:这是那个金匾黑字的绸缎庄,那是那个山西人开的油酒店。由这些味道,我认识了那些不同的火团,轻而高飞的一定是茶叶铺的,迟笨黑暗的一定是布店的。这些买卖都不是我的,可是我都认得,闻着它们火葬的气味,看着它们火团的起落,我说不上来心中怎样难过。

我看着,闻着,难过,我忘了自己的危险,我仿佛是个不懂事的小孩,只顾了看热闹,而忘了别的一切。我的牙打得很响,不是为自己害怕,而是对这奇惨的美丽动了心。

回家是没希望了。我不知道街上一共有多少兵,可是由各处的火光猜度起来,大概是热闹的街口都有他们。他们的目的是抢劫,可是顺着手儿已经烧了这么多铺户,焉知不就棍打腿①地杀些人玩玩呢?我这剪了发的巡警在他们眼中还不和个臭虫一样,只须一搂枪机就完了,并不费多少事。

想到这个,我打算回到"区"里去,"区"离我不算远,只须再过一条街就行了。可是,连这个也太晚了。当枪声初起的时候,连贫带富,家家关了门;街上除了那些横行的兵们,简直成了个死城。及至火一起来,铺户里的人们开始在火影里奔走,胆大一些的立在街旁,看着自己的或别人的店铺燃烧,没人敢去救火,可也舍不得走开,只么一声不出地看着火苗乱窜。胆小一些的呢,争着往胡同里藏躲,三五成群地藏在巷内,不时向街上探探头,没人出声,大家都哆嗦着。火越烧越旺了,枪声慢慢地稀少下来,胡同里的住户仿佛已猜到是怎么一回事,最先是有人开门向外望望,然后有人试着步②往街上走。街上,只有火光人影,没有巡警,被兵们抢过的当铺与首饰店全大敞着门!……这样的街市教人们害怕,同时也教人们胆大起来;一条没有巡警的街正像是没有老师的学房,多么老实的孩子也要闹哄哄。一家开门,家家开门,街上人多起来;铺户已有被抢过的了,跟着抢吧!平日,谁能想到那些良善守法的人民会去抢劫呢?哼!机会一到,人

---

① 就棍打腿:趁机、顺势。
② 试着步:试探着。

们立刻显露了原形。说声抢,壮实的小伙子们首先进了当铺,金店,钟表行。男人们回去一趟,第二趟出来已挨夹上女人和孩子们。被兵们抢过的铺子自然不必费事,进去随便拿就是了;可是紧跟着那些尚未被抢过的铺户的门也拦不住谁了。粮食店,茶叶铺,百货店,什么东西也是好的,门板一律砸开。

我一辈子只看见了这么一回大热闹:男女老幼喊着叫着,狂跑着,拥挤着,争吵着,砸门的砸门,喊叫的喊叫,嗑喳!门板倒下去,一窝蜂似的跑进去,乱挤乱抓,压倒在地的狂号,身体利落的往柜台上蹿,全红着眼,全拼着命,全奋勇前进,挤成一团,倒成一片,散走全街。背着,抱着,扛着,曳着,像一片战胜的蚂蚁,昂首疾走,去而复归,呼妻唤子,前呼后应。

苦人当然出来了,哼!那中等人家也不甘落后呀!

贵重的东西先搬完了,煤米柴炭是第二拨。有的整坛地搬着香油,有的独自扛着两口袋面,瓶子罐子碎了一街,米面洒满了便道,抢啊!抢啊!抢啊!谁都恨自己只长了一双手,谁都嫌自己的腿脚太慢;有的人会推着一坛子白糖,连人带坛在地上滚,像屎壳郎推着个大粪球。

强中自有强中手,人是到处会用脑子的!有人拿出切菜刀来了,立在巷口等着:"放下!"刀晃了晃。口袋或衣服,放下了;安然的,不费力的,拿回家去。"放下!"不灵验,刀下去了,把面口袋砍破,下了一阵小雪,二人滚在一团。过路的急走,稍带着说了句:"打什么,有的是东西!"两位明白过来,立起来向街头跑去。抢啊,抢啊!有的是东西!

我挤在了一群买卖人的中间,藏在黑影里。我并没说什么,他们似乎很明白我的困难,大家一声不出,而紧紧地把我包围住。不要说我还是个巡警,连他们买卖人也不敢抬起头来。他们无法去保护他们的财产与货物,谁敢出头抵抗谁就是不要命,兵们有枪,人民也有切菜刀呀！是的，他们低着头，好像倒怪羞惭似的。他们唯恐和抢劫的人们——也就是他们平日的照顾主儿——对了脸，羞恼成怒，在这没有王法的时候，杀几个买卖人总不算一回事呢！所以，他们也保护着我。想想看吧，这一带的居民大概不会不认识我吧！我三天两头地到这里来巡逻。平日，他们在墙根撒尿，我都要讨他们的厌，上前干涉；他们怎能不恨恶我呢！现在大家正在兴高采烈地白拿东西，要是遇见我，他们一人给我一砖头，我也就活不成了。即使他们不认识我，反正我是穿着制服，佩着东洋刀呀！在这个局面下，冒而咕咚地出来个巡警，够多么不合适呢！我满可以上前去道歉，说我不该这么冒失，他们能白白地饶了我吗？

街上忽然清静了一些，便道上的人纷纷往胡同里跑，马路当中走着七零八散的兵，都走得很慢；我摘下帽子，从一个学徒的肩上往外看了一眼，看见一位兵士，手里提着一串东西，像一串儿螃蟹似的。我能想到那是一串金银的镯子。他身上还有多少东西，不晓得，不过一定有许多硬货，因为他走得很慢。多么自然，多么可羡慕呢！自自然然的，提着一串镯子，在马路中心缓缓地走，有烧亮的铺户做着巨大的火把，给他们照亮了全城！

兵过去了，人们又由胡同里钻出来。东西已抢得差不多了，大家开始搬铺户的门板，有的去摘门上的匾额。我在报纸上常看见"彻底"这两个字，咱们的良民们打抢的时候才真正彻底呢！

这时候，铺户的人们才有出头喊叫的："救火呀！救火呀！别等着烧净了呀！"喊得教人一听见就要落泪！我身旁的人们开始活动。我怎么办呢？他们要是都去救火，剩下我这一个巡警，往哪儿跑呢？我拉住了一个屠户！他脱给了我那件满是猪油的大衫。把帽子夹在夹肢窝底下。一手握着佩刀，一手揪着大襟，我擦着墙根，逃回"区"里去。

27

八

　　我没去抢，人家所抢的又不是我的东西，这回事简直可以说和我不相干。可是，我看见了，也就明白了。明白了什么？我不会干脆地，恰当地，用一半句话说出来；我明白了点什么意思，这点意思教我几乎改变了点脾气。丢老婆是一件永远忘不了的事，现在它有了伴儿，我也永远忘不了这次的兵变。丢老婆是我自己的事，只须记在我的心里，用不着把家事国事天下事全拉扯上。这次的变乱是多少万人的事，只要我想一想，我便想到大家，想到全城，简直的我可以用这回事去断定许多的大事，就好像报纸上那样谈论这个问题那个问题似的。对了，我找到了一句漂亮的了。这件事教我看出一点意思，由这点意思我咂摸着许多问题。不管别人听得懂这句与否，我可真觉得它不坏。

　　我说过了：自从我的妻潜逃之后，我心中有了个空儿。经过这回兵变，那个空儿更大了一些，松松通通地能容下许多玩意儿。还接着说兵变的事吧！把它说完全了，你也就可以明白我心中的空儿为什么大起来了。

　　当我回到宿舍的时候，大家还全没睡呢。不睡是当然的，可是，大家一点也不显着着急或恐慌，吸烟的吸烟，喝茶的喝茶，就好像有红白事熬夜那样。我的狼狈的样子，不但没引起大家的同情，倒招得他们直笑。我本排着一肚子话要向大家说，一看这个样子也就不必再言语了。我想去睡，可是被排长给拦住了："别睡！待一会儿，天一亮，咱们全得出去弹压地面！"这该轮到我发笑了；街上烧抢到那个样子，并不见一个巡警，等到天亮再去弹压地面，岂不是天大的笑话！命令是命令，我只好等到天亮吧！

还没到天亮，我已经打听出来：原来高级警官们都预先知道兵变的事儿，可是不便于告诉下级警官和巡警们。这就是说，兵变是警察们管不了的事，要变就变吧；下级警官和巡警们呢，夜间糊糊涂涂地照常去巡逻站岗，是生是死随他们去！这个主意够多么活动而毒辣呢！再看巡警们呢，全和我自己一样，听见枪声就往回跑，谁也不傻。这样巡警正好对得起这样警官，自上而下全是瞎打混的当"差事"，一点不假！

虽然很要困，我可是急于想到街上去看看，夜间那一些情景还都在我的心里，我愿白天再去看一眼，好比较比较，教我心中这张画儿有头有尾。天亮得似乎很慢，也许是我心中太急。天到底慢慢地亮起来，我们排上队。我又要笑，有的人居然把盘起来的辫子梳好了放下来，巡长们也作为没看见。有的人在快要排队的时候，还细细刷了刷服，用布擦亮了皮鞋！街上有那么大的损失，还有人顾得擦亮了鞋呢。我怎能不笑呢！

到了街上，我无论如何也笑不出了！从前，我没真明白过什么叫作"惨"，这回才真晓得了。天上还有几颗懒得下去的大星，云色在灰白中稍微带出些蓝，清凉，暗淡。到处是焦糊的气味，空中游动着一些白烟。铺户全敞着门，没有一个整窗子，大人和小徒弟都在门口，或坐或立，谁也不出声，也不动手收拾什么，像一群没有主儿的傻羊。火已经停止住延烧，可是已被烧残的地方还静静地冒着白烟，吐着细小而明亮的火苗。微风一吹，那烧焦的房柱忽然又亮起来，顺着风摆开一些小火旗。最初起火的几家已成了几个巨大的焦土堆，山墙没有倒，空空地围抱着几座冒烟的坟头。最后燃烧的地方还都立着，墙与前脸全没塌倒，可是门窗一律烧掉，成了些黑洞。有一只猫还在这样的一家门口坐着，被烟熏得连连打嚏，可是还不肯离开那里。

平日最热闹体面的街口变成了一片焦木头破瓦，成群的焦柱静静地立着，东西南北都是这样，懒懒地，无聊地，欲罢不能地冒着些烟。地狱什么样？我不知道。大概这就差不多吧！我一低头，便想起往日街头上的景象，那些体面的铺户是多么华丽可爱。一抬头，眼前只剩了焦糊的那么一片。心中记得的景象与眼前看见的忽然碰到一处，碰出一些泪来。这就叫作"惨"吧？火场外有许多买卖人与学徒们呆呆地立着，手揣在袖里，对着残火发愣。遇见我们，他们只淡淡地看那么一眼，没有任何别的表示，仿佛他们已绝了望，用不着再动什么感情。

过了这一带火场，铺户全敞着门窗，没有一点动静，便道上马路上全是破碎的东西，比那火场更加凄惨。火场的样子教人一看便知道那是遭了火灾，这一片破碎静寂的铺户与东西使人莫名其妙，不晓得为什么繁华的街市会忽然变成绝大的垃圾堆。我就被派在这里站岗。我的责任是什么呢？不知道。我规规矩矩地立在那里，连动也不敢动，这破烂的街市仿佛有一股凉气，把我吸住。一些妇女和小孩子还在铺子外边拾取一些破东西，铺子的人不作声，我也不便去管；我觉得站在那里简直是多此一举。

太阳出来，街上显着更破了，像阳光下的叫花子那么丑陋。地上的每一个小物件都露出颜色与形状来，花哨得奇怪，杂乱得使人憋气。没有一个卖菜的，赶早市的，卖早点心的，没有一辆洋车，一匹马，整个的街上就是那么破破烂烂，冷冷清清，连刚出来的太阳都仿佛垂头丧气不大起劲，空空洞洞地悬在天上。一个邮差从我身旁走过去，低着头，身后扯着一条长影。我哆嗦了一下。

待了一会儿，段上的巡官下来了。他身后跟着一名巡警，两人都非常地精神在马路当中当当地走，好像得了什么喜事似的。巡官告诉我：注意街上的秩序，大令已经下来了！我行了礼，莫名其妙他说的是什么？那名巡警似乎看出来我的傻气，低声找补了一句：赶开那些拾东西的,大令下来了!我没心思去执行,可是不敢公然违抗命令,我走到铺户外边,向那些妇人孩子们摆了摆手,我说不出话来!

一边这样维持秩序,我一边往猪肉铺走,为是说一声,那件大褂等我给洗好了再送来。屠户在小肉铺门口坐着呢,我没想到这样的小铺也会遭抢,可是竟自成个空铺子了。我说了句什么,屠户连头也没抬。我往铺子里望了望:大小肉墩子,肉钩子,钱筒子,油盘,凡是能拿走的吧,都被人家拿走了,只剩下了柜台和架肉案子的土台!

我又回到岗位,我的头痛得要裂。要是老教我看看这条街,我知道不久就会疯了。

大令真到了。十二名兵,一个长官,捧着就地正法的令牌,枪全上着刺刀。呕!原来还是辫子兵啊!他们抢完烧完,再出来就地正法别人;什么玩意呢?我还得给令牌行礼呀!

行完礼,我急快往四下里看,看看还有没有捡拾零碎东西的人,好警告他们一声。连屠户的木墩都搬了走的人民,本来值不得同情;可是被辫子兵们杀掉,似乎又太冤枉。

说时迟,那时快,一个十四五岁的男孩子没有走脱。枪刺围住了他,他手中还攥住一块木板与一只旧鞋。拉倒了,大刀亮出来,孩子喊了声"妈!"血溅出去多远,身子还抽动,头已悬在电线杆子上!

我连吐口唾沫的力量都没有了,天地都在我眼前翻转。杀人,看见过,我不怕。我是不平!我是不平!请记住这句,这就是前面所说过的,"我看出一点意思"的那点意思。想想看,把整串的金银镯子提回营去,而后出来杀个拾了双破鞋的孩子,还说就地正"法"呢!天下要有这个"法",我×"法"的亲娘祖奶奶!请原谅我的嘴这么野,但是这种事恐怕也不大文明吧?

事后,我听人家说,这次的兵变是有什么政治作用,所以打抢的兵在事后还出来弹压地面。连头带尾,一切都是预先想好了的。什么政治作用？咱不懂！咱只想再骂街。可是，就凭咱这么个"臭脚巡"，骂街又有什么用呢！

九

简直我不愿再提这回事了，不过为圆上场面，我总得把问题提出来；提出来放在这里，比我聪明的人有的是，让他们自己去细咂摸吧！

怎么会"政治作用"里有兵变？

若是有意教兵来抢，当初干吗要巡警？

巡警到底是干吗的？是只管在街上小便的，而不管抢铺子的吗？

安善良民要是会打抢，巡警干吗去专拿小偷？

人们到底愿意要巡警不愿意？不愿意吧！为什么刚要打架就喊巡警，而且月月往外拿"警捐"？愿意吧！为什么又喜欢巡警不管事：要抢的好去抢，被抢的也一声不言语？

好吧，我只提出这么几个"样子"来吧！问题还多得很呢！我既不能去解决，也就不便再瞎叨叨了。这几个"样子"就真够教我糊涂的了，怎想怎不对，怎摸不清哪里是哪里，一会儿它有头有尾，一会儿又没头没尾，我这点聪明不够想这么大的事的。

我只能说这么一句老话，这个人民，连官儿，兵丁，巡警，带安善的良民，都"不够本"！所以，我心中的空儿就更大了呀！在这群"不够本"的人们里活着，就是个对付劲儿，别讲究什么"真"事儿，我算是看明白了。

还有个好字眼儿，别忘下："汤儿事"。谁要是跟我一样，想不出什么好办法来，顶好用这个话，又现成，又恰当，而且可以不至把自己绕糊涂了。"汤儿事",完了;如若还嫌稍微秃一点呢,再补上"真他妈的",就挺合适。

十

不须再发什么议论,大概谁也能看清楚咱们国的人是怎回事了。由这个再谈到警察,稀松二五眼正是理之当然,一点也不出奇。就拿抓赌来说吧:早年间的赌局都是由顶有字号的人物做后台老板;不但官面上不能够抄拿,就是出了人命也没有什么了不得的;赌局里打死人是常有的事。赶到有了巡警之后,赌局还照旧开着,敢去抄吗?这谁也能明白,不必我说。可是,不抄吧,又太不像话;怎么办呢?有主意,捡着那老实的办几案,拿几个老头儿老太太,抄去几打儿纸牌,罚上十头八块的。巡警呢,算交上了差事;社会上呢,大小也有个风声,行了。拿这一件事比方十件事,警察自从一开头就是抹稀泥。它养着一群混饭吃的人,做些个混饭吃的事。社会上既不需要真正的巡警,巡警也犯不上为六块钱卖命。这很清楚。

这次兵变过后,我们的困难增多了老些。年轻的小伙子们,抢着了不少的东西,总算发了邪财。有的穿着两件马褂,有的十个手指头戴着十个戒指,都扬扬得意地在街上扭,斜眼看着巡警,鼻子里哽哽地哼白气。我只好低下头去,本来吗,那么大的阵式,我们巡警都一声没出,事后还能怨人家小看我们吗?赌局到处都是,白抢来的钱,输光了也不折本儿呀!我们不敢去抄,想抄也抄不过来,太多了。我们在墙儿外听见人家里面喊"人九""对子",只作为没听见,轻轻地走过去。反正人们在院儿里头耍,不到街上来就行。哼!人们连这点面子也不给咱们留呀！那穿两件马褂的小伙子们偏要显出一点也不怕巡警——他们的祖父，爸爸，就没怕过巡警，也没见过巡警，他们为什么这辈子应当受巡警的气呢？——单要来到街上赌一场。有骰子就能开宝，蹲在地上就玩起活来。有一对石球就能踢，两人也行，五个人也行，"一毛钱一脚，踢不踢？好啦！'倒回来！'"啪，球碰了球，一毛。耍儿真不小呢，一点钟里也过手好几块。这都在我们鼻子底下，我们管不管呢？管吧！一个人，只佩着连豆腐也切不齐的刀，而赌家老是一帮年轻的小伙子。明人不吃眼前亏，巡警得绕着道儿走过去，不管的为是。可是，不幸，遇见了稽察，"你难道瞎了眼，看不见他们聚赌？"回去，至轻是记一过。这份儿委屈上哪儿诉去呢？

这样的事还多得很呢！以我自己说，我要不是佩着那么把破刀，而是拿着把手枪，跟谁我也敢碰碰，六块钱的饷银自然合不着卖命，可是泥人也有个土性，架不住碰在气头儿上。可是，我摸不着手枪，枪在土匪和大兵手里呢。

明明看见了大兵坐了车不给钱，而且用皮带抽洋车夫，我不敢不笑着把他劝了走。他有枪,他敢放,打死个巡警算得了什么呢！有一年，在三等窑子里，大兵们打死了我们三位弟兄，我们连凶首也没要出来。三位弟兄白白地死了，没有一个抵偿的，连一个挨几十军棍的也没有！他们的枪随便放，我们赤手空拳，我们这是文明事儿呀！

总而言之吧，在这么个以蛮横不讲理为荣，以破坏秩序为增光耀祖的社会里，巡警简直是多余。明白了这个，再加上我们前面所说过的食不饱力不足那一套，大概谁也能明白个八九成了。我们不抹稀泥，怎么办呢？我——我是个巡警——并不求谁原谅，我只是愿意这么说出来，心明眼亮，好教大家心里有个谱儿。

爽性我把最泄气的也说了吧：

当过了一二年差事，我在弟兄们中间已经是个了不得的人物。遇见官事，长官们总教我去挡头一阵。弟兄们并不因此而忌妒我，因为对大家的私事我也不走在后边。这样，每逢出个排长的缺，大家总对我咕唧："这回一定是你补缺了！"仿佛他们非常希望要我这么个排长似的。虽然排长并没落在我身上，可是我的才干是大家知道的。

我的办事诀窍，就是从前面那一大堆话中抽出来的。比方说吧，有人来报被窃，巡长和我就去察看。糙糙地把门窗户院看一过儿，顺口搭音地把我们在哪儿岗位，夜里有几趟巡逻，都说得详详细细，有滋有味，仿佛我们比谁都精细，都卖力气。然后，我门窗不甚严密的地方，话软而意思硬地开始反攻："这扇门可不大保险，得安把洋锁吧？告诉你，安锁要往下安，门坎那溜儿就很好，不容易教贼摸到。屋里养着条小狗也是办法，狗圈在屋里，不管是多么小，有动静就会汪汪，比院里放着三条大狗还有用。先生你看，我们多留点神，你自己也得注点意，两下一凑合，准保丢不了东西了。好吧，我们回去，多派几名下夜的就是了；先生歇着吧！"这一套，把我们的责任卸了，他就赶紧得安锁养小狗；遇见和气的主儿呢，还许给我们泡壶茶喝。这就是我的本事。怎么不负责任，而且不教人看出抹稀泥来，我就怎办。话要说得好听，甜嘴蜜舌地把责任全推到一边去，准保不招灾不惹祸。弟兄们都会这一套，可是他们的嘴与神气差着点劲儿。一句话有多少种说法，把神气弄对了地方，话就能说出去又拉回来，像有弹簧似的。这点，我比他们强，而且他们还是学不了去，这是天生来的才分！

赶到我独自下夜，遇见贼，你猜我怎么办？我呀！把佩刀攥在手里，省得有响声；他爬他的墙，我走我的路，各不相扰。好吗，真要教他记恨上我，藏在黑影儿里给我一砖，我受得了吗？那谁，傻王九，不是瞎了一只眼吗？他还不是为拿贼呢！有一天，他和董志和在街口上强迫给人们剪发，一人手里一把剪刀，见着带小辫的，拉过来就是一剪子。哼！教人家记上了。等傻王九走单了的时候，人家照准了他的眼就是一把石灰:"让你剪我的发,×你妈妈的!"他的眼就那么瞎了一只。你说,这差事要不像我那么去当,还活着不活着呢?凡是巡警们以为该干涉的,人们都以为是"狗拿耗子多管闲事",有什么法子呢?

我不能像傻王九似的,平白无故地丢去一只眼睛,我还留着眼睛看这个世界呢!轻手蹑脚地躲开贼,我的心里并没闲着,我想我那俩没娘的孩子,我算计这一个月的嚼谷。也许有人一五一十地算计,而用洋钱做单位吧?我呀,得一个铜子一个铜子地算。多几个铜子,我心里就宽绰;少几个,我就得发愁。还拿贼,谁不穷呢?穷到无路可走,谁也会去偷,肚子才不管什么叫作体面呢!

十一

这次兵变过后,又有一次大的变动:大清国改为中华民国了。改朝换代是不容易遇上的,我可是并没觉得这有什么意思。说真的,这百年不遇的事情,还不如兵变热闹呢。据说,一改民国,凡事就由人民主管了;可是我没看见。我还是巡警,饷银没有增加,天天出来进去还是那一套。原先我受别人的气,现在我还是受气;原先大官儿们的车夫仆人欺负我们,现在新官儿手底下的人也并不和气。"汤儿事"还是"汤儿事",倒不因为改朝换代有什么改变。可也别说,街上剪发的人比从前多了一些,总得算作一点进步吧。牌九押宝慢慢地也少起来,贫富人家都玩"麻将"了,我们还是照样地不敢去抄赌,可是赌具不能不算改了良,文明了一些。

民国的民倒不怎样,民国的官和兵可了不得!像雨后的蘑菇似的,不知道哪儿来的这么些官和兵。官和兵本不当放在一块儿说,可是他们的确有些相像的地方。昨天还一脚黄土泥，今天做了官或当了兵，立刻就瞪眼；越糊涂，眼越瞪得大，好像是糊涂灯，糊涂得透亮儿。这群糊涂玩意儿听不懂哪叫好话，哪叫歹话，无论你说什么；他们总是横着来。他们糊涂得教人替他们难过，可是他们很得意。有时候他们教我都这么想了：我这辈大概做不了文官或是武官啦！因为我糊涂得不够程度！

几乎是个官儿就可以要几名巡警来给看门护院，我们成了一种保镖的，挣着公家的钱，可为私人做事。我便被派到宅门里去。从道理上说，为官员看守私宅简直不能算作差事；从实利上讲，巡警们可都愿意这么被派出来。我一被派出来，就拔升为"三等警"；"招募警"还没有被派出来的资格呢！我到这时候才算入了"等"。再说呢，宅门的事情清闲，除了站门，守夜，没有别的事可做；至少一年可以省出一双皮鞋来。事情少，而且外带着没有危险；宅里的老爷与太太若打起架来，用不着我们去劝，自然也就不会把我们打在底下而受点误伤。巡夜呢，不过是绕着宅子走两圈，准保遇不上贼；墙高狗厉害，小贼不能来，大贼不便于来——大贼找退职的官儿去偷，既有油水，又不至于引起官面严拿；他们不惹有势力的现任官。在这里，不但用不着去抄赌，我们反倒保护着老爷太太们打麻将。遇到宅里请客玩牌，我们就更清闲自在：宅门外放着一片车马，宅里到处亮如白昼，仆人来往如梭，两三桌麻将，四五盏烟灯，彻夜地闹哄，绝不会闹贼，我们就睡大觉，等天亮散局的时候，我们再出来站门行礼，给老爷们助威。要赶上宅里有红白事，我们就更合适：喜事唱戏，我们跟着白听戏，准保都是有名的角色，在戏园子里绝听不到这么齐全。丧事呢，虽然没戏可听，可是死人不能一半天就抬出去，至少也得停三四十天，念好几棚经；好了，我们就跟着吃吧；他们死人，咱们就吃犒劳。怕就怕死小孩，既不能开吊，又得听着大家呕呕地真哭。其次是怕小姐偷偷跑了，或姨太太有了什么大错而被休出去，我们捞不着吃喝看戏，还得替老爷太太们怪不得劲儿的！

教我特别高兴的，是当这路差事，出入也随便了许多，我可以常常回家看看孩子们。在"区"里或"段"上，请会儿浮假都好不容易，因为无论是在"内勤"或"外勤"，工作是刻板儿排好了的，不易调换更动。在宅门里，我站完门便没了我的事，只须对弟兄们说一声就可以走半天。这点好处常常教我害怕，怕再调回"区"里去；我的孩子们没有娘，还不多教他们看看父亲吗？

就是我不出去，也还有好处。我的身上既永远不疲乏，心里又没多少事儿，闲着干什么呢？我呀，宅上有的是报纸，闲着就打头到底地念。大报小报，新闻社论，明白吧不明白吧，我全念，老念。这个，帮助我不少，我多知道了许多的事，多识了许多的字。有许多字到如今我还念不出来，可是看惯了，我会猜出它们的意思来，就好像街面上常见着的人，虽然叫不上姓名来，可是彼此怪面善。除了报纸，我还满世界去借闲书看。不过，比较起来，还是念报纸的益处大，事情多，字眼儿杂，看着开心。唯其事多字多，所以才费劲；念到我不能明白的地方，我只好再拿起闲书来了。闲书老是那一套，看了上回，猜也会猜到下回是什么事；正因为它这样，所以才不必费力，看着玩玩就算了。报纸开心，闲书散心，这是我的一点经验。

在门儿里可也有坏处：吃饭就第一成了问题。在"区"里或"段"上，我们的伙食钱是由饷银里坐地儿扣，好歹不拘，天天到时候就有饭吃。派到宅门里来呢，一共三五个人，绝不能找厨子包办伙食，没有厨子肯包这么小的买卖的。宅里的厨房呢，又不许我们用；人家老爷们要巡警，因为知道可以白使唤几个穿制服的人，并不大管这群人有肚子没有。我们怎办呢？自己起灶，做不到，买一堆盆碗锅勺，知道哪时就又被调了走呢？再说，人家门头上要巡警原为体面好看，好，我们若是给人家弄得盆朝天碗朝地，刀勺乱响，成何体统呢？没法子，只好买着吃。

这可够别扭的。手里若是有钱，不用说，买着吃是顶自由了，爱吃什么就叫什么，弄两盅酒儿伍的[①]，叫俩可口的菜，岂不是个乐子？请别忘了，我可是一月才共总进六块钱！吃的苦还不算什么，一顿一顿想主意可真教人难过，想着想着我就要落泪。我要省钱，还得变个样儿，不能老啃干馍馍辣饼子，像填鸭子似的。省钱与可口简直永远不能碰到一块，想想钱，我认命吧，还是弄几个干烧饼，和一块老腌萝卜，对付一下吧；想到身子，似乎又不该如此。想，越想越难过，越不能决定；一直饿到太阳平西还没吃上午饭呢！

我家里还有孩子呢！我少吃一口，他们就可以多吃一口，谁不心疼孩子呢？吃着包饭，我无法少交钱；现在我可以自由地吃饭了，为什么不多给孩子们省出一点来呢？好吧，我有八个烧饼才够，就硬吃六个，多喝两碗开水，来个"水饱"！我怎能不落泪呢！

看看人家宅门里吧，老爷挣钱没数儿！是呀，只要一打听就能打听出来他拿多少薪俸，可是人家绝不指着那点固定的进项，就这么说吧，一月挣八百块的，若是干挣八百块，他怎能那么阔气呢？这里必定有文章。这个文章是这样的，你要是一月挣六块钱，你就死挣那个数儿，你兜儿里忽然多出一块钱来，都会有人斜眼看你，给你造些谣言。你要是能挣五百块，就绝不会死挣这个数儿，而且你的钱越多，人们越佩服你。这个文章似乎一点也不合理，可是它就是这么做出来的，你爱信不信！

报纸与宣讲所里常常提倡自由；事情要是等着提倡，当然是原来没有。我原没有自由；人家提倡了会子，自由还没来到我身上，可是

[①]伍的：之类，什么的。

我在宅门里看见它了。民国到底是有好处的,自己有自由没有吧,反正看见了也就得算开了眼。

你瞧,在大清国的时候,凡事都有个准谱儿;该穿蓝布大褂的就得穿蓝布大褂,有钱也不行。这个,大概就应叫作专制吧!一到民国来,宅门里可有了自由,只要有钱,你爱穿什么,吃什么,戴什么,都可以,没人敢管你。所以,为争自由,得拼命地去搂钱;搂钱也自由,因为民国没有御史。你要是没在大宅门待过,大概你还不信我的话呢,你去看看好了。现在的一个小官都比老年间的头品大员多享着点福:讲吃的,现在交通方便,山珍海味随便地吃,只要有钱。吃腻了这些还可以拿西餐洋酒换换口味;哪一朝的皇上大概也没吃过洋饭吧?讲穿的,讲戴的,讲看的听的,使的用的,都是如此;坐在屋里你可以享受全世界最好的东西。如今享福的人才真叫作享福,自然如今搂钱也比从前自由得多。别的我不敢说,我准知道宅门里的姨太太擦五十块钱一小盒的香粉,是由什么巴黎来的;巴黎在哪儿?我不知道,反正那里来的粉是很贵。我的邻居李四,把个胖小子卖了,才得到四十块钱,足见这香粉贵到什么地步了,一定是又细又香呀,一定!

好了,我不再说这个了;紧自①贫嘴恶舌,倒好像我不赞成自由似的,那我哪敢呢!

我再从另一方面说几句,虽然还是话里套话,可是多少有点变化,好教人听着不俗气厌烦。刚才我说人家宅门里怎样自由,怎样阔气,谁可也别误会了人家做老爷的就整天地大把往外扔洋钱,老爷们才不这么傻呢!是呀,姨太太擦比一个小孩还贵的香粉,但是姨太太是姨太太,姨太太有姨太太的造化与本事。人家做老爷的给姨太太买那么贵的粉,正因为人家有地方可以抠出来。你就这么说吧,好比你做了

---

①紧自:总是,一个劲儿。

老爷,我就能按着宅门的规矩告诉你许多诀窍:你的电灯,自来水,煤,电话,手纸,车马,天棚,家具,信封信纸,花草,都不用花钱;最后,你还可以白使唤几名巡警。这是规矩,你要不明白这个,你简直不配做老爷。告诉你一句到底的话吧,做老爷的要空着手儿来,满膛满馅地去,就好像刚惊蛰后的臭虫,来的时候是两张皮,一会儿就变成肚大腰圆,满兜儿血。这个比喻稍粗一点,意思可是不错。自由地搂钱,专制地省钱,两下里一合,你的姨太太就可以擦巴黎的香粉了。这句话也许说得太深奥了一些,随便吧!你爱懂不懂。

这可就该说到我自己了。按说,宅门里白使唤了咱们一年半载,到节了年了的,总该有个人心,给咱们哪怕是顿犒劳饭呢,也大小是个意思。哼!休想!人家做老爷的钱都留着给姨太太花呢,巡警算哪道货?等咱被调走的时候,求老爷给"区"里替我说句好话,咱都得感激不尽。

你看,命令下来,我被调到别处。我把铺盖卷打好,然后恭而敬之地去见宅上的老爷。看吧,人家那股子劲儿大了去啦!带理不理的,倒仿佛我偷了他点东西似的。我托咐了几句:求老爷顺便和"区"里说一声,我的差事当得不错。人家微微地一抬眼皮,连个屁都懒得放。我只好退出来了,人家连个拉铺盖的车钱也不给;我得自己把它扛了走。这就是他妈的差事,这就是他妈的人情!

十二

机关和宅门里的要人越来越多了。我们另成立了警卫队,一共有五百人,专做那义务保镖的事。为是显出我们真能保卫老爷们,我们每人有一杆洋枪,和几排子弹。对于洋枪——这些洋枪——我一点也不感觉兴趣;它又沉,又老,又破,我摸不清这是由哪里找来的一些专为压人肩膀,而一点别的用处没有的玩意儿。我的子弹老在腰间围着,永远不准往枪里搁;到了什么大难临头,老爷们都逃走了的时候,我们才安上刺刀。

这可并非是说,我可以完全不管那支破家伙;它虽然是那么破,我可得给它支使着。枪身里外,连刺刀,都得天天擦;即使永远擦不亮,我的手可不能闲着。心到神知!再说,有了枪,身上也就多了些玩意儿,皮带,刺刀鞘,子弹袋子,全得弄得利落抹腻,不能像猪八戒挎腰刀那么懒懒松松的,还得打裹腿呢!

多出这么些事来,肩膀上添了七八斤的分量,我多挣了一块钱;现在我是一个月挣七块大洋了,感谢天地!

七块钱,扛枪,打裹腿,站门,我干了三年多。由这个宅门串到那个宅门,由这个衙门调到那个衙门;老爷们出来,我行礼;老爷们进去,我行礼。这就是我的差事。这种差事才毁人呢:你说没事做吧,又有事;说有事做吧,又没事。还不如上街站岗去呢。在街上,至少得管点事,用用心思。在宅门或衙门,简直永远不用费什么一点脑子。赶到在闲散的衙门或汤儿事的宅子里,连站门的时候都满可以随便,拄着枪立着也行,抱着枪打盹也行。这样的差事教人不起一点儿劲,它生生地把人耗疲了。一个当仆人的可以有个盼望,哪儿的事情甜就想往哪儿去,我们当这份儿差事,明知一点好来头没有,可是就那么一天天地穷耗,耗得连自己都看不起了自己。按说,这么空闲无事,就应当吃得白白胖胖,也总算个体面呀。哼!我们并蹲不出膘儿来。我们一天老绕着那七块钱打算盘,穷得揪心。心要是揪上,还怎么会发胖呢?以我自己说吧,我的孩子已到上学的年岁了,我能不教他去吗?上学就得花钱,古今一理,不算出奇,可是我上哪里找这份钱去呢?

做官的可以白占许多许多便宜，当巡警的连孩子白念书的地方也没有。上私塾吧，学费节礼，书籍笔墨，都是钱。上学校吧，制服，手工材料，种种本子，比上私塾还费得多。再说，孩子们在家里，饿了可以掰一块窝窝头吃；一上学，就得给点心钱，即使咱们肯教他揣着块窝窝头去，他自己肯吗？小孩的脸是更容易红起来的。

　　我简直没办法。这么大个活人，就会干瞪着眼睛看自己的儿女在家里荒荒着！我这辈无望了，难道我的儿女应当更不济吗？看着人家宅门的小姐少爷去上学，喝！车接车送，到门口还有老妈子丫环来接书包，抱进去，手里拿着橘子苹果，和新鲜的玩具。人家的孩子这样，咱的孩子那样；孩子不都是将来的国民吗？我真想辞差不干了。我愣当仆人去，弄俩零钱，好教我的孩子上学。

　　可是人就是别入了辙，入到哪条辙上便一辈子拔不出腿来。当了几年的差事——虽然是这样的差事——我事事入了辙，这里有朋友，有说有笑，有经验，它不教我起劲，可是我也仿佛不大能狠心地离开它。再说，一个人的虚荣心每每比金钱还有力量，当惯了差，总以为去当仆人是往下走一步，虽然可以多挣些钱。这可笑，很可笑，可是人就是这么个玩意儿。我一跟朋友们说这个，大家都摇头。有的说，大家混得都很好的，干吗去改行？有的说，这山望着那山高，咱们这些苦人干什么也发不了财，先忍着吧！有的说，人家中学毕业生还有当"招募警"的呢，咱们有这个差事当，就算不错；何必呢？连巡官都对我说了：好歹混着吧，这是差事；凭你的本事，日后总有升腾！大家这么一说，我的心更活了，仿佛我要是固执起来，倒不大对得住朋友似的。好吧，还往下混吧。小孩念书的事呢？没有下文！

　　不久，我可有了个好机会。有位冯大人哪，官职大得很，一要就要十二名警卫；四名看门，四名送信跑道，四名做跟随。这四名跟随得会骑马。那时候，汽车还没出世，大官们都讲究坐大马车。在前清的时候,大官坐轿或坐车,不是前有顶马,后有跟班吗?这位冯大人愿意恢复这点官威,马车后得有四名带枪的警卫。敢情会骑马的人不好找,找遍了全警卫队,才找到了三个;三条腿不大像话,连巡官都急得直抓脑袋。我看出便宜来了:骑马,自然得有粮钱哪!为我的小孩念书起见,我得冒下子险,假如从马粮钱里能弄出块儿八毛的来,孩子至少也可以去私塾了。按说,这个心眼不甚好,可是我这是卖着命,我并不会骑马呀!我告诉了巡官,我愿意去。他问我会骑马不会?我没说我会,也没说我不会;他呢,反正找不到别人,也就没究根儿。

有胆子,天下便没难事。当我头一次和马见面的时候,我就合计好了:摔死呢,孩子们入孤儿院,不见得比在家里坏;摔不死呢,好,孩子们可以念书去了。这么一来,我就先不怕马了。我不怕它,它就得怕我,天下的事不都是如此吗?再说呢,我的腿脚利落,心里又灵,跟那三位会骑马的瞎扯巴了一会儿,我已经把骑马的招数知道了不少。找了匹老实的,我试了试,我手心里攥着把汗,可是硬说我有了把握。头几天,我的罪过真不小,浑身像散了一般,屁股上见了血。我咬了牙。等到伤好了,我的胆子更大起来,而且觉出来骑马的快乐。跑,跑,车多快,我多快,我算是治服了一种动物!

我把马治服了,可是没把粮草钱拿过来,我白冒了险。冯大人家中有十几匹马呢,另有看马的专人,没有我什么事。我几乎气病了。可是,不久我又高兴了:冯大人的官职是这么大,这么多,他简直没有回家吃饭的工夫。我们跟着他出去,一跑就是一天。他当然喽,到处都有饭吃,我们呢?我们四个人商议了一下,决定跟他交涉,他在哪里吃饭,也得有我们的。冯大人这个人心眼还不错,他很爱马,爱面子,爱手下的人。我们一对他说,他马上答应了。这个,可是个便宜。不用往多里说。我们要是一个月准能在外边白吃半个月的饭,我们不就省下半个月的饭钱吗?我高了兴!

冯大人,我说,很爱面子。当我们去见他交涉饭食的时候,他细细看了看我们。看了半天,他摇了摇头,自言自语地说:"这可不行!"我以为他是说我们四个人不行呢,敢情不是。他登时要笔墨,写了个条子:"拿这个见总队长去,教他三天内都办好!"把条子拿下来,我们看了看,原来是教队长给我们换制服:我们平常的制服是斜纹布的,冯大人现在教换呢子的;袖口、裤缝,和帽箍,一律要安金绦子。靴子也换,要过膝的马靴。枪要换上马枪,还另外给一人一把手枪。看完这个条子,连我们自己都觉得不合适:长官们才能穿呢衣,镶金绦,我们四个是巡警,怎能平白无故地穿上这一套呢?自然,我们不能去教冯大人收回条子去,可是我们也怪不好意思去见总队长。总队长要是不敢违抗冯大人,他满可以对我们四个人发发脾气呀!

你猜怎么着?总队长看了条子,连大气没出,照话而行,都给办了。你就说冯大人有多么大的势力吧!喝!我们四个人可抖起来了,真正细黑呢制服,镶着黄登登的金绦,过膝的黑皮长靴,靴后带着白亮亮的马刺,马枪背在背后,手枪挎在身旁,枪匣外耷拉着长杏黄穗子。简直可以这么说吧,全城的巡警的威风都教我们四个人给夺过来了。我们在街上走,站岗的巡警全都给我们行礼,以为我们是大官儿呢!

当我做裱糊匠的时候,稍微讲究一点的烧活,总得糊上匹菊花青的大马。现在我穿上这么抖的制服,我到马棚去挑了匹菊花青的马,这匹马非常地闹手,见了人是连啃带踢;我挑了它,因为我原先糊过这样的马,现在我得骑上匹活的;菊花青,多么好看呢!这匹马闹手,可是跑起来真作脸[1],头一低,嘴角吐着点白沫,长鬃像风吹着一垄春麦,小耳朵立着像俩小瓢儿;我只须一认镫[2],它就要飞起来。这

---

[1]作脸:露脸,增添光彩、体面。
[2]认镫:脚寻找并蹬在马、骡、驴等坐骑的镫子上。

一辈子,我没有过什么真正得意的事;骑上这匹菊花青大马,我必得说,我觉到了骄傲与得意!

按说,这回的差事总算过得去了,凭那一身衣裳与那匹马还不值得高高兴兴地混吗?哼!新制服还没穿过三个月,冯大人吹了台,警卫队也被解散;我又回去当三等警了。

十三

警卫队解散了。为什么?我不知道。我被调到总局里去当差,并且得了一面铜片的奖章,仿佛是说我在宅门里立下了什么功劳似的。在总局里,我有时候管户口册子,有时候管辅捐的账簿,有时候值班守大门,有时候看管军装库。这么二三年的工夫,我又把局子里的事情全明白了个大概。加上我以前在街面上,衙门口和宅门里的那些经验,我可以算作个百事通了,里里外外的事,没有我不晓得的。要提起警务,我是地道内行。可是一直到这个时候,当了十年的差,我才升到头等警,每月挣大洋九元。

大家伙或者以为巡警都是站街的,年轻轻的好管闲事。其实,我们还有一大群人在区里局里藏着呢。假若有一天举行总检阅,你就可以看见些稀奇古怪的巡警:罗锅腰的,近视眼的,掉了牙的,瘸着腿的,无奇不有。这些怪物才真是巡警中的盐,他们都有资格有经验,识文断字,一切公文案件,一切办事的诀窍,都在他们手里呢。要是没有他们,街上的巡警就非乱了营不可。这些人,可是永远不会升腾起来;老给大家办事,一点起色也没有,平生连出头露面的体面一次都没有过。他们任劳任怨地办事,一直到他们老得动不了窝,老是头等警,挣九块大洋。多咱你在街上看见：穿着洗得很干净的灰布大褂，脚底下可还穿着巡警的皮鞋，用脚后跟慢慢地走，仿佛支使不动那双鞋似的，那就准是这路巡警。他们有时候也到大"酒缸"上，喝一个"碗酒"，就着十几个花生豆儿，挺有规矩，一边往下咽那点辣水，一边叹着气。头发已经有些白的了，嘴巴儿可还刮得很光，猛看很像个太监。他们很规则，和蔼，会做事，他们连休息的时候还得穿着那双不得人心的鞋！

跟这群人在一处办事，我长了不少的知识。可是，我也有点害怕：莫非我也就这样下去了吗？他们够多么可爱，又多么可怜呢！看着他们，我心中时常忽然凉那么一下，教我半天说不上话来。不错，我比他们都年岁小，也不见得比他们不精明，可是我有希望没有呢？年岁小？我也三十六了！

这几年在局子里可也有一样好处，我没受什么惊险。这几年，正是年年春秋准打仗的时期，旁人受的罪我先不说，单说巡警们就真够瞧的。一打仗，兵们就成了阎王爷，而巡警头朝了下！要粮，要车，要马，要人，要钱，全交派给巡警，慢一点送上去都不行。一说要烙饼一万斤，得，巡警就得挨着家去到切面铺和烙烧饼的地方给要大饼；饼烙得，还得押着清道夫给送到营里去；说不定还挨几个嘴巴回来！

要单是这么伺候着兵老爷们，也还好；不，兵老爷们还横反呢。凡是有巡警的地方，他们非捣乱不可，巡警们管吧不好，不管吧也不好，活受气。世上有糊涂人，我晓得；但是兵们的糊涂令我不解。他们只为逗一时的字号，完全不讲情理；不讲情理也罢，反正得自己别吃亏呀；不，他们连自己吃亏不吃亏都看不出来，你说天下哪里再找这么糊涂的人呢。就说我的表弟吧，他已当过十多年的兵，后来几年还老是排长，按说总该明白点事儿了。哼！那年打仗，他押着十几名俘虏往营里送。

喝！他得意非常地在前面领着，仿佛是个皇上似的。他手下的弟兄都看出来，为什么不先解除了俘虏的武装呢？他可就是不这么办，拍着胸膛说一点错儿没有。走到半路上，后面响了枪，他登时就死在了街上。他是我的表弟，我还能盼着他死吗？可是这股子糊涂劲儿，教我也没法抱怨开枪打他的人。有这样一个例子，你也就能明白一点兵们是怎样地难对付了。你要是告诉他，汽车别往墙上开，好啦，他就非去碰碰不可，把他自己碰死倒可以，他就是不能听你的话。

在总局里几年，没别的好处，我算是躲开了战时的危险与受气。自然啰！一打仗，煤米柴炭都涨价儿，巡警们也随着大家一同受罪，不过我可以安坐在公事房里，不必出去对付大兵们，我就得知足。

可是，在局里我又怕一辈子就窝在那里，永没出头之日，有人情，可以升腾起来；没人情而能在外边拿贼办案，也是个路子，我既没人情，又不到街面上去，打哪儿升高一步呢？我越想越发愁。

十四

到我四十岁那年，大运亨通，我补了巡长！我顾不得想已经当了多少年的差，卖了多少力气，和巡长才挣多少钱；都顾不得想了。我只觉得我的运气来了！

小孩子拾个破东西，就能高兴地玩耍半天，所以小孩子能够快乐。大人们也得这样，或者才能对付着活下去。细细一想，事情就全糟。我升了巡长，说真的，巡长比巡警才多挣几块钱呢？挣钱不多，责任可有多么大呢！往上说，对上司们事事得说出个谱儿来；往下说，对弟兄们得又精明又热诚；对内说，差事得交得过去；对外说，得能不软不硬地办了事。这，比做知县难多了。县长就是一个地方的皇上，巡长没那个身份，他得认真办事，又得敷衍事，真真假假，虚虚实实，哪一点没想到就出蘑菇。出了蘑菇还是真糟，往上升腾不易呀，往下降可不难呢。当过了巡长再降下来，派到哪里去也不吃香：弟兄们咬吃，喝！你这做过巡长的，……这个那个地扯一堆。长官呢，看你是刺儿头，故意地给你小鞋穿，你怎么忍也忍不下去。怎办呢？哼！由巡长而降为巡警，顶好干脆卷铺盖家去，这碗饭不必再吃了。可是，以我说吧，四十岁才升上巡长，真要是卷了铺盖，我干吗去呢？

真要是这么一想，我登时就得白了头发。幸而我当时没这么想，只顾了高兴，把坏事儿全放在了一旁。我当时倒这么想：四十做上巡长，五十——哪怕是五十呢！——再做上巡官，也就算不白当了差。咱们非学校出身，又没有大人情，能做到巡官还算小吗？这么一想，我简直地拼了命，精神百倍地看着我的事，好像看着颗夜明珠似的！

做了二年的巡长，我的头上真见了白头发。我并没细想过一切，可是天天揪着心，唯恐哪件事办错了，担了处分。白天，我老喜笑颜开地打着精神办公；夜间，我睡不实在，忽然想起一件事，我就受了一惊似的，翻来覆去地思索；未必能想出办法来，我的困意可也就不再回来了。

公事而外，我为我的儿女发愁：儿子已经二十了，姑娘十八。福海——我的儿子——上过几天私塾，几天贫儿学校，几天公立小学。字吗，凑在一块儿他大概能念下来第二册国文；坏招儿，他可学会了不少，私塾的，贫儿学校的，公立小学的，他都学来了，到处准能考一百分，假若学校里考坏招数的话。本来吗，自幼失了娘，我又终年在外边瞎混，他可不是爱怎么反就怎么反吗。我不恨铁不成钢去责备他，也不抱怨任何人，我只恨我的时运低，发不了财，不能好好地教育他。我不算对不起他们，我一辈子没给他们弄个后娘，给他们气受。至于我的时运不济，只能当巡警，那并非是我的错儿，人还能大过天去吗？

福海的个子可不小，所以很能吃呀！一顿胡搂三大碗芝麻酱拌面，有时候还说不很饱呢！就凭他这个吃法，他再有我这么两份儿爸爸也不中用！我供给不起他上中学，他那点"秀气"也没法考上。我得给他找事做。哼！他会做什么呢？

从老早，我心里就这么嘀咕：我的儿子愣可去拉洋车，也不去当巡警；我这辈子当够了巡警，不必世袭这份差事了！在福海十二三岁的时候，我教他去学手艺，他哭着喊着地一百个不去。不去就不去吧，等他长两岁再说；对个没娘的孩子不就得格外心疼吗？到了十五岁，我给他找好了地方去学徒，他不说不去，可是我一转脸，他就会跑回家来。几次我送他走，几次他偷跑回来。于是只好等他再大一点吧，等他心眼转变过来也许就行了。哼！从十五到二十，他就愣荒荒过来，能吃能喝，就是不爱干活儿。赶到教我给逼急了："你到底愿意干什么呢？你说！"他低着脑袋，说他愿意挑巡警！他觉得穿上制服，在街上走，既能挣钱，又能就手儿散心，不像学徒那样永远圈在屋里。我没说什么，心里可刺着痛。我给打了个招呼，他挑上了巡警。我心里痛不痛的，反正他有事做，总比死吃我一口强啊。父是英雄儿好汉，爸爸巡警儿子还是巡警，而且他这个巡警还必定跟不上我。我到四十岁才熬上巡长，他到四十岁，哼！不教人家开革出来就是好事！没盼望！我没续娶过，因为我咬得住牙。他呢，赶明儿个难道不给他成家吗？拿什么养着呢？

是的，儿子当了差，我心中反倒堵上个大疙疸！

再看女儿呢，也十八九了，紧自搁在家里算怎回事呢？当然，早早撮出去的为是，越早越好。给谁呢？巡警，巡警，还得是巡警？一个人当巡警，子孙万代全得当巡警，仿佛掉在了巡警阵里似的。可是，不给巡警还真不行呢：论模样，她没什么模样；论教育，她自幼没娘，只认识几个大字；论赔送，我至多能给她做两件洋布大衫；论本事，她只能受苦，没别的好处。巡警的女儿天生来的得嫁给巡警,八字造定,谁也改不了！

唉！给了就给了啵！撮出她去，我无论怎说也可以心净一会儿。并非是我心狠哪；想想看，把她撂到二十多岁，还许就剩在家里呢。我对谁都想对得起，可是谁又对得起我来着！我并不想唠里唠叨地发牢骚，不过我愿把事情都摆平了，谁是谁非，让大家看。

当她出嫁的那一天，我真想坐在那里痛哭一场。我可是没有哭；这也不是一半天的事了，我的眼泪只会在眼里转两转，简直地不会往下流！

十五

儿子有了事做，姑娘出了阁，我心里说：这我可能远走高飞了！假若外边有个机会，我愣把巡长搁下，也出去见识见识。什么发财不发财的，我不能就窝囊这么一辈子。

机会还真来了。记得那位冯大人呀，他放了外任官。我不是爱看报吗？得到这个消息，就找他去了，求他带我出去。他还记得我，而且愿意这么办。他教我去再约上三个好手，一共四个人随他上任。我留了个心眼，请他自己向局里要四名，作为是拨遣。我是这么想：假若日后事情不见佳呢，既省得朋友们抱怨我，而且还可以回来交差，有个退身步。他看我的办法不错，就指名向局里调了四个人。

这一喜可非同小喜。就凭我这点经验知识，管保说，到哪儿我也可以做个很好的警察局局长，一点不是瞎吹！一条狗还有得意的那一天呢，何况是个人？我也该抖两天了，四十多岁还没露过一回脸呢！

果然，命令下来，我是卫队长；我乐得要跳起来。

哼！也不是咱的命不好，还是冯大人的运不济；还没到任呢，又撤了差。猫咬尿泡，瞎欢喜一场！幸而我们四个人是调用，不是辞差；冯大人又把我们送回局里去了。我的心里既为这件事难过，又为回局里能否还当巡长发愁，我脸上瘦了一圈。

幸而还好，我被派到防疫处做守卫，一共有六位弟兄，由我带领。这是个不错的差事，事情不多，而由防疫处开我们的饭钱。我不确实地知道，大概这是冯大人给我说了句好话。

在这里，饭钱既不必由自己出，我开始攒钱，为是给福海娶亲——只剩了这么一档子该办的事了，爽性早些办了吧！

在我四十五岁上，我娶了儿媳妇——她的娘家父亲与哥哥都是巡警。可倒好，我这一家子，老少里外，全是巡警，凑吧凑吧，就可以成立个警察分所！

人的行动有时候莫名其妙。娶了儿媳妇以后，也不知怎么我以为应当留下胡子，才够做公公的样子。我没细想自己是干什么的，直入公堂的就留下胡子了。小黑胡子在我嘴上，我捻上一袋关东烟，觉得挺够味儿。本来吗，姑娘聘出去了，儿子成了家，我自己的事又挺顺当，怎能觉得不是味儿呢？

哼！我的胡子惹下了祸。总局局长忽然换了人，新局长到任就检阅全城的巡警。这位老爷是军人出身，只懂得立正看齐，不懂得别的。在前面我已经说过，局里区里都有许多老人们，长相不体面，可是办事多年，最有经验。我就是和局里这群老手儿排在一处的，因为防疫处的守卫不属于任何警区，所以检阅的时候便随着局里的人立在一块儿。

当我们站好了队，等着检阅的时候，我和那群老人们还有说有笑，自自然然的。我们心里都觉得，重要的事情都归我们办，提哪一项事情我们都知道，我们没升腾起来已经算很委屈了，谁还能把我们踢出去吗？上了几岁年纪，诚然，可是我们并没少做事儿呀！即使说老朽不中用了，反正我们都至少当过十五六年的差，我们年轻力壮的时候是把精神血汗耗费在公家的差事上，冲着这点，难道还不留个情面吗？谁能够看狗老了就一脚踢出去呢？我们心中都这么想，所以满没把这回事放在心里，以为新局长从远处瞭我们一眼也就算了。

局长到了，大个子胸前挂满了徽章，又是喊，又是蹦，活像个机器人。我心里打开了鼓。他不按着次序看，一眼看到我们这一排，他猛虎扑食似的就跑过来了。叉开脚，手握在背后，他向我们点了点头。然后忽然他一个箭步跳到我们跟前，抓起一个老书记生的腰带，像摔跤似的往前一拉，几乎把老书记生拉倒；抓着腰带，他前后摇晃了老书记生几把，然后猛一撒手，老书记生摔了个屁股蹲。局长对准了他就是两口唾沫，"你也当巡警！连腰带都系不紧？来！拉出去毙了！"

我们都知道，凭他是谁，也不能枪毙人。可是我们的脸都白了，不是怕，是气的。那个老书记生坐在地上，哆嗦成了一团。

局长又看了看我们，然后用手指划了条长线，"你们全滚出去，别再教我看见你们！你们这群东西也配当巡警！"说完这个，仿佛还不解气，又跑到前面，扯着脖子喊："是有胡子的全脱了制服，马上走！"

有胡子的不止我一个，还都是巡长巡官，要不然我也不敢留下这几根惹祸的毛。

二十年来的服务，我就是这么被刷下来了。其实呢，我虽四十多岁，我可是一点也不显着老苍，谁教我留下了胡子呢！这就是说，当你年轻力壮的时候，你把命卖上，一月就是那六七块钱。你的儿子，因为你当巡警，不能读书受教育；你的女儿，因为你当巡警，也嫁个穷汉去吃窝窝头。你自己呢，一长胡子，就算完事，一个铜子的恤金养老金也没有，服务二十年后，你教人家一脚踢出来，像踢开一块碍事的砖头似的。五十以前，你没挣下什么，有三顿饭吃就算不错；五十以后，你该想主意了，是投河呢，还是上吊呢？这就是当巡警的下场头。

二十年来的差事，没做过什么错事，但我就这样卷了铺盖。

弟兄们有含着泪把我送出来的，我还是笑着；世界上不平的事可多了，我还留着我的泪呢！

十六

穷人的命——并不像那些施舍稀粥的慈善家所想的——不是几碗粥所能救活了的；有粥吃，不过多受几天罪罢了，早晚还是死。我的履历就跟这样的粥差不多，它只能帮助我找上个小事，教我多受几天罪；我还得去当巡警。除了说我当巡警，我还真没法介绍自己呢！它就像颗不体面的痣或瘤子，永远跟着我。我懒得说当过巡警，懒得再去当巡警，可是不说不当，还真连碗饭也吃不上，多么可恶呢！

歇了没有好久，我由冯大人的介绍，到一座煤矿上去做卫生处主任，后来又升为矿村的警察分所所长；这总算运气不坏。在这里我很施展了些我的才干与学问：对村里的工人，我以二十年服务的经验，管理得真叫不错。他们聚赌，斗殴，罢工，闹事，醉酒，就凭我的一张嘴，就事论事，干脆了当，我能把他们说得心服口服。对弟兄们呢，我得亲自去训练。他们之中有的是由别处调来的，有的是由我约来帮忙的，都当过巡警；这可就不容易训练，因为他们懂得一些警察的事儿，而想看我一手儿。我不怕，我当过各样的巡警，里里外外我全晓得；凭着这点经验，我算是没被他们给撅了。对内对外，我全有办法，这一点也不瞎吹。

假若我能在这里混上几年，我敢保说至少我可以积攒下个棺材本儿，因为我的饷银差不多等于一个巡官的，而到年底还可以拿一笔奖金。可是，我刚做到半年，把一切都布置得有个大概啦，哼！我被人家顶下来了。我的罪过是年老与过于认真办事。弟兄们满可以拿些私钱，假若我肯睁着一只闭着一只眼的话。我的两眼都睁着，种下了毒。对外也是如此，我明白警察的一切，所以我要本着良心把此地的警务办得完完全全，真像个样儿。还是那句话，人民要不是真正的人民，办警察是多此一举，越办得好越招人怨恨。自然，容我办上几年，大家也许能看出它的好处来。可是，人家不等办好，已经把我踢开了。

在这个社会中办事，现在才明白过来，就得像发给巡警们皮鞋似的。大点，活该！小点，挤脚？活该！什么事都能办通了，你打算合大家的适，他们要不把鞋打在你脸上才怪。这次的失败，因为我忘了那三个宝贝字——"汤儿事"，因此我又卷了铺盖。

这回，一闲就是半年多。从我学徒时候起，我无事也忙，永不懂得偷闲。现在，虽然是奔五十的人了，我的精神气力并不比那个年轻小伙子差多少。生让我闲着，我怎么受呢？由早晨起来到日落，我没有正经事做，没有希望，跟太阳一样，就那么由东而西地转过去；不过，太阳能照亮了世界，我呢，心中老是黑糊糊的。闲得起急，闲得要躁，闲得讨厌自己，可就是摸不着点儿事做。想起过去的劳力与经验，并不能自慰，因为劳力与经验没给我积攒下养老的钱，而我眼看着就是挨饿。我不愿人家养着我，我有自己的精神与本事，愿意自食其力地去挣饭吃。我的耳目好像做贼的那么尖，只要有个消息，便赶上前去，可是老空着手回来，把头低得无可再低，真想一跤摔死，倒也爽快！还没到死的时候，社会像要把我活埋了！晴天大日头的，我觉得身子慢慢往土里陷；什么缺德的事也没做过，可是受这么大的罪。一天到晚我叼着那根烟袋，里边并没有烟，只是那么叼着，算个"意思"而已。我活着也不过是那么个"意思"，好像专为给大家当笑话看呢！

好容易，我弄到个事：到河南去当盐务缉私队的队兵。队兵就队兵吧，有饭吃就行呀！借了钱，打点行李，我把胡子剃得光光地上了"任"。

半年的工夫，我把债还清，而且升为排长。别人花俩，我花一个，好还债。别人走一步，我走两步，所以升了排长。委屈并挡不住我的努力，我怕失业。一次失业，就多老上三年，不饿死，也憋闷死了。至于努力挡得住失业挡不住，那就难说了。

我想——哼！我又想了！——我既能当上排长，就能当上队长，不又是个希望吗？这回我留了神，看人家怎做，我也怎做。人家要私钱，我也要，我别再为良心而坏了事；良心在这年月并不值钱。假若我在队上混个队长，连公带私，有几年的工夫，我不是又可以剩下个棺材本儿吗？我简直地没了大志向，只求腿脚能动便去劳动；多咱动不了窝，好，能有个棺材把我装上，不至于教野狗们把我嚼了。我一眼看着天，一眼看着地。我对得起天，再求我能静静地躺在地下。并非我倚老卖老，我才五十来岁；不过，过去的努力既是那么白干一场，我怎能不把眼睛放低一些，只看着我将来的坟头呢！我心里是这么想，我的志愿既这么小，难道老天爷还不睁开点眼吗？

来家信，说我得了孙子。我要说我不喜欢，那简直不近人情。可是，我也必得说出来：喜欢完了，我心里凉了那么一下，不由得自言自语地嘀咕："哼！又来个小巡警吧！"一个做祖父的，按说，哪有给孙子说丧气话的，可是谁要是看过我前边所说的一大片，大概谁也会原谅我吧？有钱人家的儿女是希望，没钱人家的儿女是累赘；自己的肚中空虚，还能顾得子孙万代，和什么"忠厚传家久，诗书继世长"吗？

我的小烟袋锅儿里又有了烟叶，叼着烟袋，我咂摸着将来的事儿。

有了孙子，我的责任还不止于剩个棺材本儿了；儿子还是三等警，怎能养家呢？我不管他们夫妇，还不管孙子吗？这教我心中忽然非常的乱，自己一年比一年的老，而家中的嘴越来越多，哪个嘴不得用窝窝头填上呢！我深深地打了几个嗝儿，胸中仿佛横着一口气。算了吧，我还是少思索吧，没头儿，说不尽！个人的寿数是有限的，困难可是世袭的呢！子子孙孙，万年永实用，窝窝头！

风雨要是都按着天气预测那么来，就无所谓狂风暴雨了。困难若是都按着咱们心中所思虑的一步一步慢慢地来，也就没有把人急疯了这一说了。我正盘算着孙子的事儿，我的儿子死了！

他还并没死在家里呀！我还得去运灵。

福海，自从成家以后，很知道要强。虽然他的本事有限，可是他懂得了怎样尽自己的力量去做事。我到盐务缉私队上来的时候，他很愿意和我一同来，相信在外边可以多一些发展的机会。我拦住了他，因为怕事情不稳，一下子再教父子同时失业，如何得了。可是，我前脚离开了家，他紧随着也上了威海卫。他在那里多挣两块钱。独自在外，多挣两块就和不多挣一样，可是穷人想要强，就往往只看见了钱，而不多合计合计。到那里，他就病了；舍不得吃药。及至他躺下了，药可也就没了用。

把灵运回来，我手中连一个钱也没有了。儿媳妇成了年轻的寡妇，带着个吃奶的小孩，我怎么办呢？我没法再出外去做事，在家乡我又连个三等巡警也当不上，我才五十岁，已走到了绝路。我羡慕福海，早早地死了，一闭眼三不知；假若他活到我这个岁数，至好也不过和我一样，多一半还许不如我呢！儿媳妇哭，哭得死去活来，我没有泪，哭不出来，我只能满屋里打转，偶尔地冷笑一声。

以前的力气都白卖了。现在我还得拿出全套的本事，去给小孩子找点粥吃。我去看守空房；我去帮着人家卖菜；我去做泥水匠的小工子活；我去给人家搬家……除了拉洋车，我什么都做过了。无论做什么，我还都卖着最大的力气，留着十分的小心。五十多了，我出的是二十岁的小伙子的力气，肚子里可是只有点稀粥与窝窝头，身上到冬天没有一件厚实的棉袄，我不求人白给点什么，还讲仗着力气与本事挣饭吃，豪横了一辈子，到死我还不能输这口气。时常我挨一天的饿，时常我没有煤上火，时常我找不到一撮儿烟叶，可是我决不说什么；我给公家卖过力气了，我对得住一切的人，我心里没毛病，还说什么呢？我等着饿死，死后必定没有棺材，儿媳妇和孙子也得跟着饿死，那只好就这样吧！谁教我是巡警呢！我的眼前时常发黑，我仿佛已摸到了死，哼！我还笑，笑我这一辈的聪明本事，笑这出奇不公平的世界，希望等我笑到末一声，这世界就换个样儿吧！

原载 1937 年 7 月 1 日《文学》第九卷第一号

月牙儿

一

是的,我又看见月牙儿了,带着点寒气的一钩儿浅金。多少次了,我看见跟现在这个月牙儿一样的月牙儿;多少次了。它带着种种不同的感情,种种不同的景物,当我坐定了看它,它一次一次地在我记忆中的碧云上斜挂着。它唤醒了我的记忆,像一阵晚风吹破一朵欲睡的花。

二

那第一次,带着寒气的月牙儿确是带着寒气。它第一次在我的云中是酸苦,它那一点点微弱的浅金光儿照着我的泪。那时候我也不过是七岁吧,一个穿着短红棉袄的小姑娘。戴着妈妈给我缝的一顶小帽儿,蓝布的,上面印着小小的花,我记得。我倚着那间小屋的门垛,看着月牙儿。屋里是药味，烟味，妈妈的眼泪，爸爸的病；我独自在台阶上看着月牙，没人招呼我，没人顾得给我做晚饭。我晓得屋里的惨凄，因为大家说爸爸的病……可是我更感觉自己的悲惨，我冷，饿，没人理我。一直的我立到月牙儿落下去。什么也没有了，我不能不哭。可是我的哭声被妈妈的压下去；爸，不出声了，面上蒙了块白布。我要掀开白布，再看看爸，可是我不敢。屋里只是那么点点地方，都被爸占了去。妈妈穿上白衣，我的红袄上也罩了个没缝襟边的白袍，我记得，因为不断地撕扯襟边上的白丝儿。大家都很忙，嚷嚷的声儿很高，哭得很恸，可是事情并不多，也似乎值不得嚷：爸爸就装入那么一个四块薄板的棺材里，到处都是缝儿。然后，五六个人把他抬了走。妈和我在后边哭。我记得爸，记得爸的木匣。那个木匣结束了爸的一切：每逢我想起爸来，我就想到非打开那个木匣不能见着他。但是，那木匣是深深地埋在地里，我明知在城外哪个地方埋着它，可又像落在地上的一个雨点，似乎永难找到。

三

妈和我还穿着白袍，我又看见了月牙儿。那是个冷天，妈妈带我出城去看爸的坟。妈拿着很薄很薄的一摞儿纸。妈那天对我特别的好，我走不动便背我一程，到城门上还给我买了一些炒栗子。什么都是凉的，只有这些栗子是热的；我舍不得吃，用它们热我的手。走了多远，我记不清了，总该是很远很远吧。在爸出殡的那天，我似乎没觉得这么远，或者是因为那天人多；这次只是我们娘儿俩，妈不说话，我也懒得出声，什么都是静寂的；那些黄土路静寂得没有头儿。天是短的，我记得那个坟：小小的一堆儿土，远处有一些高土岗儿，太阳在黄土岗儿上头斜着。妈妈似乎顾不得我了，把我放在一旁，抱着坟头儿去哭。我坐在坟头的旁边，弄着手里那几个栗子。妈哭了一阵，把那点纸焚化了，一些纸灰在我眼前卷成一两个旋儿，而后懒懒地落在地上；风很小，可是很够冷的。妈妈又哭起来。我也想爸，可是我不想哭他；我倒是为妈妈哭得可怜而也落了泪。过去拉住妈妈的手："妈不哭！不哭！"妈妈哭得更恸了。她把我搂在怀里。眼看太阳就落下去，四外没有一个人，只有我们娘儿俩。妈似乎也有点怕了，含着泪，扯起我就走，走出老远，她回头看了看，我也转过身去：爸的坟已经辨不清了；土岗的这边都是坟头，一小堆一小堆，一直摆到土岗底下。妈妈叹了口气。我们紧走慢走，还没有走到城门，我看见了月牙儿。四外漆黑，没有声音，只有月牙儿放出一道儿冷光。我乏了，妈妈抱起我来。怎样进的城，我就不知道了，只记得迷迷糊糊的天上有个月牙儿。

四

刚八岁，我已经学会了去当东西。我知道，若是当不来钱，我们娘儿俩就不要吃晚饭；因为妈妈但分①有点主意，也不肯叫我去。我准知道她每逢交给我个小包，锅里必是连一点粥底儿也看不见了。我们的锅有时干净得像个体面的寡妇。这一天，我拿的是一面镜子。只有这件东西似乎是不必要的，虽然妈妈天天得用它。这是个春天，我们的棉衣都刚脱下来就入了当铺。我拿着这面镜子，我知道怎样小心，

---

①但分：只要。

小心而且要走得快，当铺是老早就上门的。我怕当铺的那个大红门，那个大高长柜台。一看见那个门，我就心跳。可是我必须进去，似乎是爬进去，那个高门坎儿是那么高。我得用尽了力量，递上我的东西，还得喊："当当！"得了钱和当票，我知道怎样小心地拿着，快快回家，晓得妈妈不放心。可是这一次，当铺不要这面镜子，告诉我再添一号来。我懂得什么叫"一号"。把镜子搂在胸前，我拼命地往家跑。妈妈哭了；她找不到第二件东西。我在那间小屋住惯了，总以为东西不少；及至帮着妈妈一找可当的衣物，我的小心里才明白过来，我们的东西很少，很少。妈妈不叫我去了。可是"妈妈咱们吃什么呢？"妈妈哭着递给我她头上的银簪——只有这一件东西是银的。我知道，她拔下过来几回，都没肯交给我去当。这是妈妈出门子时，姥姥家给的一件首饰。现在，她把这末一件银器给了我，叫我把镜子放下。我尽了我的力量赶回当铺，那可怕的大门已经严严地关好了。我坐在那门墩上，握着那根银簪。不敢高声地哭，我看着天，啊，又是月牙儿照着我的眼泪！哭了好久，妈妈在黑影中来了，她拉住了我的手，呕，多么热的手。我忘了一切的苦处，连饿也忘了，只要有妈妈这只热手拉着我就好。我抽抽搭搭地说："妈！咱们回家睡觉吧。明儿早上再来！"妈一声没出。又走了一会儿："妈！你看这个月牙；爸死的那天，它就是这么斜斜着。为什么它老这么斜斜着呢？"妈还是一声没出，她的手有点颤。

五

妈妈整天地给人家洗衣裳。我老想帮助妈妈，可是插不上手。我只好等着妈妈，非到她完了事，我不去睡。有时月牙儿已经上来，她还哼哧哼哧地洗。那些臭袜子，硬牛皮似的，都是买卖地的伙计们送来的。妈妈洗完这些"牛皮"就吃不下饭去。我坐在她旁边，看着月牙，蝙蝠专会在那条光儿底下穿过来穿过去，像银线上穿着个大菱角，极快地又掉到暗处去。我越可怜妈妈，便越爱这个月牙，因为看着它，使我心中痛快一点。它在夏天更可爱，它老有那么点凉气，像一条冰似的。我爱它给地上的那点小影子，一会儿就没了；迷迷糊糊的不甚清楚，及至影子没了，地上就特别的黑，星也特别的亮，花也特别的香——我们的邻居有许多花木，那棵高高的洋槐总把花儿落到我们这边来，像一层雪似的。

六

妈妈的手起了层鳞，叫她给搓搓背顶解痒痒了。可是我不敢常劳动[1]她，她的手是洗粗了的。她瘦，被臭袜子熏的常不吃饭。我知道妈妈要想主意了，我知道。她常把衣裳推到一边，愣着。她和自己说话。她想什么主意呢？我可是猜不着。

七

妈妈嘱咐我不叫我别扭，要乖乖地叫"爸"：她又给我找到一个爸。

---

[1]劳动：此处用作敬辞，指烦劳。

这是另一个爸,我知道,因为坟里已经埋好一个爸了。妈嘱咐我的时候,眼睛看着别处。她含着泪说:"不能叫你饿死!"呕,是因为不饿死我,妈才另给我找了个爸!我不明白多少事,我有点怕,又有点希望——果然不再挨饿的话。多么凑巧呢,离开我们那间小屋的时候,天上又挂着月牙。这次的月牙比哪一回都清楚,都可怕;我是要离开这住惯了的小屋了。妈坐了一乘红轿,前面还有几个鼓手,吹打得一点也不好听。轿在前边走,我和一个男人在后边跟着,他拉着我的手。那可怕的月牙放着一点光,仿佛在凉风里颤动。街上没有什么人,只有些野狗追着鼓手们咬;轿子走得很快。上哪去呢?是不是把妈抬到城外去,抬到坟地去?那个男人扯着我走,我喘不过气来,要哭都哭不出来。那男人的手心出了汗,凉得像个鱼似的,我要喊"妈",可是不敢。一会儿,月牙像个要闭上的一道大眼缝,轿子进了个小巷。

八

我在三四年里似乎没再看见月牙。新爸对我们很好,他有两间屋子,他和妈住在里间,我在外间睡铺板。我起初还想跟妈妈睡,可是几天之后,我反倒爱"我的"小屋了。屋里有白白的墙,还有条长桌,一把椅子。这似乎都是我的。我的被子也比从前的厚实暖和了。妈妈也渐渐胖了点,脸上有了红色,手上的那层鳞也慢慢掉净。我好久没去当当了。新爸叫我去上学。有时候他还跟我玩一会儿。我不知道为什么不爱叫他"爸",虽然我知道他很可爱。他似乎也知道这个,他常常对我那么一笑;笑的时候他有很好看的眼睛。可是妈妈偷告诉我叫爸,我也不愿十分地别扭。我心中明白,妈和我现在是有吃有喝的,都因为有这个爸,我明白。是的,在这三四年里我想不起曾经看见过月牙儿;也许是看见过而不大记得了。爸死时那个月牙,妈轿子前面那个月牙,我永远忘不了。那一点点光,那一点寒气,老在我心中,比什么都亮,都清凉,像块玉似的,有时候想起来仿佛能用手摸到似的。

九

我很爱上学。我老觉得学校里有不少的花,其实并没有;只是一想起学校就想到花罢了,正像一想起爸的坟就想起城外的月牙儿——在野外的小风里歪歪着。妈妈是很爱花的,虽然买不起,可是有人送给她一朵,她就顶喜欢地戴在头上。我有机会便给她折一两朵来;戴上朵鲜花,妈的后影还很年轻似的。妈喜欢,我也喜欢。在学校里我也很喜欢。也许因为这个,我想起学校便想起花来?

十

当我要在小学毕业那年,妈又叫我去当当了。我不知道为什么新爸忽然走了。他上了哪儿,妈似乎也不晓得。妈妈还叫我上学,她想爸不久就会回来的。他许多日子没回来,连封信也没有。我想妈又该洗臭袜子了,这使我极难受。可是妈妈并没这么打算。她还打扮着,还爱戴花;奇怪!她不落泪,反倒好笑;为什么呢?我不明白!好几次,我下学来,看她在门口儿立着。又隔了不久,我在路上走,有人

"嗨"我了:"嗨!给你妈捎个信儿去!""嗨!你卖不卖呀?小嫩的!"我的脸红得冒出火来,把头低得无可再低。我明白,只是没办法。我不能问妈妈,不能。她对我很好,而且有时候极庄重地说我:"念书!念书!"妈是不识字的,为什么这样催我念书呢?我疑心;又常由疑心而想到妈是为我才做那样的事。妈是没有更好的办法。疑心的时候,我恨不能骂妈妈一顿。再一想,我要抱住她,央告她不要再做那个事。我恨自己不能帮助妈妈。所以我也想到:我在小学毕业后又有什么用呢?我和同学们打听过了,有的告诉我,去年毕业的有好几个做姨太太的。有的告诉我,谁当了暗门子①。我不大懂这些事,可是由她们的说法,我猜到这不是好事。她们似乎什么都知道,也爱偷偷地谈论她们明知是不正当的事——这些事叫她们的脸红红的而显出得意。我更疑心妈妈了,是不是等我毕业好去做……这么一想,有时候我不敢回家,我怕见妈妈。妈妈有时候给我点心钱,我不肯花,饿着肚子去上体操,常常要晕过去。看着别人吃点心,多么香甜呢!可是我得省着钱,万一妈妈叫我去……我可以跑,假如我手中有钱。我最阔的时候,手中有一毛多钱!在这些时候,即使在白天,我也有时望一望天上,找我的月牙儿呢。我心中的苦处假若可以用个形状比喻起来,必是个月牙儿形的。它无倚无靠的在灰蓝的天上挂着,光儿微弱,不大会儿便被黑暗包住。

----

①暗门子:暗娼。

十一

　　叫我最难过的是我慢慢地学会了恨妈妈。可是每当我恨她的时候，我不知不觉地便想起她背着我上坟的光景。想到了这个，我不能恨她了。我又非恨不可。我的心像——还是像那个月牙儿，只能亮那么一会儿，而黑暗是无限的。妈妈的屋里常有男人来了，她不再躲避着我。他们的眼像狗似的看着我，舌头吐着，垂着涎。我在他们的眼中是更解馋的，我看出来。在很短的期间，我忽然明白了许多的事。我知道我得保护自己，我觉出我身上好像有什么可贵的地方，我闻得出我已有一种什么味道，使我自己害羞，多感。我身上有了些力量，可以保护自己，也可以毁了自己。我有时很硬气，有时候很软。我不知怎样好。我愿爱妈妈，这时候我有好些必要问妈妈的事，需要妈妈的安慰；可是正在这个时候，我得躲着她，我得恨她；要不然我自己便不存在了。当我睡不着的时节，我很冷静地思索，妈妈是可原谅的。她得顾我们俩的嘴。可是这个又使我要拒绝再吃她给我的饭菜。我的心就这么忽冷忽热，像冬天的风，休息一会儿，刮得更要猛；我静候着我的怒气冲来，没法儿止住。

十二

　　事情不容我想好方法就变得更坏了。妈妈问我，"怎样？"假若我真爱她呢,妈妈说,我应该帮助她。不然呢,她不能再管我了。这不像妈妈能说得出的话,但是她确是这么说了。她说得很清楚:"我已经快老了,再过二年,想白叫人要也没人要了!"这是对的,妈妈近来擦许多的粉,脸上还露出摺子来。她要再走一步,去专伺候一个男人。她的精神来不及伺候许多男人了。为她自己想,这时候能有人要她——是个馒头铺掌柜的愿要她——她该马上就走。可是我已经是个大姑娘了,不像小时候那样容易跟在妈妈轿后走过去了。我得打主意安置自己。假若我愿意"帮助"妈妈呢,她可以不再走这一步,而由我代替她挣钱。代她挣钱,我真愿意;可是那个挣钱方法叫我哆嗦。我知道什么呢,叫我像个半老的妇人那样去挣钱?!妈妈的心是狠的,可是钱更狠。妈妈不逼着我走哪条路,她叫我自己挑选——帮助她,或是我们娘儿俩各走各的。妈妈的眼没有泪,早就干了。我怎么办呢?

十三

我对校长说了。校长是个四十多岁的妇人,胖胖的,不很精明,可是心热。我是真没了主意,要不然我怎会开口述说妈妈的……我并没和校长亲近过。当我对她说的时候,每个字都像烧红了的煤球烫着我的喉,我哑了,半天才能吐出一个字。校长愿意帮助我。她不能给我钱,只能供给我两顿饭和住处——就住在学校和个老女仆做伴儿。她叫我帮助书记员写写字,可是不必马上就这么办,因为我的字还需要练习。两顿饭,一个住处,解决了天大的问题。我可以不连累妈妈了。妈妈这回连轿也没坐,只坐了辆洋车,摸着黑走了。我的铺盖,她给了我。临走的时候,妈妈挣扎着不哭,可是心底下的泪到底翻上来了。

她知道我不能再找她去，她的亲女儿。我呢，我连哭都忘了怎么哭了，我只咧着嘴抽达，泪蒙住了我的脸。我是她的女儿，朋友，安慰。但是我帮助不了她，除非我得做那种我决不肯做的事。在事后一想，我们娘儿俩就像两个没人管的狗，为我们的嘴我们得受着一切的苦处，好像我们身上没有别的，只有一张嘴。为这张嘴，我们得把其余一切的东西都卖了。我不恨妈妈了，我明白了。不是妈妈的毛病，也不是不该长那张嘴，是粮食的毛病，凭什么没有我们的吃食呢？这个别离，把过去一切的苦楚都压过去了。那最明白我的眼泪怎流的月牙这回会没出来，这回只有黑暗，连点萤火的光也没有。妈妈就在暗中像个活鬼似的走了，连个影子也没有。即使她马上死了，恐怕也不会和爸埋在一处了，我连她将来的坟在哪里都不会知道。我只有这么个妈妈，朋友。我的世界里剩下我自己。

十四

妈妈永不能相见了，爱死在我心里，像被霜打了的春花。我用心地练字，为是能帮助校长抄写些不要紧的东西。我必须有用，我是吃着别人的饭。我不像那些女同学，她们一天到晚注意别人，别人吃了什么，穿了什么，说了什么；我老注意我自己，我的影子是我的朋友。"我"老在我的心上，因为没人爱我。我爱我自己，可怜我自己，鼓励我自己，责备我自己；我知道我自己，仿佛我是另一个人似的。我身上有一点变化都使我害怕，使我欢喜，使我莫名其妙。我在我自己手中拿着，像捧着一朵娇嫩的花。我只能顾目前，没有将来，也不敢深想。嚼着人家的饭，我知道那是晌午或晚上了，要不然我简直想不起时间来；没有希望，就没有时间。我好像钉在个没有日月的地方。想起妈妈，我晓得我曾经活了十几年。对将来，我不像同学们那样盼望放假，过节，过年；假期，节，年，跟我有什么关系呢？可是我的身体是往大了长呢，我觉得出。觉出我又长大了一些，我更渺茫，我不放心我自己。我越往大了长，我越觉得自己好看，这是一点安慰；美使我抬高了自己的身份。可是我根本没身份，安慰是先甜后苦的，苦到末了又使我自傲。穷，可是好看呢！这又使我怕：妈妈也是不难看的。

十五

我又老没看月牙了，不敢去看，虽然想看。我已毕了业，还在学校里住着。晚上，学校里只有两个老仆人，一男一女。他们不知怎样对待我好，我既不是学生，也不是先生，又不是仆人，可有点像仆人。晚上，我一个人在院中走，常被月牙给赶进屋来，我没有胆子去看它。可是在屋里，我会想象它是什么样，特别是在有点小风的时候。微风仿佛会给那点微光吹到我的心上来，使我想起过去，更加重了眼前的悲哀。我的心就好像在月光下的蝙蝠，虽然是在光的下面，可是自己是黑的；黑的东西，即使会飞，也还是黑的，我没有希望。我可是不哭，我只常皱着眉。

十六

  我有了点进款：给学生织些东西，她们给我点工钱。校长允许我这么办。可是进不了许多，因为她们也会织。不过她们自己急于要用，而赶不来，或是给家中人打双手套或袜子，才来照顾我。虽然是这样，我的心似乎活了一点，我甚至想到：假若妈妈不走那一步，我是可以养活她的。一数我那点钱，我就知道这是梦想，可是这么想使我舒服一点。我很想看看妈妈。假若她看见我，她必能跟我来，我们能有方法活着，我想——不十分相信，可是。我想妈妈，她常到我的梦中来。有一天，我跟着学生们去到城外旅行，回来的时候已经是下午四点多了。为是快点回来，我们抄了个小道。我看见了妈妈！在个小胡同里有一家卖馒头的，门口放着个元宝筐，筐上插着个顶大的白木头馒头。顺着墙坐着妈妈，身儿一仰一弯地拉风箱呢。从老远我就看见了那个大木馒头与妈妈，我认识她的后影。我要过去抱住她。可是我不敢，我怕学生们笑话我，她们不许我有这样的妈妈。越走越近了，我的头低下去，从泪中看了她一眼，她没看见我。我们一群人擦着她的身子走过去，她好像是什么也没看见，专心地拉她的风箱。走出老远，我回头看了看，她还在那儿拉呢。我看不清她的脸，只看到她的头发在额上披散着点。我记住这个小胡同的名儿。

十七

　　像有个小虫在心中咬我似的,我想去看妈妈,非看见她我心中不能安静。正在这个时候,学校换了校长。胖校长告诉我得打主意,她在这儿一天便有我一天的饭食与住处,可是她不能保险新校长也这么办。我数了数我的钱,一共是两块七毛零几个铜子。这几个钱不会叫我在最近的几天中挨饿,可是我上哪儿呢?我不敢坐在那儿呆呆地发愁,我得想主意。找妈妈去是第一个念头。可是她能收留我吗?假若她不能收留我,而我找了她去,即使不能引起她与那个卖馒头的吵闹,她也必定很难过。我得为她想,她是我的妈妈,又不是我的妈妈,我们母女之间隔着一层用穷做成的障碍。想来想去,我不肯找她去了。我应当自己担着自己的苦处。可是怎么担着自己的苦处呢?我想不起。我觉得世界很小,没有安置我与我的小铺盖卷的地方。我还不如一条狗,狗有个地方便可以躺下睡;街上不准我躺着。是的,我是人,人可以不如狗。假若我扯着脸不走,焉知新校长不往外撵我呢?我不能等着人家往外推。这是个春天。我只看见花儿开了,叶儿绿了,而觉不到一点暖气。红的花只是红的花,绿的叶只是绿的叶,我看见些不同的颜色,只是一点颜色;这些颜色没有任何意义,春在我的心中是个凉的死的东西。我不肯哭,可是泪自己往下流。

十八

　　我出去找事了。不找妈妈，不依赖任何人，我要自己挣饭吃。走了整整两天，抱着希望出去，带着尘土与眼泪回来。没有事情给我做。我这才真明白了妈妈，真原谅了妈妈。妈妈还洗过臭袜子，我连这个都做不上。妈妈所走的路是唯一的。学校里教给我的本事与道德都是笑话，都是吃饱了没事时的玩意。同学们不准我有那样的妈妈，她们笑话暗门子；是的，她们得这样看，她们有饭吃。我差不多要决定了：只要有人给我饭吃，什么我也肯干；妈妈是可佩服的。我才不去死，虽然想到过；不，我要活着。我年轻，我好看，我要活着。羞耻不是我造出来的。

十九

　　这么一想，我好像已经找到了事似的。我敢在院中走了，一个春天的月牙在天上挂着。我看出它的美来。天是暗蓝的，没有一点云。那个月牙清亮而温柔，把一些软光儿轻轻送到柳枝上。院中有点小风，带着南边的花香，把柳条的影子吹到墙角有光的地方来，又吹到无光的地方去；光不强，影儿不重，风微微地吹，都是温柔，什么都有点睡意，可又要轻软地活动着。月牙下边，柳梢上面，有一对星儿好像微笑的仙女的眼，逗着那歪歪的月牙和那轻摆的柳枝。墙那边有棵什么树,开满了白花,月的微光把这团雪照成一半儿白亮,一半儿略带点灰影,显出难以想到的纯净。这个月牙是希望的开始,我心里说。

二十

我又找了胖校长去,她没在家。一个青年把我让进去。他很体面,也很和气。我平素很怕男人,但是这个青年不叫我怕他。他叫我说什么,我便不好意思不说;他那么一笑,我心里就软了。我把找校长的意思对他说了,他很热心,答应帮助我。当天晚上,他给我送了两块钱来,我不肯收,他说这是他婶母——胖校长——给我的。他并且说他的婶母已经给我找好了地方住,第二天就可以搬过去。我要怀疑,可是不敢。他的笑脸好像笑到我的心里去。我觉得我要疑心便对不起人,他是那么温和可爱。

二十一

他的笑唇在我的脸上,从他的头发上我看着那也在微笑的月牙。春风像醉了,吹破了春云,露出月牙与一两对儿春星。河岸上的柳枝轻摆,青蛙唱着恋歌,嫩蒲的香味散在春晚的暖气里。我听着水流,像给嫩蒲一些生力,我想象着蒲梗轻快地往高里长。小蒲公英在潮暖的地上似乎正往叶尖花瓣上灌着白浆。什么都在溶化着春的力量,把春收在那微妙的地方，然后放出一些香味，像花蕊顶破了花瓣。我忘了自己，像四外的花草似的，承受着春的透入；我没了自己，像化在了那点春风与月的微光中。月儿忽然被云掩住，我想起来自己，我觉得他的热力在压迫我。我失去那个月牙儿，也失去了自己，我和妈妈一样了！

二十二

我后悔，我自慰，我要哭，我喜欢，我不知道怎样好。我要跑开，永不再见他；我又想他，我寂寞。两间小屋，只有我一个人，他每天晚上来。他永远俊美，老那么温和。他供给我吃喝，还给我做了几件新衣。穿上新衣，我自己看出我的美。可是我也恨这些衣服，又舍不得脱去。我不敢思想，也懒得思想，我迷迷糊糊的，腮上老有那么两块红。我懒得打扮，又不能不打扮，太闲在了，总得找点事做。打扮的时候，我怜爱自己；打扮完了，我恨自己。我的泪很容易下来，可是我设法不哭，眼终日老那么湿润润的，可爱。我有时候疯了似的吻他，然后把他推开，甚至于破口骂他；他老笑。

二十三

我早知道，我没希望；一点云便能把月牙遮住，我的将来是黑暗。果然，没有多久，春便变成了夏，我的春梦做到了头儿。有一天，也就是刚晌午吧,来了一个少妇。她很美,可是美得不玲珑,像个瓷人儿似的。她进到屋中就哭了。不用问,我已明白了。看她那个样儿,她不想跟我吵闹,我更没预备着跟她冲突。她是个老实人。她哭,可是拉住我的手:"他骗了咱们俩!"她说。我以为她也只是个"爱人"。不,她是他的妻。她不跟我闹,只口口声声地说:"你放了他吧!"我不知怎么才好,我可怜这个少妇。我答应了她。她笑了。看她这个样儿,我以为她是缺个心眼,她似乎什么也不懂,只知道要她的丈夫。

二十四

我在街上走了半天。很容易答应那个少妇呀,可是我怎么办呢?他给我的那些东西,我不愿意要;既然要离开他,便一刀两断。可是,放下那点东西,我还有什么呢?我上哪儿呢?我怎么能当天就有饭吃呢?好吧,我得要那些东西,无法。我偷偷地搬了走。我不后悔,只觉得空虚,像一片云那样的无倚无靠。搬到一间小屋里,我睡了一天。

二十五

我知道怎样俭省,自幼就晓得钱是好的。凑合着手里还有那点钱,我想马上去找个事。这样,我虽然不希望什么,或者也不会有危险了。事情可是并不因我长了一两岁而容易找到。我很坚决,这并无济于事,只觉得应当如此罢了。妇女挣钱怎这么不容易呢!妈妈是对的,妇人只有一条路走,就是妈妈所走的路。我不肯马上就往那么走,可是知道它在不很远的地方等着我呢。我越挣扎,心中越害怕。我的希望是初月的光,一会儿就要消失。一两个星期过去了,希望越来越小。最后,我去和一排年轻的姑娘们在小饭馆受选阅。很小的一个饭馆,很大的一个老板;我们这群都不难看,都是高小毕业的女子们,等皇赏似的,等着那个破塔似的老板挑选。他选了我。我不感谢他,可是当时确有点痛快。那群女孩子们似乎很羡慕我,有的竟自含着泪走去,有的骂声"妈的!"女人够多么不值钱呢!

二十六

我成了小饭馆的第二号女招待。摆菜,端菜,算账,报菜名,我都不在行。我有点害怕。可是"第一号"告诉我不用着急,她也都不会。她说,小顺管一切的事;我们当招待的只要给客人倒茶,递手巾把①,和拿账条;别的不用管。奇怪!"第一号"的袖口卷起来很高,袖口的白里子上连一个污点也没有。腕上放着一块白丝手绢,绣着"妹妹我爱你"。她一天到晚往脸上拍粉,嘴唇抹得血瓢似的。给客人点烟的时候,她的膝往人家腿上倚;还给客人斟酒,有时候她自己也喝了一口。对于客人,有的她伺候得非常的周到;有的她连理也不理,她会把眼皮一耷拉,假装没看见。她不招待的,我只好去。我怕男人。我那点经验叫我明白了些,什么爱不爱的,反正男人可怕。特别是在饭馆吃饭的男人们,他们假装义气,打架似的让座让账;他们拼命地猜

───────
①手巾把:热水或蒸汽清洁过的擦手、脸的热毛巾。

拳，喝酒；他们野兽似的吞吃，他们不必要而故意地挑剔毛病，骂人。我低头递茶递手巾，我的脸发烧。客人们故意地和我说东说西，招我笑；我没心程①说笑。晚上九点多钟完了事，我非常的疲乏了。到了我的小屋，连衣裳没脱，我一直地睡到天亮。醒来，我心中高兴了一些，我现在是自食其力，用我的劳力自己挣饭吃。我很早的就去上工。

二十七

"第一号"九点多才来，我已经去了两点多钟。她看不起我，可也并非完全恶意地教训我："不用那么早来，谁八点来吃饭？告诉你，丧气鬼，把脸别耷拉得那么长；你是女跑堂的，没让你在这儿送殡玩。低着头，没人多给酒钱；你干什么来了？不为挣子儿吗？你的领子太矮，咱这行全得弄高领子，绸子手绢，人家认这个！"我知道她是好意，我也知道设若我不肯笑，她也得吃挂落②，少分酒钱；小账是大家平分的。我也并非看不起她，从一方面看，我实在佩服她，她是为挣钱。妇女挣钱就得这么着，没第二条路。但是，我不肯学她。我仿佛看得很清楚：有朝一日，我得比她还开通，才能挣上饭吃。可是那得到了山穷水尽的时候；"万不得已"老在那儿等我们女子，我只能叫它多等几天。这叫我咬牙切齿，叫我心中冒火，可是妇女的命运不在自己手里。又干了三天，那个大掌柜的下了警告：再试我两天，我要是愿意往长了干呢，得照"第一号"那么办。"第一号"一半嘲弄，一半劝告

---

①心程：心思，心情。
②吃挂落：受连累。

地说:"已经有人打听你,干吗藏着乖的卖傻的呢?咱们谁不知道谁是怎着?女招待嫁银行经理的,有的是;你当是咱们低搭呢?闯开脸儿干呀,咱们也他妈的坐几天汽车!"这个,逼上我的气来,我问她:"你什么时候坐汽车?"她把红嘴唇撇得要掉下去:"不用你耍嘴皮子,干什么说什么;天生下来的香屁股,还不会干这个呢!"我干不了,拿了一块另五分钱,我回了家。

二十八

最后的黑影又向我迈了一步。为躲它,就更走近了它。我不后悔丢了那个事,可我也真怕那个黑影。把自己卖给一个人,我会。自从那回事儿,我很明白了些男女之间的关系。女人把自己放松一些,男人闻着味儿就来了。他所要的是肉,他所给的也是肉。他咬了你,压着你,发散了兽力,你便暂时有吃有穿;然后他也许打你骂你,或者停止了你的供给。女人就这么卖了自己,有时候还很得意,我曾经觉到得意。在得意的时候,说的净是一些天上的话;过了会儿,你觉得身上的疼痛与丧气。不过,卖给一个男人,还可以说些天上的话;卖给大家,连这些也没法说了,妈妈就没说过这样的话。怕的程度不同,我没法接受"第一号"的劝告;"一个"男人到底使我少怕一点。可是,我并不想卖我自己。我并不需要男人,我还不到二十岁。我当初以为跟男人在一块儿必定有趣,谁知道到了一块他就要求那个我所害怕的事。是的,那时候我像把自己交给了春风,任凭人家摆布;过后一想,他是利用我的无知,畅快他自己。他的甜言蜜语使我走入梦里;醒过来,不过是一个梦,一些空虚;我得到的是两顿饭,几件衣服。我不想再这样挣饭吃,饭是实在的,实在地去挣好了。可是,若真挣不上饭吃,女人得承认自己是女人,得卖肉!一个多月,我找不到事做。

二十九

我遇见几个同学,有的升入了中学,有的在家里做姑娘。我不愿理她们,可是一说起话儿来,我觉得我比她们精明。原先,在学校的时候,我比她们傻;现在,"她们"显着呆傻了。她们似乎还都做梦呢。她们都打扮得很好,像铺子里的货物。她们的眼溜着年轻的男子,心里好像做着爱情的诗。我笑她们。是的,我必定得原谅她们,她们有饭吃,吃饱了当然只好想爱情,男女彼此织成了网,互相捕捉;有钱的,网大一些,捉住几个,然后从容地选择一个。我没有钱,我连个结网的屋角都找不到。我得直接地捉人,或是被捉,我比她们明白一些,实际一些。

三十

有一天,我碰见那个小媳妇,像瓷人似的那个。她拉住了我,倒好像我是她的亲人似的。她有点颠三倒四的样儿。"你是好人!你是好人!我后悔了,"她很诚恳地说,"我后悔了!我叫你放了他,哼,还不如在你手里呢!他又弄了别人,更好了,一去不回头了!"由探问中,我知道她和他也是由恋爱而结的婚,她似乎还很爱他。他又跑了。我可怜这个小妇人,她也是还做着梦,还相信恋爱神圣。我问她现在的情形,她说她得找到他,她得从一而终。要是找不到他呢?我问。她咬上了嘴唇,她有公婆,娘家还有父母,她没有自由,她甚至于羡慕我,我没有人管着。还有人羡慕我,我真要笑了!我有自由,笑话!她有饭吃,我有自由;她没自由,我没饭吃,我俩都是女子。

三十一

自从遇上那个小瓷人,我不想把自己专卖给一个男人了,我决定玩玩了;换句话说,我要"浪漫"地挣饭吃了。我不再为谁负着什么道德责任,我饿。浪漫足以治饿,正如同吃饱了才浪漫,这是个圆圈,从哪儿走都可以。那些女同学与小瓷人都跟我差不多,她们比我多着一点梦想,我比她们更直爽,肚子饿是最大的真理。是的,我开始卖了。把我所有的一点东西都折卖了,做了一身新行头,我的确不难看。我上了市。

三十二

我想我要玩玩,浪漫。啊,我错了。我还是不大明白世故。男人并不像我想的那么容易勾引。我要勾引文明一些的人,要至多只赔上一两个吻。哈哈,人家不上那个当,人家要初次见面便摸我的乳。还有呢，人家只请我看电影，或逛逛大街，吃杯冰激凌；我还是饿着肚子回家。所谓文明人，懂得问我在哪儿毕业，家里做什么事。那个态度使我看明白，他若是要你，你得给他相当的好处；你若是没有好处可贡献呢，人家只用一角钱的冰激凌换你一个吻。要卖，得痛痛快快的，拿钱来，我陪你睡。我明白了这个。小瓷人们不明白这个。我和妈妈明白，我很想妈了。

三十三

据说有些女人是可以浪漫地挣饭吃，我缺乏资本；也就不必再这样想了。我有了买卖。可是我的房东不许我再住下去，他是讲体面的人。我连瞧他也没瞧，就搬了家，又搬回我妈妈和新爸爸曾经住过的那两间房。这里的人不讲体面，可也更真诚可爱。搬了家以后，我的买卖很不错。连文明人也来了。文明人知道了我是卖，他们是买，就肯来了；这样，他们不吃亏，也不丢身份。初干的时候，我很害怕，因为我还不到廿[①]岁。及至做过了几天，我也就不怕了，身体上哪部分多运动都可以发达的。况且我不留情呢，我身上的各处都不闲着，手，嘴……都帮忙。他们爱这个。多咱他们像了一摊泥，他们才觉得上了算，他们满意，还替我做义务的宣传。干过了几个月，我明白的事情更多了，差不多每一见面我就能断定他是怎样的人。有的很有钱，这样的人一开口总是问我的身价，表示他买得起我。他也很嫉妒，总想包了我；逛暗娼他也想独占，因为他有钱。对这样的人，

[①] 廿：即二十。

我不大招待。他闹脾气，我不怕，我告诉他，我可以找上他的门去，报告给他的太太。在小学里念了几年书，到底是没白念，他唬不住我。教育是有用的，我相信了。有的人呢，来的时候，手里就攥着一块钱，唯恐上了当。对这种人，我跟他细讲条件，干什么多少钱，干什么多少钱，他就乖乖地回家去拿钱，很有意思。最可恨的是那些油子，不但不肯花钱，反倒要占点便宜走，什么半盒烟卷呀，什么一小瓶雪花膏呀，他们随手拿去。这种人还是得罪不得，他们在地面上很熟，得罪了他们，他们会叫巡警跟我捣乱。我不得罪他们，我喂着他们；及至我认识了警官，才一个个地收拾他们。世界就是狼吞虎咽的世界，谁坏谁就有便宜。顶可怜的是那像中学学生样儿的，袋里装着一块钱，和几十铜子，叮当地直响，鼻子上出着汗。我可怜他们，可是也照常卖给他们。我有什么办法呢！还有老头子呢，都是些规矩人，或者家中已然儿孙成群。对他们，我不知道怎样好；但是我知道他们有钱，想在死前买些快乐，我只好供给他们所需要的。这些经验叫我认识了"钱"与"人"。钱比人更厉害一些，人若是兽，钱就是兽的胆子。

三十四

我发现了我身上有了病。这叫我非常的苦痛，我觉得已经不必活下去了。我休息了，我到街上去走；无目的，乱走。我想去看看妈，她必能给我一些安慰，我想象着自己已是快死的人了。我绕到那个小巷，希望见着妈妈；我想起她在门外拉风箱的样子。馒头铺已经关了门。打听，没人知道搬到哪里去。这使我更坚决了，我非找到妈妈不可。在街上丧胆游魂地走了几天,没有一点用。我疑心她是死了,或是和馒头铺的掌柜的搬到别处去,也许在千里以外。这么一想,我哭起来。我穿好了衣裳,擦上了脂粉,在床上躺着,等死。我相信我会不久就死去的。可是我没死。门外又敲门了,找我的。好吧,我伺候他,我把病尽力地传给他。我不觉得这对不起人,这根本不是我的过错。我又痛快了些,我吸烟,我喝酒,我好像已是三四十岁的人了。我的眼圈发青,手心发热,我不再管;有钱才能活着,先吃饱再说别的吧。我吃得并不错,谁肯吃坏的呢!我必须给自己一点好吃食,一些好衣裳,这样才稍微对得起自己一点。

三十五

一天早晨,大概有十点来钟吧,我正披着件长袍在屋中坐着,我听见院中有点脚步声。我十点来钟起来,有时候到十二点才想穿好衣裳,我近来非常的懒,能披着件衣服呆坐一两个钟头。我想不起什么,也不愿想什么,就那么独自呆坐。那点脚步声向我的门外来了,很轻很慢。不久,我看见一对眼睛,从门上那块小玻璃向里面看呢。看了一会儿,躲开了;我懒得动,还在那儿坐着。待了一会儿,那对眼睛又来了。我再也坐不住,我轻轻地开了门。"妈!"

三十六

我们母女怎么进了屋,我说不上来。哭了多久,也不大记得。妈妈已老得不像样儿了。她的掌柜的回了老家,没告诉她,偷偷地走了,没给她留下一个钱。她把那点东西变卖了,辞了房,搬到一个大杂院里去。她已找了我半个多月。最后,她想到上这儿来,并没希望找到我,只是碰碰看,可是竟自找到了我。她不敢认我了,要不是我叫她,她也许就又走了。哭完了,我发狂似的笑起来:她找到了女儿,女儿已是个暗娼!她养着我的时候,她得那样;现在轮到我养着她了,我得那样!女子的职业是世袭的,是专门的!

三十七

我希望妈妈给我点安慰。我知道安慰不过是点空话,可是我还希望来自妈妈的口中。世上的妈妈都最会骗人,我们把妈妈的诓骗叫作安慰。我的妈妈连这个都忘了。她是饿怕了,我不怪她。她开始检点我的东西,问我的进项与花费,似乎一点也不以这种生意为奇怪。我告诉她,我有了病,希望她劝我休息几天。没有;她只说出去给我买药。"我们老干这个吗?"我问她。她没言语。可是从另一方面看,她确是想保护我,心疼我。她给我做饭,问我身上怎样,还常常偷看我,像妈妈看睡着了的小孩那样。只是有一层她不肯说,就是叫我不用再干这行了。我心中很明白——虽然有一点不满意她——除了干这个，还想不到第二个事情做。我们母女得吃得穿——这个决定了一切。什么母女不母女，什么体面不体面，钱是无情的。

三十八

　　妈妈想照应我，可是她得听着看着人家蹂躏我。我想好好对待她，可是我觉得她有时候讨厌。她什么都要管管，特别是对于钱。她的眼已失去年轻时的光泽，不过看见了钱还能发点光。对于客人，她就自居为仆人，可是当客人给少了钱的时候，她张嘴就骂。这有时候使我很为难。不错，既干这个还不是为钱吗？可是干这个的也似乎不必骂人。我有时候也会慢待人，可是我有我的办法，使客人急不得恼不得。妈妈的方法太笨了，很容易得罪人。看在钱的面上，我们不应当得罪人。我的方法或者出于我还年轻，还幼稚；妈妈便不顾一切地单单站在钱上了，她应当如此，她比我大着好些岁。恐怕再过几年我也就这样了，人老心也跟着老，渐渐老得和钱一样的硬。是的，妈妈不客气。她有时候劈手就抢客人的皮夹，有时候留下人家的帽子或值钱一点的手套与手杖。我很怕闹出事来，可是妈妈说的好："能多弄一个是一个，咱们是拿十年当作一年活着的，等七老八十还有人要咱们吗？"有时候，客人喝醉了，她便把他架出去，找个僻静地方叫他坐下，连他的鞋都拿回来。说也奇怪，这种人倒没有来找账的，想是已人事不知，说不定也许病一大场。或者事过之后，想过滋味，也就不便再来闹了，我们不怕丢人，他们怕。

三十九

妈妈是说对了：我们是拿十年当一年活着。干了二三年，我觉出自己是变了。我的皮肤粗糙了，我的嘴唇老是焦的，我的眼睛里老灰不溜地带着血丝。我起来得很晚，还觉得精神不够。我觉出这个来，客人们更不是瞎子，熟客渐渐少起来。对于生客，我更努力地伺候，可是也更厌恶他们，有时候我管不住自己的脾气。我暴躁，我胡说，我已经不是我自己了。我的嘴不由得老胡说，似乎是惯了。这样，那些文明人已不多照顾我，因为我丢了那点"小鸟依人"——他们唯一的诗句——的身段与气味。我得和野鸡学了。我打扮得简直不像个人，这才招得动那不文明的人。我的嘴擦得像个红血瓢，我用力咬他们，他们觉得痛快。有时候我似乎已看见我的死，接进一块钱，我仿佛死了一点。钱是延长生命的，我的挣法适得其反。我看着自己死，等着自己死。这么一想，便把别的思想全止住了。不必想了，一天一天地活下去就是了，我的妈妈是我的影子，我至好不过将来变成她那样，卖了一辈子肉，剩下的只是一些白头发与抽皱的黑皮。这就是生命。

四十

我勉强地笑，勉强地疯狂，我的痛苦不是落几个泪所能减除的。我这样的生命是没什么可惜的，可是它到底是个生命，我不愿撒手。

况且我所做的并不是我自己的过错。死假如可怕,那只因为活着是可爱的。我决不是怕死的痛苦,我的痛苦久已胜过了死。我爱活着,而不应当这样活着。我想象着一种理想的生活,像做着梦似的;这个梦一会儿就过去了,实际的生活使我更觉得难过。这个世界不是个梦,是真的地狱。妈妈看出我的难过来,她劝我嫁人。嫁人,我有了饭吃,她可以弄一笔养老金。我是她的希望。我嫁谁呢?

四十一

因为接触的男子很多了,我根本已忘了什么是爱。我爱的是我自己,及至我已爱不了自己,我爱别人干什么呢?但是打算出嫁,我得假装说我爱,说我愿意跟他一辈子。我对好几个人都这样说了,还起了誓;没人接受。在钱的管领下,人都很精明。嫖不如偷,对,偷省钱。我要是不要钱,管保人人说爱我。

四十二

正在这个期间,巡警把我抓了去。我们城里的新官儿非常地讲道德,要扫清了暗门子。正式的妓女倒还照旧做生意,因为她们纳捐;纳捐的便是名正言顺的,道德的。抓了去,他们把我放在了感化院,有人教给我做工。洗,做,烹调,编织,我都会;要是这些本事能挣饭吃,我早就不干那个苦事了。我跟他们这样讲,他们不信,他们说我没出息，没道德。他们教给我工作，还告诉我必须爱我的工作。假如我爱工作，将来必定能自食其力，或是嫁个人。他们很乐观。我可没这个信心。他们最好的成绩，是已经有十几多个女的，经过他们感化而嫁了人。到这儿来领女人的，只须花两块钱的手续费和找一个妥实的铺保就够了。这是个便宜。从男人方面看；据我想，这是个笑话。我干脆就不受这个感化。当一个大官儿来检阅我们的时候，我唾了他一脸唾沫。他们还不肯放了我，我是带危险性的东西。可是他们也不肯再感化我。我换了地方，到了狱中。

四十三

狱里是个好地方，它使人坚信人类的没有起色；在我做梦的时候都见不到这样丑恶的玩意。自从我一进来，我就不再想出去，在我的经验中，世界比这儿并强不了许多。我不愿死，假若从这儿出去而能有个较好的地方；事实上既不这样，死在哪儿不一样呢。在这里，在这里，我又看见了我的好朋友，月牙儿！多久没见着它了！妈妈干什么呢？我想起来一切。

原载 1935 年 4 月 1 日至 15 日《国闻周报》第十二卷第十二至十四期

新时代的旧悲剧

一

"老爷子！"陈廉伯跪在织锦的垫子上，声音有点颤，想抬起头来看看父亲，可是不能办到；低着头，手扶在垫角上，半闭着眼，说下去："儿子又孝敬您一个小买卖！"说完这句话，他心中平静一些，可是再也想不出别的话来，一种渺茫的平静，像秋夜听着点远远的风声那样无可如何①地把兴奋、平静、感慨与情绪的激动，全融化在一处，不知怎样才好。他的两臂似乎有点发麻，不能再呆呆地跪在那里；他只好磕下头去。磕了三个，也许是四个头，他心中舒服了好多，好像又找回来全身的力量，他敢抬头看看父亲了。

在他的眼里，父亲是位神仙，与他有直接关系的一位神仙；在他拜孔圣人、关夫子，和其他的神明的时节，他感到一种严肃与敬畏，或是一种敷衍了事的情态。唯有给父亲磕头的时节他才觉到敬畏与热

---

①无可如何：没有什么办法。

情联合到一处，绝对不能敷衍了事。他似乎觉出父亲的血是在他身上，使他单纯得像初生下来的小娃娃，同时他又感到自己的能力，能报答父亲的恩惠，能使父亲给他的血肉更光荣一些，为陈家的将来开出条更光洁香热的血路；他是承上起下的关节，他对得起祖先，而必定得到后辈的钦感！

他看了父亲一眼，心中更充实了些，右手一拄，轻快地立起来，全身都似乎特别地增加了些力量。陈老先生——陈宏道，——仍然端坐在红木椅上，微笑着看了儿子一眼，没有说什么；父子的眼睛遇到一处已经把心中的一切都倾洒出来，本来不须再说什么。陈老先生仍然端坐在那里，一部分是为回味着儿子的孝心，一部分是为等着别人进来贺喜——每逢廉伯孝敬给老先生一所房，一块地，或是——像这次——一个买卖，总是先由廉伯在堂屋里给父亲叩头，而后全家的人依次地进来道喜。

陈老先生的脸是红而开展，长眉长须还都很黑，头发可是有些白的了。大眼睛，因为上了年纪，眼皮下松松地耷拉着半圆的肉口袋；口袋上有些灰红的横纹，颇有神威。鼻子不高，可是宽，鼻孔向外撑着，身量高。手脚都很大；手扶着膝在那儿端坐，背还很直，好似座小山儿：庄严、硬朗、高傲。

廉伯立在父亲旁边，嘴微张着些，呆呆地看着父亲那个可畏可爱的旁影。他自己只有老先生的身量，而没有那点气度。他是细长，有点水蛇腰，每逢走快了的时候自己都有些发毛咕。他的模样也像老先生，可是脸色不那么红；虽然将近四十岁，脸上还没有多少须子茬；对父亲的长须，他只有羡慕而已。立在父亲旁边，他又渺茫地感到常常袭击他的那点恐惧。他老怕父亲有个山高水远，而自己压不住他的财产与事业。从气度上与面貌上看，他似乎觉得陈家到了他这一辈，好像兑了水的酒，已经没有那么厚的味道了。在别的方面，他也许比父亲还强,可是他缺乏那点神威与自信。父亲是他的主心骨,像个活神仙似的,能暗中保佑他。有父亲活着,他似乎才敢冒险,敢见钱就抓,敢和人们结仇作对,敢下毒手。每当他遇到困难,迟疑不决的时候,他便回家一会儿。父亲的红脸长须给他胆量与决断;他并不必和父亲商议什么,看看父亲的红脸就够了。现今,他又把刚置买了的产业献给父亲,父亲的福气能压得住一切;即使产业的来路有些不明不白的地方,也被他的孝心与父亲的福分给镇下去。

头一个进来贺喜的是廉伯的大孩子,大成,十一岁的男孩,大脑袋,大嗓门,有点傻,因为小时候吃多了凉药。老先生看见孙子进来,本想立起来去拉他的小手,继而一想大家还没都到全,还不便马上离开红木椅子。

"大成,"老先生声音响亮地叫,"你干什么来了?"

大成摸了下鼻子,往四围看了一眼:"妈叫我进来,给爷道,道……"傻小子低下头去看地上的锦垫子。马上弯下身去摸垫子四围的绒绳,似乎把别的都忘了。

陈老先生微微地一笑,看了廉伯一眼,"痴儿多福!"连连地点头。廉伯也陪着一笑。

廉仲——老先生的二儿子——轻轻地走进来。他才有二十多岁,个子很大,脸红而胖,很像陈老先生,可是举止显着迟笨,没有老先生的气派与身份。

没等二儿子张口,老先生把脸上的微笑收起去。叫了声:"廉仲!"

廉仲的胖脸上由红而紫,不知怎样才好,眼睛躲着廉伯。

"廉仲!"老先生又叫了声。"君子忧道不忧贫,你倒不用看看你哥哥尽孝,心中不安,不用!积善之家自有余福,你哥哥的顺利,与其说是他有本事,还不如说是咱们陈家过去几代积成的善果。产业来得不易,可是保守更难,此中消息,"老先生慢慢摇着头,"大不易言!

箪食瓢饮，那乃是圣道，我不能以此期望你们；腾达显贵，显亲扬名，此乃人道，虽福命自天，不便强求，可是彼丈夫也，我丈夫也，有为者亦若是。我不求你和你哥哥一样的发展，你的才力本来不及他，况且又被你母亲把你惯坏了；我只求你循规蹈矩地去做人，帮助父兄去守业，假如你不能自己独创的话。你哥哥今天又孝敬我一点产业，这算不了什么，我并不因此——这点产业——而喜欢；可是我确是喜欢，喜欢的是他的那点孝心。"老先生忽然看了孙子一眼："大成，叫你妹妹去！"

廉仲的胖脸上见了汗，不知怎样好，乘着父亲和大成说话，慢慢地转到老先生背后，去看墙上挂着的一张山水画。大成还没表示是否听明白祖父的话，妈妈已经携着妹妹进来了。女人在陈老先生心中是没有一点价值的，廉伯太太大概早已立在门外，等着传唤。

廉伯太太有三十四五岁，长得还富泰。倒退十年，她一定是个漂亮的小媳妇。现在还不难看，皮肤很细，可是她的白胖把青春埋葬了，只是富泰，而没有美的诱力了。在安稳之中，她有点不安的神气，眼睛偷偷地，不住地，往四下望。胖脸上老带着点笑容；似乎是给谁道歉，又似乎是自慰，正像个将死了婆婆，好脾气，而没有多少本事的中年主妇。她一进屋门，陈老先生就立了起来，好似传见的典礼已经到了末尾。

"爷爷大喜！"廉伯太太不很自然地笑着，眼睛不敢看公公，可又不晓得去看什么好。

"有什么可喜！有什么可喜！"陈老先生并没发怒，脸上可也不带一点笑容，好似个说话的机器在那儿说话，一点也不带感情，公公对儿媳必须这样说话的，他仿佛是在表示。"好好地相夫教子，那是妇人的责任；就是别因富而骄惰，你母家是不十分富裕的，哎，哎……"老先生似乎不愿把话说到家，免得使儿媳太难堪了。

廉伯太太胖脸上将要红，可是就又挂上了点无聊的笑意，拉了拉小女儿，意思是叫她找祖父去。祖父的眼角撩到了孙女，可是没想招呼她。女儿都是赔钱的货,老先生不愿偏疼孙子,但是不由得不肯多亲爱孙女。

老先生在屋里走了几步,每一步都用极坚实的脚力放在地上,做足了昂举阔步。自己的全身投在穿衣镜里,他微停了一会儿,端详了自己一下。然后转过身来,向大儿子一笑。

"冯唐易老,李广难封!才难,才难;但是知人惜才者尤难!我已六十多了……"老先生对着镜子摇了半天头。"怀才不遇,一无所成……"他捻着须梢儿,对着镜子细端详自己的脸。

老先生没法子不爱自己的脸。他是个文人,而有武相。他有一切文人该有的仁义礼智,与守道卫教的志愿,可是还有点文人所不敢期冀的,他自比岳武穆。他是,他自己这么形容,红脸长髯高吟"大江东去"的文人。他看不起普通的白面书生。只有他,文武兼全,才担得起翼教爱民的责任。他自信学问与体魄都超乎人,他什么都知道,而且知道得最深最好。可惜,他只是个候补知县而永远没有补过实缺。因此,他一方面以为自己的怀才不遇是人间的莫大损失;在另一方面,他真喜欢大儿子——文章经济①,自己的文章无疑的是可以传世的,可是经济方面只好让给儿子了。

廉伯现在做侦探长,很能抓弄些个钱。陈老先生不喜欢"侦探长",可是侦探长有升为公安局长的希望,公安局长差不多就是原先的九门提督正堂,那么侦探长也就可以算作……至少是三品的武官吧。自从革命以后,官衔往往是不见经传的,也就只好承认官便是官,虽然有的有失典雅,可也没法子纠正。况且官总是"学优而仕",名衔纵管不同,道理是万世不变的。老先生心中的学问老与做官相联,正如道德永远和利益分不开。儿子既是官,而且能弄钱,又是个孝子,老先生便没

---

①文章经济:文章和经世济民之才。

法子不满意。只有想到自己的官运不通，他才稍有点忌妒儿子，可是这点牢骚正好是作诗的好材料，那么作一两首律诗或绝句也便正好是哀而不伤。

老先生又在屋中走了两趟，哀意渐次发散净尽。"廉伯，今天晚上谁来吃饭。"

"不过几位熟朋友。"廉伯笑着回答。

"我不喜欢人家来道喜！"老先生的眉皱上一些。"我们的兴旺是父慈子孝的善果；是善果，他们如何能明白……"

"熟朋友，公安局长，还有王处长……"廉伯不愿一一地提名道姓，他知道老人的脾气有时候是古怪一点。

老先生没再说什么。过了一会儿："别都叫陈寿预备，外边叫几个菜，再由陈寿预备几个，显着既不太难看，又有家常便饭的味道。"老先生的眼睛放了光，显出高兴的样子来，这种待客的计划，在他看，也是"经济"的一部分。

"那么老爷子就想几个菜吧；您也同我们喝一盅？"

"好吧，我告诉陈寿；我当然出来陪一陪；廉仲，你也早些回来！"

二

陈宅西屋的房脊上挂着一钩斜月，阵阵小风把院中的声音与桂花的香味送走好远。大门口摆着三辆汽车，陈宅的三条狼狗都面对汽车的大鼻子趴着，连车带狗全一声不出，都静听着院里的欢笑。院里很热闹：外院南房里三个汽车夫，公安局长的武装警卫，和陈廉伯自用的侦探，正推牌九。里院，晚饭还没吃完。廉伯不是正式地请客，而

95

是随便约了公安局局长，卫生处处长，市政府秘书主任，和他们的太太们来玩一玩；自然，他们都知道廉伯又置买了产业，可是只暗示出道喜的意思，并没送礼，也就不好意思要求正式请客。菜是陈寿做的，由陈老先生外点了几个，最得意的是个桂花翅子——虽然是个老菜，可是多么迎时当令呢。陈寿的手艺不错，客人们都吃得很满意；虽然陈老先生不住地骂他浑蛋。老先生的嘴能够非常的雅，也能非常的野，那要看对谁讲话。

老先生喝了不少的酒，眼皮下的肉袋完全紫了；每干一盅，他用大手慢慢地捋两把胡子，检阅军队似的看客人们一眼。

"老先生海量！"大家不住地夸赞。

"哪里的话！"老先生心里十分得意，而设法不露出来，他似乎知道虚假便是涵养的别名。可是他不完全是个瘦弱的文人，他是文武双全，所以又不能不表示一些豪放的气概："几杯还可以对付，哈哈！请，请！"他又灌下一盅。

大家似乎都有点怕他。他们也许有更阔或更出名的父亲，可是没法不佩服陈老先生的气派与神威。他们看出来，假若他们的地位低卑一些，陈老先生一定不会出来陪他们吃酒。他们懂得，也自己常应用，这种虚假的应酬方法，可是他们仍然不能不佩服老先生把这个运用得有声有色，把儒者、诗人、名士、大将，所该有的套数全和演戏似的表现得生动而大气。

饭撤下去，陈福来放牌桌。陈老先生不打牌，也反对别人打牌。可是廉伯得应酬，他不便干涉。看着牌桌摆好，他闭了一会儿眼，好似把眼珠放到肉袋里去休息。而后，打了个长的哈欠。廉伯赶紧笑着问：

"老爷子要是——"

陈老先生睁开眼，落下一对大眼泪，看着大家，腮上微微有点笑意。

"老先生不打两圈？两圈？"客人们问。

"老矣，无能为矣！"老先生笑着摇头，仿佛有无限的感慨。又坐了一会儿，用大手连抹几把胡子，唧唧地咂了两下嘴，慢慢地立起来："不陪了。陈福，倒茶！"向大家微一躬身，马上挺直，扯开方步，一座牌坊似的走出去。

男女分了组：男的在东间，女的在西间。廉伯和弟弟一手，先让弟弟打。

牌打到八圈上，陈福和刘妈分着往东西屋送点心。廉伯让大家吃，大家都眼看着牌，向前面点头。廉伯再让，大家用手去摸点心，眼睛完全用在牌上。卫生处处长忘了卫生，市政府秘书主任差点把个筹码放在嘴里。廉仲不吃，眼睛钉着面前那个没用而不敢打出去的白板，恨不能用眼力把白板刻成个筒或四万。

廉仲无论如何不肯放手那张白板。公安局长手里有这么一对儿宝贝。廉伯让点心的时节，就手儿看了大家的牌，有心给弟弟个暗号，放松那个值钱的东西，因为公安局长已经输了不少。叫弟弟少赢几块，而讨局长个喜欢，不见得不上算。可是，万一局长得了一张牌而幸起去呢？赌就是赌，没有谦让。他没通知弟弟。设若光是一张牌的事，他也许不这么狠。打给局长，讨局长的喜欢，局长，局长，他不肯服这个软儿。在这里，他自信得了点父亲的教训：应酬是手段，一往直前是陈家的精神；他自己将来不止于做公安局长，可是现在他可以,也应当做公安局长。他不能退让，没看起那手中有一对白板的局长，弟弟手里那张牌是不能送礼的。

又摸了两手，局长把白板摸了上来，和了牌。廉仲把牌推散，对哥哥一笑。廉伯的眼把弟弟的笑整个地瞪了回去。

局长自从掏了白板，转了风头，马上有了闲话："处长，给你张卫生牌吃吃！"顶了处长一张九万。可是，八圈完了，大家都立起来。

"接着来！"廉伯请大家坐下："早得很呢！"

卫生处处长想去睡觉，以重卫生，可是也想报复，局长那几张卫生牌顶得他出不来气。什么早睡晚睡，难道卫生处长就不是人，就不许用些感情？他自己说服了自己。

秘书长一劲儿谦虚，纯粹为谦虚而谦虚，不愿挑头儿继续作战，也不便主张散局，而只说自己打得不好。

只等局长的命令。"好吧，再来；廉伯还没打呢！"

大家都迟迟地坐下，心里颇急切。廉仲不敢坐实在了，眼睛瞄着哥哥，心中直跳。一边瞄着哥哥，一边鼓逗骰子，他希望廉伯还让给他——哪怕是再让一圈呢。廉伯决定下场，廉仲像被强迫爬起来的骆驼，极慢极慢地把自己收拾起来。连一句"五家来，做梦"都没人说一声！他的脸烧起来，别人也没注意。他恨这群人，特别恨他的哥哥。可是他舍不得走开。打不着牌，看看也多少过点瘾。他坐在廉伯旁边。看了两把，他的茄子色慢慢地降下去，只留下两小帖红而圆的膏药在颧骨上，很傻而有点美。

从第九圈上起，大家的语声和牌声比以前加高了一倍。礼貌、文化、身份、教育，都似乎不再与他们相干，或者向来就没和他们发生过关系。越到夜静人稀，他们越粗暴，把细心全放在牌张的调动上。他们用最粗暴的语气索要一个最小的筹码。他们的脸上失去那层温和的笑意，眼中射出些贼光，瞄着别人的手而掩饰自己的心情变化。他们的唇被香烟烧焦，鼻上结着冷汗珠，身上放射着湿潮的臭气。

西间里，太太们的声音并不比东间里的小，而且非常尖锐。可是她们打得慢一点，东间的第九圈开始，她们的八圈还没有完。毛病是在廉伯太太。显然的，局长太太们不大喜欢和她打，她自己也似乎不十分热心来。可是没有她便成不上局，大家无法，她也无法。她打得慢，算和慢，每打一张她还得那么抱歉地、无聊地、无可奈何地笑一笑，大家只看她的张子，不看她的笑；她发的张子老是很臭：吃上的不感激她，吃不上的责难她。她不敢发脾气，也不大会发脾气，她只觉得很难受，而且心中嘀嘀咕咕，唯恐丈夫过来检查她——她打得不好便是给他丢人。那三家儿都是牌油子。廉伯太太对于她们的牌法如何倒不大关心，她羡慕她们因会打牌而能博得丈夫们的欢心。局长太太是二太太，可是打起牌来就有了身份，而公然地轻看廉伯太太。

八圈完了，廉伯太太缓了一口气，可是不敢明说她不愿继续受罪。刘妈进来伺候茶水，她忽然想起来，胖胖地一笑："刘妈，二爷呢？"

局长太太们知道廉仲厉害，可是不反对他代替嫂子；要玩就玩个痛快，在赌钱的时节她们有点富于男性。廉仲一坐下，仿佛带来一股春风，大家都高兴了许多。大家都长了精神，可也都更难看了，没人再管脸上花到什么程度；最美的局长二太太的脸上也黄一块白一块的，有点像连阴天时的壁纸。屋中潮渌渌的有些臭味。

廉伯太太心中舒服了许多，但还不能马上躲开。她知道她的责任是什么，一种极难堪，极不自然，而且不被人钦佩与感激的责任。她坐在卫生处长太太旁边，手放在膝上，向桌子角儿微笑。她觉到她什么也不是，只是廉伯太太，这四个字把她捆在那里。

廉仲可是非常的得意。"赌"是他的天才所在，提到打牌，推牌九，下棋，抽签子，他都不但精通，而且手里有花活。别的，他无论怎样学也学不会；赌，一看就明白。这个，使他在家里永远得不着好气，可是在外边很有人看得起他，看他是把手儿。他恨陈老先生和廉伯，特别是在陈老先生说"都是你母亲惯坏了你"的时候。他爱母亲，设若母亲现在还活着，他绝不会受他们这么大的欺侮，他老这样想。母亲是死了，他只能跟嫂子亲近，老嫂比母，他对嫂子十分地敬爱。因此，陈老先生更不待见他，陈家的男子都是轻看妇女的，只有廉仲是个例外，没出息。

他每打一张俏皮的牌，必看嫂子一眼，好似小儿耍俏而要求大人夸奖那样。有时候他还请嫂子过来看看他的牌,虽然他明知道嫂子是不很懂得牌经的。这样做,他心中舒服,嫂子的笑容明白地表示出她尊重二爷的技巧与本领,他在嫂子眼中是"二爷",不是陈家的"吃累"。

三

快天亮了。凉风儿在还看不出一定颜色的云下轻快地吹着,吹散了院中的桂香,带来远处的犬声。风儿虽然清凉,空中可有些潮湿,草叶上挂满还没有放光的珠子。墙根下处处虫声,急促而悲哀。陈家的牌局已完,大家都用喷过香水的热毛巾擦脸上的油腻,跟着又点上香烟,烫那已经麻木了的舌尖,好似为赶一赶内部的酸闷。大家还舍不得离开牌桌。可是嘴中已不再谈玩牌的经过,而信口地谈着闲事,谈得而且很客气,仿佛把礼貌与文化又恢复了许多;廉伯太太的身份在天亮时节突然提高,大家都想起她的小孩,而殷勤地探问。陈福和刘妈都红着眼睛往屋里端鸡汤挂面,大家客气了一番,然后闭着眼往口中吞吸,嘴在运动,头可是发沉,大家停止了说话。第二把热毛巾递上来,大家才把脸上的筋肉活动开,咬着牙往回堵送哈欠。

"局长累了吧?"廉伯用极大的力量甩开心中的迷糊。

"哪!哪累!"局长用热手巾捂着脖梗。

"陈太太,真该歇歇了,我们太不客气了!"卫生处长的手心有点发热,渺茫地计划着应回家吃点什么药。

廉伯太太没说出什么来,笑了笑。

局长立起来,大家开始活动,都预备着说"谢谢"。局长说了;紧跟着一串珠似的"谢谢"。陈福赶紧往外跑,门外的汽车喇叭响成一阵,三条狼狗打着欢儿咬,全街的野狗家狗一致响应。大家仍然很客气,过一道门让一次,话很多而且声音洪亮。主人一定叫陈福去找毛衣,一定说天气很凉;客人们一定说不凉,可是都微微有点发抖。毛衣始终没拿来,汽车的门唧唧关好,又是一阵喇叭,大家手中的红香烟头儿上下摆动,"谢谢!""慢待!"嘟嘟地响成一片。陈福扯开嗓子喊狗。大门雷似的关好,上了闩。院中扯着几个长而无力的哈欠,一阵桂花香,天上剩了不几个星星。

草叶上的水珠刚刚发白,陈老先生起来了。早睡早起,勤俭兴家,他是遵行古道的。四外很安静,只有他自己的声音传达到远处,他摔门、咳嗽、骂狗、念诗……四外越安静,他越爱听自己的声音,他是警世的晨钟。

陈老先生的诗念得差不多,大成——因为晚饭吃得不甚合适——起来了,起来就嚷肚子饿。老先生最关心孩子,高声喊陈寿,想法儿先治大成的饿。陈寿已经一夜没睡,但是听见老主人喊他,他不敢再多迟延一秒钟。熬了一夜,可是得了"头儿钱"呢;他晓得这句是在老主人的嘴边上等着他,他不必找不自在。他晕头打脑地给小主人预备吃食,而且假装不困,走得很快,也很迷糊。

听着孙子不再叫唤了,老先生才安心继续读诗。天下最好听的莫过于孩子哭笑与读书声,陈家老有这两样,老先生不由得心中高兴。

陈寿喂完小主人,还不敢去睡,在老主人的屋外脚不出声地来回走;他怕一躺下便不容易再睁开眼。听着老主人的诗声落下一个调门来,他把香片茶、点心端进去。出来,就手儿喂了狗,然后轻轻跑到自己屋中,闭上了眼。

陈老先生吃过点心,到院中看花草。他并不爱花,可是每遇到它们,他不能不看,而且在自己家中是早晚必找上它们去看一会儿,因为诗中常常描写花草霜露，他可以不爱花，而不能表示自己不懂得诗。秋天的朝阳把多露的叶子照得带着金珠，他觉得应当作诗，泄一泄心中的牢骚。可是他心中，在事实上，是很舒服、快活，而且一心惦记着那个新买过来的铺子。诗无从作起。牢骚可不能去掉，不管有诗没有。没有牢骚根本算不了个儒生、诗人、名士。是的，他觉得他的六十多岁是虚度，满腹文章，未曾施展过一点。"不才明主弃！"想不起来全句。老杜、香山、东坡……都做过官；饶做过官，还那么牢骚抑郁，况且陈老先生，惭愧、空虚。他想起那个买卖。儿子孝敬给他的产业，实在的，须用心经营的，经之营之……他决定到铺子去看看。他看不起做买卖，可是不能不替儿子照管一下，再说呢，"道"在什么地方也存在着。子贡也是贤人！书须活念，不能当书痴。他开始换衣服。刚换好了鞋，廉伯自用的侦探兼陈家的门房冯有才进来请示：

"老先生，"冯有才——四十多岁，嘴像鲇鱼似的——低声地说："那个，他们送来，那什么，两个封儿。"

"为什么来告诉我？"老先生的眼睛瞪得很大。

"不是那个，大先生还睡觉哪吗，"鲇鱼嘴试着步儿笑："我不好，不敢去惊动他，所以——"

陈老先生不好意思去思索，又得出个妥当的主意："他们天亮才散，我晓得！"缓了口气。"你先收下好啦，回头交给大爷：我不管，我不管！"走过去，把那本诗拿在手中，没看冯有才。

冯有才像从渔网的孔中漏了出去，脚不擦地地走了。老先生又把那本诗放下，看了一眼："凉风起天末，君子意如何？！""君子——意——如——何——"老先生心中茫然，惭愧，没补上过知县，连个封儿都不敢接；冯有才，浑蛋，必定笑我呢！送封儿是自古有之，可是应当什么时候送呢？是不是应当直接地说来送封儿，如邮差那样喊"送信"？说不清，惭愧！文章经济，自己到底缺乏经验，空虚——"意如何！"

对着镜子看了看:"养拙干戈际,全生麋鹿群!"细看看镜中的老眼有没有泪珠,没有;古人的性情,有不可及者!

老先生换好衣服,正想到铺子去看看,冯有才又进来了:"老先生,那什么,我刚才忘记回了:钱会长派人来送口信,请您今天过去谈谈。"

"什么时候?"

"越早越好。"

老先生的大眼睛闭了闭,冯有才退出去。老先生翻眼回味着刚才那一闭眼的神威,开始觉到生命并不空虚,一闭眼也有作用;假如自己是个"重臣",这一闭眼应当有多么大的价值?可惜只用在冯有才那浑蛋的身上;白废!到底生命还是不充实,儒者三月无君……

他决定先去访钱会长。没坐车,为是活动活动腿脚。微风吹斜了长须,触着一些阳光,须梢闪起金花。他端起架子,渐渐地忘记是自己的身体在街上走,而是一个极大极素美的镜框子,被一股什么精神与道气催动着,在街上为众人示范——镜框子当中是个活圣贤。走着走着,他觉得有点不是味儿:知道那两封儿里是支票呢,还是现款呢?交给冯有才那个浑蛋收着……不能,也许不能……可是,钱若是不少,谁保得住他不携款潜逃!世道人心!他想回去,可是不好意思,身份、礼教,都不准他回去。然而这绝不是多虑,应当回去!自己越有修养,别人当然越不可靠,不是过虑。回去不呢?没办法!

四

花厅里坐着两位,钱会长和武将军。钱会长从前做过教育次长和盐运使,现在却愿意人家称呼他会长,国学会的会长。武将军是个退职的武人，自从退隐以后，一点也不像个武人，肥头大耳的倒像个富商，近来很喜欢读书。

陈老先生和他们并非旧交，还是自从儿子升了侦探长以后才与他们来往。他对钱子美钱会长有相当的敬意，一来因为会长的身份，二来因为会长对于经学确是有研究，三来因为会长沉默寡言而又善于理财——文章经济。对武将军，陈老先生很大度地当个朋友待，完全因为武将军什么也不知道而好向老先生请教。

三人打过招呼，钱会长一劲儿咕噜着水烟，两只小眼专看着水烟袋，一声不出。武将军倒想说话，而不知说什么好，在文人面前他老有点不自然。陈老先生也不便开口，以保持自己的尊严。

坐了有十分钟，钱会长的脚前一堆一堆的烟灰已经像个义冢的小模型。他放下了烟袋，用右手无名指的长指甲轻轻刮了刮头。小眼睛从心里透出点笑意，像埋在深处的种子顶个小小的春芽。用左手小指的指甲剔动右手的无名指，小眼睛看着两片指甲的接触，笑了笑：

"陈老先生，武将军要读《春秋》；怎样？我以为先读《尚书》，更根本一些；自然《春秋》也好，也好！"

"一以贯之，《十三经》本是个圆圈，"陈老先生手扶在膝上，看着自己的心，听着自己的声音："从哪里始，于何处止，全无不可！子美翁？"

武将军看着两位老先生，觉得他们的话非常有意思，可是又不甚明白。他搭不上嘴，只好用心地听着，心中告诉自己："这有意思，很深！"

"是的，是的！"会长又拿起水烟袋，揉着点烟丝，暂时不往烟筒上放。想了半天："宏道翁，近来以甲骨文证《尚书》者，有无是处。前天——"

"那——"

会长点头相让。陈老先生觉得差点沉稳，也不好不接下去："那，离经叛道而已。经所以传道，传道！见道有深浅，注释乃有不同，而无伤于经；以经为器，支解割裂，甲骨云乎哉！哈哈哈哈！"

"卓见！"咕噜咕噜。"前天，一个少年来见我，提到此事，我也是这么说，不谋而合。"

武将军等着听个结果，到底他应当读《春秋》还是《书经》，两位老先生全不言语了，好像刚斗过一阵的俩老鸡，休息一会儿，再斗。

陈老先生非常地得意，居然战胜了钱会长。自己的地位、经验，远不及钱子美，可是说到学问，自己并不弱，一点不弱。可见学问与经验也许不必互相关联？或者所谓学问全在嘴上，学问越大心中越空？他不敢决定，得意的劲儿渐次消散，他希望钱会长，哪怕是武将军呢，说些别的。

武将军忽然想起来："会长，娘们是南方的好，还是北方的好？"

陈老先生的耳朵似乎被什么猛地刺了一下。

武将军傻笑，脖子缩到一块，许多层肉摺。

钱会长的嘴在水烟袋上，小眼睛挤咕着，唏唏地笑。"武将军，我们谈道，你谈妇人，善于报复！"

武将军反而扬起脸来："不瞎吵，我真想知道哇。你们比我年纪大，经验多，娘们，谁不爱娘们？"

"这倒成了问题！"会长笑出了声。

陈老先生没言语，看着钱子美。他真不爱听这路话，可是不敢得罪他们；地位的优越，没办法。

"陈老先生？"武将军将错就错，闹哄起来。

"武将军天真，天真！食色性也，不过——"陈老先生假装一笑。

"等着，武将军，等多咱咱们喝几盅的时候，我告诉你；你得先背熟了《春秋》！"会长大笑起来，可依然没有多少声音，像狗喘那样。

陈老先生陪着笑起来。讲什么他也不弱于会长,他心里说,学问、手段……不过,他也的确觉到他是跟会长学了一招儿。文人所以能驾驭武人者在此,手段。

可是他自己知道,他笑得很不自然。他也想到:假若他不在这里,或者钱会长和武将军就会谈起妇女来。他得把话扯到别处去,不要大家愣着,越愣着越会使会长感到不安。

"那个,子美翁,有事商量吗?我还有点别的……"

"可就是。"钱会长想起来:"别人都起不了这么早,所以我只约了你们二位来。水灾的事,马上需要巨款,咱先凑一些发出去,刻不容缓。以后再和大家商议。"

"很好!"武将军把话都听明白,而且非常愿意拿钱办善事。"会长分派吧,该拿多少!"

"昨天晚上遇见吟老,他拿一千。大家量力而为吧。"钱会长慢慢地说。

"那么,算我两千吧。"武将军把腿伸出好远,闭上眼养神,仿佛没了他的事。

陈老先生为了难。当仁不让,不能当场丢人。可是书生,没做过官的书生,哪能和盐运使与将军比呢。不错,他现在有些财产,可是他没觉到富裕,他总以为自己还是个穷读书的;因为感觉到自己穷,才能作出诗来。再说呢,那点财产都是儿子挣来的,不容易;老子随便挥霍——即使是为行善——岂不是慷他人之慨?父慈子孝,这是两方面的。为儿子才拉拢这些人!可是没拉拢出来什么,而先倒出一笔钱去,儿子的,怎对得起儿子?自然,也许出一笔钱,引起会长的敬意。对儿子不无好处;但是希望与拿现钱是两回事。引起他们的敬意,就不能少拿,而且还得快说,会长在那儿等着呢!乐天下之乐,忧天下之忧,常这么说;可谁叫自己连个知县也没补上过呢!陈老先生的难堪甚于顾虑，他恨自己。他捋了把胡子，手微有一点颤。

"寒士，不过呢，当仁不让，我也拿吟老那个数儿吧。唯赈无量不及破产！哈哈！"他自己听得出哈哈中有点颤音。

他痛快了些，像把苦药吞下去那样，不感觉舒服，而是减少了迟疑与苦闷。

武将军两千，陈老先生一千，不算很小的一个数儿。可是会长连头也没抬，依然咕噜着他的水烟。陈老先生一方面羡慕会长的气度，一方面想知道到底会长拿多少呢。

"为算算钱数，会长，会长拿多少？"

会长似乎没有听见。待了半天，仍然没抬头："我昨天就汇出去了，五千；你们诸公的几千，今天晌午可以汇了走；大家还方便吧？若是不方便的话，我先打个电报去报告个数目，一半天再汇款。"

"容我们一半天的工夫也好。"陈老先生用眼睛问武将军，武将军点点头。

大家又没的可说了。

武将军又忽然想起来："宏老，走，上我那儿吃饭去！会长去不去？"

"我不陪了，还得找几位朋友去，急赈！"会长立起来，"不忙，天还早。"

陈老先生愿意离开这里，可是不十分热心到武宅去吃饭。他可没思索便答应了武将军，他知道自己心中是有点乱，有个地方去也好。他惭愧，为一千块钱而心中发乱；毛病都在他没做过盐运使与军长；他不能不原谅自己。到底心中还是发乱。

坐上将军的汽车，一会儿就到了武宅。

武将军的书房很高很大，好像个风雨操场似的，可是墙上挂满了字画，到处是桌椅，桌上挤满了摆设。字画和摆设都是很贵买来的，而几乎全是假古董。懂眼的人不好意思当着他的面说是假的，可是即使说了，将军也不在乎；遇到阴天下雨没事可做的时候，他不看那些东西，而一件件地算价钱：加到一块统计若干，而后分类，字画值多钱，铜器值若干，玉器……来回一算，他可以很高兴地过一早晨，或一后半天。

陈老先生不便说那些东西"都"是假的，也不便说"都"是真的，他指出几件不地道，而嘱咐将军："以后再买东西，找我来；或是讲明了，付过了钱哪时要退就可以退。"他可惜那些钱。

"正好，我就去请你，买不买的，说会子话儿！"武将军马上想起话来。这所房子值五万；家里现在只剩了四个娘们，原先本是九个来着，裁去了五个，保养身体，修道。他有朝一日再掌兵权也不再多杀人，太缺德……

陈老先生搭不上话，可是这么想：假若自己是宰相，还能不和将军们来往？自己太褊狭，因为没做过官；一个儒者，书生的全部经验是由做官而来。他把心放开了些，慢慢地觉到武将军也有可爱之处，就拿将军的大方说，会长刚一提赈灾，他就认两千，无论怎说，这是有益于人民的……至少他不能得罪了将军，儿子的前途——文王的大德，武王的功绩，相辅而成，相辅而成！

仆人拿进一封信来。武将军接过来，随手放在福建漆的小桌上。仆人还等着。将军看了信封一眼："怎回事？"

"要将军的片子，要紧的信！"

"找张名片去，请王先生来！"王先生是将军的秘书。

"王先生吃饭去了，大概得待一会儿……"

将军撕开了信封。抽出信纸，顺手儿递给了陈老先生："老先生给看一眼，就是不喜欢念信！那谁，抽屉里有名片。"

陈老先生从袋中摸出大眼镜，极有气势地看信：

"武将军仁兄阁下敬启者恭维

  起居纳福金体康宁为盼舍侄之事前曾面托是幸今闻钱子美次长与

将军仁兄交情甚厚次长与秦军长交情亦甚厚如蒙
鼎助与次长书通一声则薄酬六千二位平分可也次长常至军
长家中顺便一说定奏成功无任感激心照不宣祇祝
钧安

         如小弟马应龙顿首"

陈老先生的胡子挡不住他的笑了。文人的身份，正如文人的笑的资料，最显然的是来自文字。陈老先生永远忘不了这封信。

"怎回事？"武将军问。

老先生为了难：这样的信能高声朗诵地给将军念一过吗？他们俩并没有多大交情；他想用自己的话翻译给将军，可是六千元等语是没法翻得很典雅的；况且太文雅了，将军是否能听得明白，也是个问题。他用白话儿告诉了将军，深恐将军感到不安；将军听明白了，只说了声：

"就是别拜把子，麻烦！"态度非常的自然。

陈老先生明白了许多的事。

五

廉伯太太正在灯下给傻小子织毛袜子，嘴张着点，时时低声地数数针数。廉伯进来。她看了丈夫一眼，似笑非笑地低下头去照旧做活。廉伯心中觉得不合适，仿佛不大认识她了。结婚时的她忽然极清楚浮

109

现在心中,而面前的她倒似乎渺茫不真了。他无聊地,慢慢地,坐在椅子上。不肯承认已经厌恶了太太,可也无从再爱她。她现在只是一堆肉,一堆讨厌的肉,对她没有可说的,没有可做的。

"孩子们睡了?"他不愿呆呆地坐着。

"刚睡。"她用编物针向西指了指,孩子们是由刘妈带着在西套间睡。说完,她继续地编手中的小袜子。似用着心,又似打着玩,嘴唇轻动,记着针数;有点傻气。

廉伯点上支香烟,觉到自己正像个烟筒,细长,空空的,只会冒着点烟。吸到半支上,他受不住了,想出去,他有地方去。可是他没动,已经忙了一天,不愿再出去。他试着找她的美点,刚找到便又不见了。不想再看。说点什么,完全拿她当个"太太"看,谈些家长里短。她一声不出,连咳嗽都是在嗓子里微微一响,恐怕使他听见似的。

"嗨!"他叫了声,低,可是非常地硬,"哑巴!"

"哟!"她将针线按在心口上,"你吓我一跳!"

廉伯的气不由得撞上来,把烟卷用力地摔在地上,蹦起一些火花。"别扭!"

"怎啦?"她慌忙把东西放下,要立起来。

他没言语;可是见她害了怕,心中痛快了些,用脚把地上的烟踩灭。她呆呆地看着他,像被惊醒的鸡似的,不知怎样才好。

"说点什么,"他半恼半笑地说,"老编那个鸡巴东西!离冬天还远着呢,忙什么!"

她找回点笑容来:"说冷可就也快;说吧。"

他本来没的可说,临时也想不出。这要是搁在新婚的时候,本来无须再说什么,有许多的事可以代替说话。现在,他必得说些什么,他与她只是一种关系;别的都死了。只剩下这点关系;假若他不愿断绝这点关系的话,他得天天回来,而且得设法找话对她说!

"二爷呢?"他随便把兄弟拾了起来。

"没回来吧;我不知道。"她觉出还有多说点的必要:"没回来吃饭,横是又凑上了。"

"得给他定亲了,省得老不着家。"廉伯痛快了些,躺在床上,手枕在脑后。"你那次说的是谁来着?"

"张家的三姑娘,长得仙女似的!"

"啊,美不美没多大关系。"

她心中有点刺的慌。她娘家没有陈家阔,而自己在做姑娘的时候也很俊。

廉伯没注意她。深感觉到廉仲婚事的困难。弟弟自己没本事,全仗着哥哥,而哥哥的地位还没达到理想的高度。说亲就很难:高不成,低不就。可是即使哥哥的地位再高起许多,还不是弟弟跟着白占便宜?廉伯心中有点不自在:以陈家全体而言,弟弟应当娶个有身份的女子,以弟弟而言,痴人有个傻造化,苦了哥哥!慢慢再说吧!

把弟弟的婚事这么放下,紧跟着想起自己的事。一想起来,立刻觉得屋中有点闭气,他想出去。可是……

"说,把小凤接来好不好?你也好有个伴儿。"

廉伯太太还是笑着,一种代替哭的笑:"随便。"

"别随便,你说愿意。"廉伯坐起来。"不都为我,你也好有个帮手;她不坏。"

她没话可说,转来转去还是把心中的难过笑了出来。

"说话呀,"他紧了一板:"愿意就完了,省事!"

"那么不等二弟先结婚啦?"

他觉出她的厉害。她不哭不闹,而拿弟弟来支应,厉害!设若她吵闹,好办;父亲一定向着儿子,父亲不能劝告儿子纳妾,可是一定希望再有个孙子,大成有点傻,而太太不易再生养。不等弟弟先结婚了?

111

多么冠冕堂皇！弟弟算什么东西！十几年的夫妇，跟我掏鲇坏！他立起来，找帽子，不能再在这屋里多停一分钟。

"上哪儿？这早晚！"

没有回答。

六

微微的月光下，那个小门像图画上的，门楼上有些树影。轻轻地拍门，他口中有点发干，恨不能一步迈进屋里去。小凤的母亲来开，他希望的是小凤自己。老妈妈问了他一句什么，他只哼了一声，一直奔了北屋去。屋中很小，很干净，还摆着盆桂花。她从东里间出来："你，哟？"

老妈妈没敢跟进来，到厨房去泡茶。他想搂住小凤。可是看了她一眼，心中凉了些，闻到桂花的香味。她没打扮着，脸黄黄的，眼圈有点发红，好似忽然老了好几岁。廉伯坐在椅上，想不起说什么好。

"我去擦把脸，就来！"她微微一笑，又进了东里间。

老妈妈拿进茶来，又闲扯了几句，廉伯没心听。老妈妈的白发在电灯下显着很松很多，蓬散开个白的光圈。他呆呆地看着这团白光，心中空虚。

不大一会儿，小凤回来了。脸上擦了点粉，换了件衣裳，年轻了些，淡绿的长袍，印着些小碎花。廉伯爱这件袍儿，可是刚才的红眼圈与黄脸仍然在心中，他觉得是受了骗。同时，他又舍不得走，她到底还有点吸力。无论如何，他不能马上又折回家去，他不能输给太太。老妈妈又躲出去。

小凤就是没擦粉,也不算难看;擦了粉,也不妖媚。高高的细条身子,长脸,没有多少血,白净。鼻眼都很清秀,牙非常的光白好看。她不健康,不妖艳,但是可爱。她身上有点什么天然带来的韵味,像春雾,像秋水,淡淡地笼罩着全身,没有什么特别的美点,而处处轻巧自然,一举一动都温柔秀气;衣服在她身上像遮月的薄云,明洁飘洒。她不爱笑,但偶尔一笑,露出一些好看的牙,是她最美的时候,可是仅仅那么一会儿,转眼即逝,使人追味,如同看着花草,忽然一个白蝶飞来,又飘然飞过了墙头。

"怎这么晚?"她递给他一支烟,扔给他一盒洋火。

"忙!"廉伯舒服了许多。看着蓝烟往上升,他定了定神,为什么单单爱这个贫血的女人?奇怪,自从有了这个女人,把寻花问柳的事完全当作应酬,心上只有她一个人,为什么从烟中透过一点浓而不厌的桂香,对,她的味儿长远!

"眼圈又红了,为什么?"

"没什么,"她笑得很小,只在眼角与鼻翅上轻轻一逗,可是表现出许多心事:"有点头疼,吃完饭也没洗脸。"

"又吵了架?一定!"

"不愿意告诉你,弟弟又回来了!"她皱了一下眉。

"他在哪儿呢?"他喝了一大口茶,很关切的样子。

"走了,妈妈和我拿你吓唬他来着。"

"别遇上我,有他个苦子吃!"廉伯说得极大气。

"又把妈妈的钱……"她仿佛后悔了,轻轻叹了口气。

"我还得把他赶跑!"廉伯很坚决,自信有这个把握。

"也别太急了,他——"

"他还能怎样了陈廉伯?"

"不是,我没那么想;他也有好处。"

"他？"

"要不是他，咱俩还到不了一块，不是吗？"

陈廉伯哈哈地笑起来："没见过这样的红娘！"

"我简直没办法。"她又皱上了眉。"妈妈就有这么一个儿子，恨他，可是到底还疼他，做妈妈的大概都这样。只苦了我，向着妈妈不好，向着弟弟不好！"

"算了吧，说点别的，反正我有法儿治他！"廉伯其实很愿听她这么诉苦，这使他感到他的势力与身份，至少也比在家里跟夫人对愣着强；他想起夫人来："我说，今儿个我可不回家了。"

"你们也又吵了嘴，为我？"她要笑，没能笑出来。

"为你；可并没吵架。我有我的自由，我爱上这儿来别人管不着我！不过，我不愿意这么着；你是我的人，我得把你接到家中去；这么着别扭！"

"我看还是这么着好。"她低着头说。

"什么？"他看准了她的眼问。

她的眼光极软，可是也对准他的："还是这么着好。"

"怎么？"他的嘴唇并得很紧。

"你还不知道？"她还看着他，似乎没理会到他的要怒的神气。

"我不知道！"他笑了，笑得很冷。"我知道女人们别扭。吃着男人，喝着男人，吃饱喝足了成心气男人。她不愿意你去，你不愿意见她，我晓得。可是你们也要晓得，我的话才算话！"他挺了挺他的水蛇腰。

她没再说什么。

因为没有光明的将来，所以她不愿想那黑暗的过去。她只求混过今天。可是躺在陈廉伯的旁边，她睡不着，过去的图画一片片地来去，她没法赶走它们。它们引逗她的泪，可是只有哭仿佛是件容易做的事。

她并不叫"小凤",宋凤贞才是她;"小凤"是廉伯送给她的,为是听着像个"外家"。她是师范毕业生,在小学校里教书,养活她的母亲。她不肯出嫁,因为弟弟龙云不肯负起养活老母的责任。妈妈为他们姐弟吃过很大的苦处,龙云既不肯为老人想一想,凤贞仿佛一点不能推脱奉养妈妈的义务;或者是一种权利,假如把"孝"字想到了的话。为这个,她把出嫁的许多机会让过去。

她在小学里很有人缘,她有种引人爱的态度与心路,所以大家也就喜欢她。校长是位四十多岁的老姑娘,已办了十几年的学,非常的糊涂,非常的任性,而且有一头假头发。她有钱,要办学,没人敢拦着她。连她也没挑出凤贞什么毛病来,可是她的弟弟说凤贞不好,所以她也以为凤贞可恶。凤贞怕失业,她到校长那里去说:校长的弟弟常常跟随着她,而且给她写信,她不肯答理他。校长常常辞退教员,多半是因为教员有了爱人。校长自己是老姑娘,不许手下的教员讲恋爱;因为这个,社会上对于校长是十二分尊敬的;大家好像是这样想:假若所有的校长都能这样,国家即使再弱上十倍,也会睡醒一觉就梦似的强起来。凤贞晓得这个,所以觉得跟校长说明一声,校长必会管教她的兄弟。

可是校长很简单地告诉凤贞:"不准诬赖好人,也不准再勾引男子,再有这种事,哼……"

凤贞的泪全咽在肚子里。打算辞职,可是得等找到了别的事,不敢冒险。

慢慢地,这件事被大家知道了,都为凤贞不平。校长听到了一些,她心中更冒了火。有一天朝会的时候,她教训了大家一顿,话很不好听,有个暴性子的大学生喊了句:"管教管教你弟弟好不好!"校长哈哈地笑起来:"不用管教我弟弟,我得先管教教员!"她从袋中摸出个纸条来;

"看！收了我弟弟五百块钱，反说我兄弟不好。宋凤贞！我待你不错，这就是你待朋友的法儿，是不是？你给我滚！"

凤贞只剩了哆嗦。学生们马上转变过来，有的向她呸呸地啐。她不晓得怎样走回了家。到了家中，她还不敢哭；她知道那五百块钱是被弟弟使了，不能告诉妈妈；她失了业，也不能告诉妈妈。她只说不大舒服，请了两天假；她希望能快快地在别处找个事。

找了几个朋友，托给找事，人家都不大高兴理她。

龙云回来了，很恳切地告诉姐姐：

"姐，我知道你能原谅我。我有我的事业，我需要钱。我的手段也许不好，我的目的没有错儿。只有你能帮助我，正像只有你能养着母亲。为帮助母亲与我，姐，你须舍掉你自己，好像你根本没有生在世间过似的。校长弟弟的五百元，你得替我还上；但是我不希望你跟他去。侦探长在我的背后，你能拿住了侦探长，侦探长就拿不住了我，明白，姐？你得到他，他就会还那五百元的账，他就会给你找到事，他就会替你养活着母亲。得到他，替我遮掩着，假如不能替我探听什么。我得走了，他就在我背后呢！再见，姐，原谅我不能听听你的意见！记住，姐姐，你好像根本没有生在世间过！"

她明白弟弟的话。明白了别人，为别人做点什么，只有舍去自己。

弟弟的话都应验了，除了一句——他就会给你找到事。他没给凤贞找事，他要她陪着睡。凤贞没再出过街门一次，好似根本没有生在世间过。对于弟弟，她只能遮掩，说他不孝、糊涂、无赖；为弟弟探听，她不会做，也不想做，她只求混过今天，不希望什么。

七

陈老先生明白了许多的事。有本领的人使别人多懂些事,没有本事的人跟着别人学,惭愧!自己跟着别人学!但是不能不学,一事不知,君子之耻,活到老学到老!谁叫自己没补上知县呢!做官方能知道一切。自己的祖父做过道台,自己的父亲可是只做到了"坊里德表",连个功名也没得到!父亲在族谱上不算个数,自己也差不多;可是自己的儿子……不,不能全靠着儿子,自己应当老当益壮,假若功名无望,至少得帮助儿子成全了伟大事业。自己不能做官,还不会去结交官员吗?打算帮助儿子非此不可!他看出来,做官的永远有利益,盐运使,将军,退了职还有大宗的入款。官和官声气相通,老相互帮忙。盟兄弟、亲戚、朋友,打成一片;新的官是旧官的枝叶;即使平地云雷,一步登天,还是得找着旧官宦人家求婚结友;一人做官,福及三代。他明白了这个。想到了二儿子。平日,看二儿子是个废物,现在变成了宝贝。廉伯可惜已经结了婚,廉仲大有希望。比如说武将军有个小妹或女儿,给了廉仲?即使廉仲没出息到底,可是武将军又比廉仲高明着多少?他打定了主意,廉仲必须娶个值钱的女子,哪怕丑一点呢,岁数大一点呢,都没关系。廉伯只是个侦探长,那么,丑与老便是折冲时的交换条件:陈家地位低些,可是你们的姑娘也不俊秀呢!惭愧,陈家得向人家交换条件,无法,谁叫陈宏道怀才不遇呢!谈笑有鸿儒,往来无白丁,何等气概!老先生心里笑了笑。

他马上托咐了武将军,武将军不客气地问老先生有多少财产。老先生不愿意说,又不能不说,而且还得夸张着点儿说。由君子忧道不忧贫的道理说，他似乎应当这样地回答——方宅十余亩，草屋八九间。即使这是瞒心昧己的话，听着到底有些诗味。可是他现在不是在谈道，而是谈实际问题，实际问题永远不能做写诗的材料。他得多说，免得叫武将军看他不起：

"诗书门第，不过呢，也还有个十几万；先祖做过道台……"想给儿子开脱罪名。

"廉伯大概也抓弄不少？官不在大，缺得合适。"武将军很亲热地说。

"那个，还好，还好！"老先生既不肯像武人那样口直心快，又不愿说倒了行市。

"好吧，老先生，交给我了；等着我的信儿吧！"武将军答应了。

老先生吐了一口气，觉得自己并非缺乏实际的才干，只可惜官运不通；喜完不免又自怜，胡子嘴儿微微地动着，没念出声儿来："耽酒须微禄，狂歌托圣朝……"

"哼！"武将军用力拍了大腿一下："真该揍，怎就忘了呢！宝斋不是有个老妹子！"他看着陈老先生，仿佛老先生一定应该知道宝斋似的。

"哪个宝斋？"老先生没希望事来得这样快，他渺茫得有点害怕了。

"不就是孟宝斋，顶好的人！那年在南口打个大胜仗，升了旅长。后来邱军长倒戈，把他也连累上，撤了差，手中多也没有，有个二十来万，顶好的人。我想想看，他——也就四十一二，老妹子过不去二十五六，'老'妹子。合适，就这么办了，我明天就去找他，顶熟的朋友。还真就是合适！"

陈老先生心中有点慌，事情太顺当了恐怕出毛病！孟宝斋究竟是何等样的人呢？婚姻大事，不是随便闹着玩的。可是，武将军的善意是不好不接受的。怎能刚求了人家又撤回手来呢！但是，跟个旅长做亲——难道儿子不是侦探长？儿孙自有儿孙福，廉仲有命呢，跟再阔一点的人联姻，也无不可；命不济呢，娶个娥皇似的贤女，也没用。父亲只能尽心焉而已，其余的……再说呢，武将军也不一定就马到成功，试试总没什么不可以的。他点了头。

辞别了武将军，他可是又高兴起来，即使是试试，总得算是个胜利；假使武将军看不起陈家的话，他能这样热心给做媒么？这回不成，来日方长，陈家算是已打入了另一个圈儿，老先生的力量。廉仲也不坏，有点傻造化；希望以后能多给他点好脸子看！

把二儿子的事放下，想起那一千块钱来。告诉武将军自己有十来万，未免，未免，不过，一时的手段；君子知权达变。虽然没有十来万，一千块钱还不成问题。可是，会长与将军的捐款并不必自己掏腰包，一个买卖就回来三四千——那封信！为什么自己应当白白拿出一千呢？况且，焉知道他们的捐款本身不是一种买卖呢！做官的真会理财，文章经济。大概廉伯也有些这种本领，一清早来送封儿，不算什么不体面的事；自己不要，不过是便宜了别人；人不应太迂阔了。这一千块钱怎能不叫儿子知道，而且不白白拿出去呢？陈老先生极用心地想，心中似乎充实了许多：做了一辈子书生，现在才明白官场中的情形，才有实际的问题等着解决。儿子尽孝是种光荣，但究竟是空虚的，虽然不必受之有愧，可是并显不出为父亲的真本事。这回这一千元，不能由儿子拿，老先生要露露手段，儿子的孝心是儿子的，父亲的本事是父亲的，至少这两回事——廉仲的婚事和一千元捐款——要由父亲负责，也教他们年轻的看一看，也证实一下自己并不是酸秀才。

街上仿佛比往日光亮着许多，飞尘在秋晴中都显着特别的干爽，高高地浮动着些细小金星。蓝天上飘着极高极薄的白云，将要同化在蓝色里，鹰翅下悬着白白的长丝。老先生觉得有点疲乏，可是非常高兴，头上出了些汗珠，依然扯着方步。来往的青年男女都换上初秋的新衣，独行的眼睛不很老实，同行的手拉着手，或并着肩低语。老先生恶狠狠地瞪着他们,什么样子,男女无别,混账!老先生想到自己设若还能做官,必须斩除这些混账们。爱民以德,齐民以礼;不过,乱国重刑,非杀几个不可!国家将亡,必有妖孽,这种男女便是妖孽。只有读经崇礼,方足以治国平天下。

但是,自己恐怕没有什么机会做官了,顶好做个修身齐家的君子吧。"圣贤虽远诗书在,殊胜邻翁击磬声!"修身,自己生平守身如执玉;齐家,父慈子孝。俯仰无愧,耿耿此心!忘了街上的男女;我道不行,且独善其身吧。

他想到新铺子中看看,儿子既然孝敬给老人,老人应当在开市以前去看看,给他们出些主意,"为商为士亦奚异",天降德于予,必有以用其才者。

聚元粮店正在预备开市,门匾还用黄纸封着,右上角破了一块,露出极亮的一块黑漆和一个鲜红的"民"字。铺子外卸着两辆大车,一群赤背的人往里边扛面袋,背上的汗湿透了披着的大布巾,头发与眉毛上都挂着一层白霜。肥骡子在车旁用嘴偎着料袋,尾巴不住地抡打秋蝇。面和汗味裹在一处,招来不少红头的绿蝇,带着闪光乱飞。铺子里面也很紧张,笸箩已摆好,都贴好红纸签,小伙计正按着标签往里倒各种粮食,糠飞满了屋中,把新油的绿柜盖上一层黄白色。各处都是新油饰的,大红大绿,像个乡下的新娘子,尽力打扮而怪难受的。面粉堆了一人多高,还往里扛,软软的,印着绿字,像一些发肿的枕头。最着眼的是悬龛里的关公,脸和前面的一双大红烛一样红,龛底下贴着一溜米色的挂钱和两三串元宝。

陈老先生立在门外,等着孙掌柜出来迎接。伙计们和扛面的都不答理他,他的气要往上撞。"借光,别挡着道儿!"扛着两个面的,翻着眼瞪他。

"叫掌柜的出来!"陈老先生吼了一声。

"老东家！老东家！"一个大点儿的伙计认出来。

"老东家！老东家！"传递过去，大家忽然停止了工作，脸在汗与面粉的底下露出敬意。

老先生舒服了些，故意不睬不闻。抬头看匾角露出的红"民"字。

孙掌柜胖胖的由内柜扭出来，脸上的笑纹随着光线的强度增多，走到门口，脸上满是阳光也满是笑纹。山东绸的裤褂在日光下起闪，脚下的新千层布底白得使人忽然冷一下。

"请吧，请吧，老先生。"掌柜的笑向老东家放射，眼角撩着面车，千层底躲着马尿，脑瓢儿指挥小徒弟去沏茶打手巾。一点不忙，而一切都做到了掌柜的身份。慢慢地向内柜走，都不说话，掌柜的胖笑脸向左向右，微微一抬，微微向后；老先生的眼随着胖笑脸看到了一切。

到了内柜，新油漆味，老关东烟味，后院的马粪味，前面浮进来的糠味，拌成一种很沉重而得体的臭味。老先生入了另一世界。这个味道使他忘了以前的自己，而想到一些比书生更充实更有作为的事儿。平日的感情是来自书中，平日的愿望是来自书中，空的，都是空的。现在他看着墙上斜挂着一溜蓝布皮的账簿，桌上的紫红的算盘，墙角放着的大钱柜，锁着放光的巨锁，贴着"招财进宝"……他觉得这是实在的、可捉摸的事业；这个事业未必比做官好，可是到底比向着书本发呆，或高吟"天生德于予"强得多。这是生命、作为、事业。即使不幸，儿子搁下差事，这里，这里！到底是有米有面有钱，经济！

他想起那一千块来。

"孙掌柜，比如说，闲谈，咱们要是能应下来一笔赈粮；今年各处闹灾，大概不久连这里也得收容不少灾民；办赈粮能赔钱不能？请记住，这可是慈善事儿！"

孙掌柜摸不清老东家的意思，只能在笑上努力："赔不了，怎能赔呢？"

"闲谈;怎就不能赔呢?"

又笑了一顿,孙掌柜拿起长烟袋,划着了两根火柴,都倒插在烟上,而后把老玉的烟嘴放在唇间。"办赈粮只有赚,弄不到手的事儿!"撇着嘴咽了口很厚很辣的烟。"怎么说呢,是这么着:赈粮自然免税,白运,啊!——"

"还怎着?"老先生闭上眼,气派很大。

"谁当然也不肯专办赈;白运,这里头就有伸缩了。"他等了等,看老东家没作声,才接着说:"赶到粮来了,发的时候还有分寸。"

"那可——"老先生睁开了眼。

"不必一定那么办,不必;假如咱们办,实入实出;占白运的便宜,不苦害难民,落个美名,正赶上开市,也好立个名誉。买卖是活的,看怎调动。"孙掌柜叼着烟袋,斜看着白千层底儿。

"买卖是活的"在老先生耳中还响着,跟作文章一样,起承转合……

"老先生,有路子吗?"孙掌柜试着步儿问。

"什么路子?"

"办赈粮。"

"我想想看。"

"运动费可也不小。"

"有人,有人;我想想看。"老先生慢慢觉得孙掌柜并不完全讨厌。武将军与孙掌柜都不像想象的那么讨厌,自己大概是有点太板了;道足以正身,也足以杀灭生机,仿佛是要改一改,自己有了财,有了身份,传道岂不更容易;汤武都是皇帝,富有四海,仍不失为圣人。拿那一千,再拿一二千去运动也无所不可,假如能由此买卖兴隆起来,日进斗金……

他和孙掌柜详细地计议了一番。

临走,孙掌柜想起来:

"老先生，内柜还短块匾，老先生给选两个好字眼，写一写；明天我亲自去取。"

"写什么呢？"老先生似乎很尊重掌柜的意见。

"老先生想吧，我一肚子俗字！"

老先生哈哈地笑起来，微风把长须吹斜了些，在阳光中飘着疏落落的金丝。

八

"大嫂！"廉仲在窗外叫："大嫂！"

"进来，二弟。"廉伯太太从里间匆忙走出来。"哟，怎么啦？"

廉仲的脸上满是汗，脸蛋红得可怕，进到屋中，一下子坐在椅子上，好像要昏过去的样子。

"二弟，怎啦？不舒服吧？"她想去拿点糖水。

廉仲的头在椅背上摇了摇，好容易喘过气来。"大嫂！"叫了一声，他开始抽噎着哭起来，头捧在手里。

"二弟！二弟！说话！我是你的老嫂子！"

"我知道，"廉仲挣扎着说出话来，满眼是泪地看着嫂子："我只能对你说，除了你，没人在这里拿我当作人。大嫂你给我个主意！"他净下了鼻子。

"慢慢说，二弟！"廉伯太太的泪也在眼圈里。

"父亲给我定了婚，你知道？"

她点了点头。

"他没跟我提过一个字；我自己无意中听到了，女的，那个女的，大嫂，公开地跟她家里的汽车夫一块睡，谁都知道！我不算人，我没本事，他们只图她的父亲是旅长，媒人是将军，不管我……王八……"

"父亲当然不知道她的……"

"知道也罢，不知道也罢，我不能受。可是，我不是来告诉你这个。你看，大嫂，"廉仲的泪渐渐干了，红着眼圈，"我知道我没本事，我傻，可是我到底是个人。我想跑，穷死，饿死，我认命，不再登陈家的门。这口饭难咽！"

"咱们一样，二弟！"廉伯太太低声地说。

"我很想玩他们一下，"他见嫂子这样同情，爽性把心中的话都抖落出来："我知道他们的劣迹，他们强迫买卖家给送礼——乾礼。他们抄来'白面'用面粉顶换上去，他们包办赈粮……我都知道。我要是揭了他们的盖儿，枪毙，枪毙！"

"呕，二弟，别说了，怕人！你跑就跑得了，可别这么办哪！于你没好处，于他们没好处。我呢，你得为我想想吧！我一个妇道人家……"她的眼又向四下里望了，十分害怕的样子。

"是呀，所以我没这么办。我恨他们，我可不恨你，大嫂；孩子们也与我无仇无怨。我不糊涂。"廉仲笑了，好像觉得为嫂子而没那样办是极近人情的事，心中痛快了些，因为嫂子必定感激他。"我没那么办，可是我另想了主意。我本打算由昨天出去，就不登这个门了，我去赌钱，大嫂你知道我会赌？我是这么打好了主意：赌一晚上，赢个几百，我好远走高飞。"

"可是你输了。"廉伯太太低着头问。

"我输了！"廉仲闭上了眼。

"廉仲，你预备输，还是打算赢？"宋龙云问。

"赢！"廉仲的脸通红。

"不赌；两家都想赢还行。我等钱用。"

那两家都笑了。

"没你缺一手。"廉仲用手指肚来回摸着一张牌。

"来也不打麻将，没那么大工夫。"龙云向黑的屋顶喷了一口烟。

"我什么也陪着，这二位非打牌不可，专为消磨这一晚上。坐下！"廉仲很急于开牌。

"好吧，八圈，多一圈不来？"

三家勉强地点头。"坐下！"一齐说。

"先等等，拍出钱来看看，我等钱用！"龙云不肯坐下。

三家掏出票子扔在桌上，龙云用手拨弄了一下："这点钱？玩你们的吧！"

"根本无须用钱；筹码！输了的，明天早晨把款送到；赌多少的？"廉仲立起来，拉住龙云的臂。

"我等两千块用，假如你一家输，输过两千，我只要两千，多一个不要；明天早上清账！"

"坐下！你输了也是这样？"廉仲知道自己有把握。

"那还用说，打座！"

八圈完了，廉仲只和了个末把，胖手哆嗦着数筹码，他输了一千五。

"再来四圈？"他问。

"说明了八圈一散。"龙云在裤子上擦擦手上的汗："明天早晨我同你一块去取钱，等用！"

"你们呢？"廉仲问那二家，眼中带着乞怜的神气。

"再来就再来，他一家赢，我不输不赢。"

"我也输，不多，再来就再来。"

"赢家说话！"廉仲还有勇气,他知道后半夜能转败为胜,必不得已,他可以耍花活;似乎必得耍花活!

"不能再续,只来四圈;打座!"龙云仿佛也打上瘾来。

廉仲的运气转过点来。

"等会儿!"龙云递给廉仲几个筹码。"说明白了,不带花招儿的!"

廉仲拧了下眉毛,没说什么。

打下一圈来,廉仲和了三把。都不小。

"抹好了牌,再由大家随便换几对儿,心明眼亮;谁也别掏坏,谁也别吃亏!"龙云用自己门前的好几对牌换过廉仲的几对来。

廉仲不敢说什么,瞪着大家的手。

可是第二圈,他还不错,虽然只和了一把,可是很大。他对着牌笑了笑。

"脱了你的肥袖小褂!"龙云指着廉仲的胖脸说。

"干什么?"廉仲的脸紧得很难看,用嘴唇干挤出这么三个字来。

"不带变戏法儿的,仙人摘豆,随便地换,哎?"

哗——廉仲把牌推了,"输钱小事,名誉要紧,太爷不玩啦!"

"你?你要打的;捡起来!"龙云冷笑着。

"不打犯法呀!"

"好啦,不打也行,这两圈不能算数,你净欠我一千五?"

"我一个子儿不欠你的?"廉仲立起来。

"什么?你以为还出得去吗?"龙云也立起来。

"绑票是怎着?我看见过!"廉仲想吓唬吓唬人。牌是不能再打了,抹不了自己的牌,换不了张,自己没有必赢的把握。凭气儿,他敌不住龙云。

"用不着废话,我输了还不是一样拿出钱?"

"我没钱!"廉仲说了实话。

"嗨,你们二位请吧,我和廉仲谈谈。"龙云向那两家说:"你不输不赢,你输不多;都算没事,明天见。"

那两家穿好长衣服,"再见。"

"坐下,"龙云和平了一些,"告诉我,怎回事。"

"没什么,想赢俩钱,做个路费,远走高飞。"廉仲无聊地,失望地,一笑。

"没想到输,即使输了,可以拿你哥哥唬事,侦探长。"

"他不是我哥哥!"廉仲可是想不起别的话来。他心中忽然很乱:回家要钱,绝对不敢。最后一次利用哥哥的势力,不行,龙云不是好惹的。再说呢,龙云是廉伯的对头,帮助谁也不好;廉伯拿住龙云至少是十年监禁,龙云得了手,廉伯也许吃不住。自己怎办呢?

"你干吗这么急着用钱?等两天行不行?"

"我有我的事,等钱用就是等钱用;想法拿钱好了,你!"龙云一点不让步。

"我告诉你了,没钱!"廉仲找不着别的话说。

"家里去拿。"

"你知道他们不能给我。"

"跟你嫂子要!"

"她哪有钱?"

"你怎么知道她没钱?"

廉仲不言语了。

"我告诉你怎办,"龙云微微一笑,"到家对你嫂子明说,就说你输了钱,输给了我。我干吗用钱呢,你对嫂子这么讲:龙云打算弄俩钱,把妈妈姐姐都偷偷地带了走。你这么一说,必定有钱。明白不?"

"你真带她们走吗?"

"那你不用管。"

"好啦,我走吧?"廉仲立起来。

"等等！"龙云把廉仲拦住。"那儿不是张大椅子？你睡上一会儿，明天九点我放你走。我不用跟着你，你知道我是怎个人。你乖乖地把款送来，好；你一去不回头，也好；我不愿打死人，连你哥哥的命我都不想要。不过，赶到气儿上呢，我也许放一两枪玩！"龙云拍了拍后边的裤袋。

"大嫂，你知道我不能跟他们要钱？记得那年我为踢球挨那顿打？捆在树上！我想，他们想打我，现在大概还可以。"

"不必跟他们要，"廉伯太太很同情地说，"这么着吧，我给你凑几件首饰，你好歹地对付吧。"

"大嫂！我输了一千五呢！"

"二弟！"她咽了口气："不是我说你，你的胆子可也太大了！一千五！"

"他们逼的我！我平常就没有赌过多大的耍儿。父亲和哥哥逼的我！"

"输给谁了呢？"

"龙云！他……"廉仲的泪又转起来。只有嫂子疼他，怎肯瞪着眼骗她呢？

可是，不清这笔账是不行的，龙云不好惹。叫父兄知道了也了不得。只有骗嫂子这条路，一条极不光明而必须走的路！

"龙云，龙云，"他把耻辱、人情，全咽了下去，"等钱用，我也等钱用，所以越赌越大。"

"宋家都不是好人，就不应当跟他赌！"她说得不十分带气，可是露出不满意廉仲的意思。

"他说，拿到这笔钱就把母亲和姐姐偷偷地带了走！"每一个字都烫着他的喉。

"走不走吧，咱们哪儿弄这么多钱去呢？"大嫂缓和了些。"我虽然是过着这份日子，可是油盐酱醋都有定数，手里有也不过是三头五块的。"

"找点值钱的东西呢！"廉仲像坐在针上，只求快快地完结这一场。

"哪样我也不敢动呀！"大嫂愣了会儿。"我也豁出去了！别的不敢动，私货还不敢动吗？就是他跟我闹，他也不敢嚷嚷。再说呢，闹我也不怕！看他把我怎样了！他前两天交给我两包'白面'，横是值不少钱，我可不知道能清你这笔账不能？"

"哪儿呢？大嫂，快！"

九

已是初冬时节。廉伯带着两盆细瓣的白菊，去看"小凤"。菊已开足，长长的细瓣托着细铁丝，还颤颤欲堕。他嘱咐开车的不要太慌，那些白长瓣动了他的怜爱，用脚夹住盆边，唯恐摇动得太厉害了。车走得很稳，花依然颤摇，他呆呆地看着那些玉丝，心中忽然有点难过。太阳已压山了。

到了"小凤"门前，他就自搬起一盆花，叫车夫好好地搬着那一盆。门没关着，一直地进去；把花放在阶前，他告诉车夫九点钟来接。

"怎么这么早？"小凤已立在阶上，"妈，快来看这两盆花，太好了！"

廉伯立在花前，手插着腰儿端详端详小凤，又看看花："帘卷西风，人比黄菊瘦！大概有这么一套吧！"他笑了。

"还真亏你记得这么一套！"小凤看着花。

"哎，今天怎么直挑我的毛病？"他笑着问。"一进门就嫌我来得早，这又亏得我……"

"我是想你忙,来不了这么早,才问。"

"啊,反正你有的说;进来吧。"

桌上放着本展开的书,页上放着个很秀美的书签儿。他顺手拿起书来:"喝,你还研究侦探学?"

小凤笑了;他仿佛初次看见她笑似的,似乎没看见她这么美过。"无聊,看着玩。你横是把这个都能背过来?"

"我?就没念过!"还看着她的脸,好似追逐着那点已逝去的笑。

"没念过?"

"书是书,事是事:事是地位与威权。自要你镇得住就行。好,要是做事都得拉着图书馆,才是笑话!你看我,做什么也行,一本书不用念。"

"念念可也不吃亏?"

"谁管;先弄点饭吃吃。哟,忘了,我把车夫打发了。这么着吧,咱们出去吃?"

"不用,我们有刚包好了的饺子,足够三个人吃的。我叫妈妈去给你打点酒,什么酒?"

"嗯——一瓶佛手露。可又得叫妈妈跑一趟?"

"出口儿就是。佛手露、青酱肉、醉蟹、白梨果子酒,好不好?"

"小饮赏菊?好!"廉伯非常地高兴。

吃过饭,廉伯微微有些酒意,话来得很方便。

"凤",他拉住她的手,"我告诉你,我有代理公安局局长的希望,就在这两天!"

"是吗,那可好。"

"别对人说!"

"我永远不出门,对谁去说?跟妈说,妈也不懂。"

"龙云没来?"

"多少日子了。"

"谁也不知道,我预备好了!"廉伯向镜子里看了看自己。"这两天,"他回过头来,放低了声音:"城里要出点乱子,局长还不知道呢!我知道,可是不管。等事情闹起来,局长没了办法,我出头,我知底,一伸手事就完。可是我得看准了,他决定辞职,不到他辞职我不露面。我抓着老根;也得先看准了,是不是由我代理;不是我,我还是不下手!"

"那么城里乱起来呢?"她皱了皱眉。

"乱世造英雄,凤!"廉伯非常郑重了。"小孩刺破手指,妈妈就心疼半天,妈妈是妇人。大丈夫拿事当作一件事看,当作一局棋看;历史是伟人的历史!你放心,无论怎乱,也乱不到你这儿来。遇必要的时候,我派个暗探来。"他的严重劲儿又灭去了许多。"放心了吧?"

她点点头,没说出什么来。

"没危险,"廉伯点上支烟,烟和话一齐吐出来。"没人注意我;我还不够个角儿,"他冷笑了一下,"内行人才能晓得我是他们这群东西的灵魂;没我,他们这个长那个员的连一天也做不了。所以,事情万一不好收拾呢,外间不会责备我;若是都顺顺当当照我所计划的走呢,局里的人没有敢向我摇头的。嗯?"他听了听,外面有辆汽车停住了。"我叫他九点来,钟慢了吧?"他指着桌上的小八音盒。

"不慢,是刚八点。"

院里有人叫:"陈老爷!"

"谁?"廉伯问。

"局长请!"

"老朱吗?进来!"廉伯开开门,灯光射在白菊上。

"局长说请快过去呢,几位处长已都到了。"

凤贞在后面拉了他一下:"去得吗?"

他退回来:"没事,也许他们扫听着点风声,可是万不会知底;我去,要是有工夫的话,我还回来;过十一点不用等。"他匆匆地走出去。

汽车刚走,又有人拍门,拍得很急。凤贞心里一惊。"妈!叫门!"她开了屋门等着看是谁。

龙云三步改作一步地走进来。

"妈,姐,穿衣裳,走!"

"上哪儿?"凤贞问。

妈妈只顾看儿子,没听清他说什么。

"姐,九点的火车还赶得上,你同妈妈走吧。这儿有三百块钱,姐你拿着;到了上海我再给你寄钱去,直到你找到事做为止;在南方你不会没事做了。"

"他呢?"凤贞问。

"谁?"

"陈!"

"管他干什么,一半天他不会再上这儿来。"

"没危险?"

"妇女到底是妇女,你好像很关心他?"龙云笑了。

"他待我不错!"凤贞低着头说。

"他待他自己更不错!快呀,火车可不等人!"

"就空着手走吗?"妈妈似乎听明白了点。

"我给看着这些东西,什么也丢不了,妈!"他显然是说着玩呢。

"哎,你可好好地看着!"

凤贞落了泪。

"姐,你会为他落泪,真羞!"龙云像逗着她玩似的说。

"一个女人对一个男的,"她慢慢地说,"一个同居的男的,若是不想杀他,就多少有点爱他!"

"谁管你这一套，你不是根本就没生在世间过吗？走啊，快！"

十

陈老先生很得意。二儿子的亲事算是定规了，武将军的秘书王先生给合的婚，上等婚。老先生并不深信这种合婚择日的把戏，可是既然是上等婚，便更觉出自己对儿辈是何等地尽心。

第二件可喜的事是赈粮由聚元粮店承办，利益是他与钱会长平分。他自己并不像钱会长那样爱财，他是为儿孙创下点事业。

第三件事虽然没有多少实际上的利益，可是精神上使他高兴痛快。钱会长约他在国学会讲四次经，他的题目是"正心修身"，已经讲了两次。听讲的人不能算少，多数都是坐汽车的。老先生知道自己的相貌、声音，已足惊人；况且又句句出经入史，即使没有人来听，说给自己听也是痛快的。讲过两次以后，他再在街上闲步的时节，总觉得汽车里的人对他都特别注意似的。已讲过的稿子不但在本地的报纸登出来，并且接到两份由湖北寄来的报纸，转载着这两篇文字。这使老先生特别地高兴：自己的话与力气并没白费，必定有许多许多人由此而潜心读经，说不定再加以努力也许成为普遍的一种风气，而恢复了固有的道德，光大了古代的文化；那么，老先生可以无愧此生矣！立德立功立言，老先生虽未能效忠庙廊，可是德与言已足不朽；他想象着听众眼中看他必如"每为后生谈旧事，始知老子是陈人"，那样的可敬可爱的老儒生、诗客。他开始觉到了生命，肉体的、精神的，形容不出的一点像"西风白发三千丈"的什么东西！

"廉仲怎么老不在家？"老先生在院中看菊，问了廉伯太太——拉着小妞儿正在檐前立着——这么一句。

"他大概晚上去学英文,回来就不早了。"她眼望着远处,扯了个谎。

"学英文干吗?中文还写不通!小孩子!"看了孙女一眼,"不要把指头放在嘴里!"顺势也瞪了儿媳一下。

"大嫂!"廉仲忽然跑进来,以为父亲没在家,一直奔了嫂子去。及至看见父亲,他立住不敢动了:"爸爸!"

老先生上下打量了廉仲一番,慢慢地,细细地,厉害地,把廉仲的心看得乱跳。看够多时,老先生往前挪了一步,廉仲低下头去。

"你上哪儿啦?天天连来看看我也不来,好像我不是你的父亲!父亲有什么对不起你的地方,说!事情是我给你找的,凭你也一月拿六十元钱?婚姻是我给说定的,你并不配娶那么好的媳妇!白天不来省问,也还可以,你得去办公;晚上怎么也不来?我还没死!进门就叫大嫂,眼里就根本没有父亲!你还不如大成呢,他知道先叫爷爷!你并不是小孩子了;眼看就成婚生子;看看你自己,哪点儿像呢!"老先生发气之间,找不到文话与诗句,只用了白话,心中更气了。

"妈,妈!"小女孩轻轻地叫,连扯妈妈的袖子:"咱们上屋里去!"廉伯太太轻轻揉了小妞子一下,没敢动。

"父亲,"廉仲还低着头,"哥哥下了监啦!您看看去!"

"什么?"

"我哥哥昨儿晚上在宋家叫局里捉了去,下了监!"

"没有的事!"

"他昨天可是一夜没回来!"廉伯太太着了急。

"冯有才呢?一问他就明白了。"老先生还不相信廉仲的话。

"冯有才也拿下去了!"

"你说公安局拿的?"老先生开始有点着急了:"自家拿自家的人?为什么呢?"

"我说不清，"廉仲大着胆看了老先生一眼："很复杂！"

"都叫你说清了，敢情好了，糊涂！"

"爷爷就去看看吧！"廉伯太太的脸色白了。

"我知道他在哪儿呢？"老先生的声音很大。他只能向家里的人发怒，因为心中一时没有主意。

"您见见局长去吧；您要不去，我去！"廉伯太太是真着急。

"妇道人家上哪儿去？"老先生的火儿逼了上来："我去！我去！有事弟子服其劳，废物！"他指着廉仲骂。

"叫辆汽车吧？"廉仲为了嫂子，忍受着骂。

"你叫去呀！"老先生去拿帽子与名片。

车来了，廉仲送父亲上去；廉伯太太也跟到门口。叔嫂见车开走，慢慢地往里走。

"怎回事呢？二弟！"

"我真不知道！"廉仲敢自由地说话了。"是这么回事，大嫂，自从那天我拿走那两包东西，始终我没离开这儿，我舍不得这些朋友，也舍不得这块地方。我自幼生在这儿！把那两包东西给了龙云，他给了我一百块钱。我就白天还去做事，晚上住在个小旅馆里。每一想起婚事，我就要走；可是过一会儿，又忘了。好在呢，我知道父亲睡得早，晚上不会查看我。廉伯呢一向就不注意我，当然也不会问。我倒好几次要来看你，大嫂，我知道你一定不放心。可是我真懒得再登这个门，一看见这个街门，我就连条狗也不如了，仿佛是。我就这么对付过这些日子，说不上痛快，也说不上不痛快，马马糊糊。昨天晚上我一个人无聊瞎走，走到宋家门口，也就是九点多钟吧。哥哥的汽车在门口放着呢。门是路北的，车靠南墙放着。院里可连个灯亮也没有。车夫在车里睡着了，我推醒了他，问大爷什么时候来的。他说早来了，他这是刚把车开回来接侦探长，等了大概有二十分钟了，不见动静。所以他打了个盹儿。"

把小女孩交给了刘妈,他们叔嫂坐在了台阶上,阳光挺暖和。廉仲接着说:

"我推了推门,推不开。拍了拍,没人答应。奇怪!又等了会儿,还是没有动静。我跟开车的商议,怎么办。他说,里边一定是睡了觉,或是都出去听戏去了。我不敢信,可也不敢再打门。车夫决定在那儿等着。"

"你那天不是说,龙云要偷偷把她们送走吗?"廉伯太太想起来。

"是呀,我也疑了心;莫非龙云把她们送走,然后把哥哥诓进去……"廉仲不愿说下去,他觉得既不应当这么关心哥哥,也不应当来惊吓嫂子。可是这的确是他当时的感情,哥哥到底是哥哥,不管怎样恨他,"我决定进去,哪怕是跳墙呢!我正在打主意,远远地来了几个人,走在胡同的电灯底下,我看最先的一个像老朱,公安局的队长。他们一定是来找哥哥,我想;我可就藏在汽车后面,不愿叫他们或哥哥看见我。他们走到车前,就和开车的说开了话。他们问他等谁呢,他笑着说,还能等别人吗?呕,他还不知道,老朱。你大概是把陈送到这儿,找地方吃饭去了,刚才又回来?我没听见车夫说什么,大概他是点了点头。好了,老朱又说了,就用你的车吧。小凤也得上局里去!说着,他们就推了门。推不开。他们似乎急了,老朱上了墙,墙里边有棵不大的树。一会儿他从里面把门开开,大家都进去。我乘势就跑出老远去,躲在黑影里等着。好大半天,他们才出来,并没有她。汽车开了。我绕着道儿去找龙云。什么地方也找不着他,我一直找到夜里两点,我知道事情是坏了:'小凤也得上局里去!'也得去!这不是说哥哥已经去了吗?他要是保护不了小凤,必定是他已顾不了自己!可是我不敢家来,我到底没得到确信。今天早晨,我给侦探队打电,找冯有才,他没在那儿。刚才我一到家,他也没在门房,我晓得他也完了。打完电,我更疑心了，可是究竟没个水落石出。我不敢向公安局去打听，我又不能不打听，乱碰吧，我找了聚元的孙掌柜去，他，昨天晚上也被人抓了去，便衣巡警把着门，铺子可是还开着，大概是为免得叫大家大惊小怪，同时又禁止伙计们出来。我假装问问米价，大伙计还精明，偷偷告诉了我一句：汽车装了走，昨晚上！"

"二弟，"廉伯太太脸上已没一点血色，出了冷汗。"二弟！你哥哥……"她哭起来。

"大嫂。别哭！咱们等爸爸回来就知道了。大概没多大关系！"

"他活不了，我知道，那两包白面！"她哭着说。

"不至于！大嫂！咱们快快想主意！"

傻小子大成拿着块点心跑来了：

"胖叔！你又欺侮妈哪？回来告诉爷爷，叫爷爷揍你！"

十一

要在平常日子，以陈老先生的服装气度，满可以把汽车开进公安局的里边去；这天门前加了岗，都持枪，上着刺刀；车一到就被拦住了。老先生要见局长，掏出片子来，巡警当时说局长今天不见客。老先生才知道事情是非常严重了，不敢发作，立刻坐上车去找钱会长。他知道了事情是很严重，可是想不出儿子犯了什么罪；儿子没有什么不好的地方。大概是在局里得罪了人，那么，有人出来调停一下也就完了。设若仍然不行呢，花上点钱，送上些礼，疏通疏通总该一天云雾散了。这么一想，他心中宽了些。

见着钱会长，他略把他所知道的说了一遍：

"子美翁你知道,廉伯是个孝子;未有孝悌而好犯上者也。他不会做出什么不体面的事来。我自己,你先生也晓得,在今日像我们这样的家庭有几个?恐怕只是廉伯于无意中开罪于人,那么我想请子美翁给调解一下,大概也就没什么了。"

"大概没多大关系,官场中彼此倾轧是常有的事,"钱会长一边咕噜着水烟,"我打听打听看。"

"会长若是能陪我到趟公安局才好,因为我到底还不知其详,最好能见见局长,再见见廉伯,然后再详为计划。"

"我想想看,"会长一劲儿点头,"事情倒不要这么急,想想看,总该有办法的。"

陈老先生心中凉了些。"子美翁看能不能代我设法去见见公安局长,我独自去,武将军能不能——"

"是的,武将军对地面的官员比我还接近,是的,找找他看!"

希望着武将军能代为出力,陈老先生忽略了钱会长的冷淡。

见着武将军,他完全用白话讲明来意,怕将军听不明白。武将军很痛快地答应与他一同去见局长。

在公安局门口,武将军递进自己的片子,马上被请进去,陈老先生在后面跟着。

局长很亲热地和将军握手,及至看见了陈老先生,他皱了一下眉,点了点头。

"刚才老先生来过,局长大概很忙,没见着,所以我同他来了。"武将军一气说完。

"啊,是的,"局长对将军说,没看老先生一眼,"对不起,适才有点紧要的公事。"

"廉伯昨晚没回去,"陈老先生往下用力地压着气,"听说被扣起来,我很不放心。"

"呕,是的,"局长还对着武将军说,"不过一种手续,没多大关系。"

"请问局长,他犯了什么法呢?"老先生的腰挺起来,语气也很冷硬。

"不便于说,老先生,"局长冷笑了一下,脸对着老先生:"公事,公事,朋友也有难尽力的地方!"

"局长高见,"陈老先生晓得事情是很难办了。可是他想不出廉伯能做出什么不规矩的事。一定这是局长的阴谋,他再也压不住气。"局长晓得廉伯是个孝子,老夫是个书生,绝不会办出不法的事来。局长也有父母,也有儿女,我不敢强迫长官泄露机要,我只以爱子的一片真心来格外求情,请局长告诉我到底是怎回事!士可杀不可辱,这条老命可以不要,不能忍受……"

"哎哎,老先生说远了!"局长笑得缓和了些。"老先生既不能整天跟着他,他做的事你哪能都知道?"

"我见见廉伯呢?"老先生问。

"真对不起!"局长的头低下去,马上抬起来。

"局长,"武将军插了嘴,"告诉老先生一点,一点,他是真急。"

"当然着急,连我都替他着急,"局长微笑了下,"不过爱莫能助!"

"廉伯是不是有极大的危险?"老先生的脑门上见了汗。

"大概,或者,不至于;案子正在检理,一时自然不能完结。我呢,凡是我能尽力帮忙的地方无不尽力,无不尽力!"局长立起来。

"等一等,局长,"陈老先生也立起来,脸上煞白,两腮咬紧,胡子根儿立起来。"我最后请求你告诉我个大概,人都有个幸不幸,莫要赶尽杀绝。设若你错待了个孝子,你知道你将遗臭万年。我虽老朽,将与君周旋到底!"

"那么老先生一定要知道,好,请等一等!"局长用力按了两下铃。

进来一个警士,必恭必敬地立在桌前。

"把告侦探长的呈子取来,全份!"局长的脸也白了,可是还勉强地向武将军笑。

陈老先生坐下,手在膝上哆嗦。

不大会儿,警士把一堆呈子送在桌上。局长随便推送在武将军与老先生面前,将军没动手。陈老先生翻了翻最上边的几本,很快地翻过,已然得到几种案由:强迫商家送礼;霸占良家妇女;假公济私,借赈私运粮米;窃卖赃货……老先生不能往下看了,手扶在桌上,只剩了哆嗦。哆嗦了半天,他用尽力量抬起头来,脸上忽然瘦了一圈,极慢极低地说:

"局长,局长!谁没有错处呢!他不见得比人家坏,这些状子也未必都可靠。局长,他的命在你手里,你积德就完了!你闭一闭眼,我们全家永感大德!"

"能尽力处我无不尽力!武将军,改天再过去请安!"

武将军把老先生搀了出来。将军把他送到家中,他一句话也没说。那些罪案,他知道,多半都是真的。而且有的是他自己给儿子造成的。可是,他还不肯完全承认这是他们父子的过错,局长应负多一半责任;局长是可以把那些状子压下不问的。他的怨怒多于羞愧,心中和火烧着似的,可是说不出话来。他恨自己的势力小,不能马上把局长收拾了。他恨自己的命不好,命给他带来灾殃,不是他自己的毛病,天命!

到了家中,他越想越怕了。事不宜迟,他得去为儿子奔走。幸而他已交结了不少有势力的朋友。第一个被想到的是孟宝斋,新亲自然会帮忙。可是孟宝斋的大烟吃上没完,虽然答应给设法,而始终不动弹。老先生又去找别人,大家都劝他不要着急,也就是表示他们不愿出力。绕到晚上,老先生明白了世态炎凉还不都是街上的青年男女闹的!与他为道义之交的人们,听他讲经的人们,也丝毫没有古道。但是他没心细想这个,他身上疲乏,心中发乱。立在镜前,他已不认识自己了。

他的眼陷下好深，眼下的肉袋成了些鲇皮，像一对很大的瘪臭虫。他愤恨，渺茫，心里发辣。什么都可以牺牲，只要保住儿子的命。儿媳妇在屋中放声地哭呢！她带着大成去探望廉伯，没有见到。听着她哭，老先生的泪止不住了，越想越难过，他也放了声。

他只想喝水，晚饭没有吃。早早地躺下，疲乏，可是合不上眼。想起什么都想到半截便忘了，迷乱，心中像老映着破碎不全的电影片。想得讨厌了，心中仍不愿休息，还希望在心的深处搜出一半个好主意。没有主意，他只能低声地叫，叫着廉伯的乳名。一直到夜中三点，他迷糊过去，不是睡，是像飘在云里那样惊心吊胆地闭着眼。时时仿佛看见儿子回来了，又仿佛听见儿媳妇啼哭，也看见自己死去的老伴儿……可是始终没有睁开眼，恍惚像风里的灯苗，似灭不灭，顾不得再为别人照个亮儿。

十二

太阳出来好久，老先生还半睡半醒地忍着，他不愿再见这无望的阳光。

忽然，儿媳妇与廉仲都大哭起来，老先生猛孤仃地①爬起来。没顾得穿长衣，急忙地跑过来，儿媳妇已哭背过气去，他明白了。他咬上了牙，心中突然一热，咬着牙把撞上来的一口黏的咽回去。扶住门框，他吼了一声：

"廉仲，你嫂子！"他蹲在了地上，颤成一团。

---

①猛孤仃地：突然。

廉仲和刘妈,把廉伯太太撅巴①起来,她闭着眼只能抽气。

"爸,送信来了,去收尸!"廉仲的胖脸浮肿着,黄蜡似的流着两条泪。

"好!好!"老先生手把着门框想立起来,手一软,蹲得更低了些。"你去吧,用我的寿材好了;我还得大办丧事呢!哈,哈!"他坐在地上狂号起来。

陈老先生真的遍发讣闻,丧事办得很款式。来吊祭的可是没有几个人,连孟宅都没有人过来。武将军送来一个鲜花圈,钱会长送来一对挽联;廉伯的朋友没来一个。老先生随着棺材,一直送到墓地。临入土的时候,老先生拍了拍棺材:"廉伯,廉伯,我还健在,会替你教子成名!"说完他亲手燃着自己写的挽联:

孝子忠臣,风波于汝莫须有;

孤灯白发,经史传孙知奈何?

事隔了许久,事情的真相渐渐地透露出来,大家的意见也开始显出公平。廉伯的罪过是无可置辩的,可是要了他的命的罪名,是窃卖"白面"——搜检了来,而用面粉替换上去。然而这究竟是个"罪名",骨子里面还是因为他想"顶"公安局长。又正赶上政府刚下了严禁白面的命令,于是局长得了手。设若没有这道命令,或是这道命令已经下了好多时候,不但廉伯的命可以保住,而且局长为使自己的地位稳固,还得至少教廉伯兼一个差事。不能枪毙他,就得给他差事,局长只有这两条路。他不敢撤廉伯的差,廉伯可以帮助局长,也可以随时倒戈,他手下有人,能扰乱地面。大家所以都这么说:廉伯与局长是半斤八两,不过廉伯的运气差一点,情屈命不屈。

---

①撅巴:人昏厥时,按摩、活动肢体使其苏醒。

有不少人同情于陈家：无论怎说，他是个孝子，可惜！这个增高了陈老先生的名望。那对挽联已经脍炙人口。就连公安局长也不敢再赶尽杀绝。聚元的孙掌柜不久就放了出来，陈家的财产也没受多少损失："经史传孙知奈何？"多么气势！局长不敢结世仇，而托人送来五百元的教育费，陈老先生没有收下。

陈家的财产既没受多少损失，亲友们慢慢地又转回来。陈老先生在国学会未曾讲完的那两讲——正心修身——在廉伯死的六七个月后，又经会中敦聘续讲。老先生瘦了许多，腰也弯了一些，可是声音还很足壮。听讲的人是很多，多数是想看看被枪毙的孝子的老父亲是什么样儿。老先生上台后，戴上大花镜，手微颤着摸出讲稿，长须已有几根白的，可是神气还十分的好看。讲着讲着，他一手扶着桌子，一手放在头上，愣了半天，好像忘记了点什么。忽然他摘下眼镜，匆忙地下了台。大家莫名其妙，全立起来。

会中的职员把他拦住。他低声地，极不安地说：

"我回家去看看，不放心！我的大儿子，孝子，死了。廉仲——虽然不肖——可别再跑了！他想跑，我知道！不满意我给他定下的媳妇；自由结婚，该杀！我回家看看，待一会儿再来讲：我不但能讲，还以身作则！不用拦我，我也不放心大儿媳妇。她，死了丈夫，心志昏乱；常要自杀，胡闹！她老说她害了丈夫，什么拿走两包东西唎，乱七八糟！无法，无法！几时能'买襄山县云藏市，横笛江城月满楼'呢？"说完，他弯着点腰，扯开不十分正确的方步走去。

大家都争着往外跑，先跑出去的还看见了老先生的后影，肩头上飘着些长须。

原载 1935 年 10 月 1 日《文学》第八卷第四号

不成问题的问题

任何人来到这里——树华农场——他必定会感觉到世界上并没有什么战争，和战争所带来的轰炸、屠杀，与死亡。专凭风景来说，这里真值得被呼为乱世的桃源。前面是刚由一个小小的峡口转过来的江，江水在冬天与春天总是使人愿意跳进去的那么澄清碧绿。背后是一带小山。山上没有什么，除了一丛丛的绿竹矮树，在竹树的空处往往露出赭色的块块儿，像是画家给点染上的。

小山的半腰里，那青青的一片，在青色当中露出一两块白墙和二三屋脊的，便是树华农场。江上的小渡口，离农场大约有半里地，小船上的渡客，即使是往相反的方向去的，也往往回转头来，望一望这美丽的地方。他们若上了那斜着的坡道，就必定向农场这里指指点点，因为树上半黄的橘柑，或已经红了的苹果，总是使人注意而想夸赞几声的。到春暖花开的时候，或遇到什么大家休假的日子，城里的士女①有时候也把逛一逛树华农场作为一种高雅的举动，而这农场的美丽恐怕还多少地存在一些小文与短诗之中咧。

---

①士女：旧泛指男女。

创办一座农场必定不是为看着玩的；那么，我们就不能专来谀赞风景而忽略更实际一些的事儿了。由实际上说，树华农场的用水是没有问题的，因为江就在它的脚底下。出品的运出也没有问题。它离重庆市不过三十多里路，江中可以走船，江边上也有小路。它的设备是相当完美的：有鸭鹅池、有兔笼、有花畦、有菜圃、有牛羊圈、有果园。鸭蛋、鲜花、青菜、水果、牛羊乳……都正是像重庆那样的都市所必需的东西。况且，它的创办正在抗战的那一年；重庆的人口，在抗战后，一天比一天多；所以需要的东西，像青菜与其他树华农场所产生的东西，自然地也一天比一天多。赚钱是没有问题的。

　　从渡口上的坡道往左走不远，就有一些还未完全风化的红石，石旁生着几丛细竹。到了竹丛，便到了农场的窄而明洁的石板路。离竹丛不远，相对地长着两株青松，松树上挂着两面粗粗刨平的木牌，白漆漆着"树华农场"。石板路边，靠江的这一面，都是花；使人能从花的各种颜色上，慢慢地把眼光移到碧绿的江水上面去。靠山的一面是许多直立的扇形的葡萄架，架子的后面是各种果树。走完了石板路，有一座不甚高，而相当宽的藤萝架，这便是农场的大门，横匾上刻着"树华"两个隶字。进了门，在绿草上，或碎石堆花的路上，往往能看见几片柔软而轻飘的鸭鹅毛，因为鸭鹅的池塘便在左手方。这里的鸭是纯白而肥硕的，真正的北平填鸭。对着鸭池是平平的一个坝子，没有隙地的种着花草与菜蔬。在坝子的末端，被竹树掩覆着，是办公厅。这是相当坚固而十分雅致的一所两层的楼房，花果的香味永远充满了全楼的每一角落。牛羊圈和工人的草舍又在楼房的后边，时时有羊羔悲哀地啼唤。

　　这一些设备，教农场至少要用二十来名工人。可是，以它的生产能力，和出品销路的良好来说，除了一切开销，它还应当赚钱。无论是内行人还是外行人，只要看过这座农场，大概就不会想象到这是赔钱的事业。

然而，树华农场赔钱。

创办的时候，当然要往"里"垫钱。但是，鸡鸭、青菜、鲜花、牛羊乳，都是不需要很长的时间就可以在利润方面有些数目字的。按照行家的算盘上看，假若第二年还不十分顺利的话，至迟在第三年的开始就可以绝对地看赚了。

可是，树华农场的赔损是在创办后的第三年。在第三年首次股东会议的时候，场长与股东们都对着账簿发了半天的愣。

赔点钱，场长是绝不在乎的，他不过是大股东之一，而被大家推举出来做场长的。他还有许多比这座农场大得多的事业。可是，即使他对这小小的事业赔赚都不在乎，即使他一走到院中，看看那些鲜美的花草，就把赔钱的事忘得一干二净，他现在——在股东会上——究竟有点不大好过。他自信是把能手，他到处会赚钱，他是大家所崇拜的实业家。农场赔钱？这伤了他的自尊心。他赔点钱，股东他们赔点钱，都没有关系；只是，下不来台！这比什么都要紧！

股东们呢，多数的是可以与场长立在一块儿呼兄唤弟的。他们的名望、资本、能力，也许都不及场长，可是在赔个万儿八千块钱上来说，场长要是沉得住气，他们也不便多出声儿。很少数的股东的确是想投了资，赚点钱，可是他们不便先开口质问，因为他们股子少，地位也就低，假若粗着脖子红着筋地发言，也许得罪了场长和大股东们——这，恐怕比赔点钱的损失还更大呢。

事实上，假若大家肯打开窗子说亮话，他们就可以异口同声地，确凿无疑地，马上指出赔钱的原因来。原因很简单，他们错用了人。场长，虽然是场长，是不能，不肯，不会，不屑于到农场来监督指导一切的。股东们也不会十趟八趟跑来看看的——他们只愿在开会的时候来做一次远足，既可以欣赏欣赏乡郊的景色，又可以和老友们喝两盅酒，附带地还可以露一露股东的身份。除了几个小股东，多数人接到开会的通知，就仿佛在箱子里寻找迎节当令该换的衣服的时候，偶然地发现了想不起怎么随手放在那里的一卷钞票——"呕，这儿还有点玩意儿呢！"

农场实际负责任的人是丁务源，丁主任。

丁务源，丁主任，管理这座农场已有半年。农场赔钱就在这半年。

连场长带股东们都知道，假若他们脱口而出地说实话，他们就必定在口里说出"赔钱的原因在——"的时节，手指就确切无疑地伸出，指着丁务源！丁务源就在一旁坐着呢。

但是，谁的嘴也没动，手指自然也就无从伸出。

他们，连场长带股东，谁没吃过农场的北平大填鸭，意大利种的肥母鸡，琥珀心的松花，和大得使儿童们跳起来的大鸡蛋鸭蛋？谁的瓶里没有插过农场的大枝的桂花，腊梅，红白梅花，和大朵的起楼子的芍药，牡丹与茶花？谁的盘子里没有盛过使男女客人们赞叹的山东大白菜，绿得像翡翠般的油菜与嫩豌豆？

这些东西都是谁送给他们的？丁务源！

再说，谁家落了红白事，不是人家丁主任第一个跑来帮忙？谁家出了不大痛快的事故，不是人家丁主任像自天而降的喜神一般，把大事化小，小事化无？

是的，丁主任就在这里坐着呢。可是谁肯伸出指头去戳点他呢？

什么责任问题，补救方法，股东会都没有谈论。等到丁主任预备的酒席吃残，大家只能拍拍他的肩膀，说声"美满的闭会"了。

丁务源是哪里的人？没有人知道。他是一切人——中外无别——的乡亲。他的言语也正配得上他的籍贯，他会把他所到过的地方的最简单易学的话，例如四川的"啥子"与"要得"，上海的"唔啥"，北平的"妈啦巴子"……都美好地联结到一处，变成一种独创的"国语"；

有时候也还加上一半个"孤得",或"夜司",增加一点异国情味。

四十来岁,中等身量,脸上有点发胖,而肉都是亮的,丁务源不是个俊秀的人,而令人喜爱。他脸上那点发亮的肌肉,已经教人一看就痛快,再加上一对光满神足,顾盼多姿的眼睛,与随时变化而无往不宜的表情,就不只讨人爱,而且令人信任他了。最足以表现他的天才而使人赞叹不已的是他的衣服。他的长袍,不管是绸的还是布的,不管是单的还是棉的,永远是半新半旧的,使人一看就感到舒服;永远是比他的身裁稍微宽大一些,于是他垂着手也好,揣着手也好,掉背着手更好,老有一些从容不迫的气度。他的小褂的领子与袖口,永远是洁白如雪;这样,即使大褂上有一小块油渍,或大襟上微微有点折绉,可是他的雪白的内衣的领与袖会使人相信他是最爱清洁的人。他老穿礼服呢厚白底子的鞋,而且裤脚儿上扎着绸子带儿;快走,那白白的鞋底与颤动的腿带,会显出轻灵飘洒;慢走,又显出雍容大雅。长袍,布底鞋,绸子裤脚带儿合在一处,未免太老派了,所以他在领子下面插上了一支派克笔和一支白亮的铅笔,来调和一下。

他老在说话,而并没说什么。"是呀""要得么""好",这些小字眼被他轻妙地插在别人的话语中,就好像他说了许多话似的。到必要时,他把这些小字眼也收藏起来,而只转转眼珠,或轻轻一咬嘴唇,或给人家从衣服上弹去一点点灰。这些小动作表现了关切,同情,用心,比说话的效果更大得多。遇见大事,他总是斩钉截铁地下这样的结论——没有问题,绝对的!说完这一声,他便把问题放下,而闲扯些别的,使对方把忧虑与关切马上忘掉。等到对方满意地告别了,他会倒头就睡,睡三四个钟头;醒来,他把那件绝对没问题的事忘得一干二净。直等到那个人又来了,他才想起原来曾经有过么一回事,而又把对方热诚地送走。事情,照例又推在一边。及至那个人快恼了他的时候,他会用农场的出品使朋友仍然和他相好。天下事都绝对没有问题,因为他根本不去办。

他吃得好,穿得舒服,睡得香甜,永远不会发愁。他绝对没有任何理想,所以想发愁也无从发起。他看不出社会上彼此敷衍有什么不对的地方。他只知道敷衍能解决一切,至少能使他无忧无虑,脸上胖而且亮。凡足以使事情敷衍过去的手段,都是绝妙的手段。当他刚一得到农场主任的职务的时候,他便被姑姑老姨舅爷,与舅爷的舅爷包围起来,他马上变成了这群人的救主。没办法,只好一一敷衍。于是一部分有经验的职员与工人马上被他"欢送"出去,而舅爷与舅爷的舅爷都成了护法的天使。占据了地上的乐园。

没被辞退的职员与园丁,本都想辞职。可是,丁主任不给他们开口的机会。他们由书面上通知他,他连看也不看。于是,大家想不辞而别。但是,赶到真要走出农场时,大家的意见已经不甚一致。新主任到职以后,什么也没过问,而在两天之中把大家的姓名记得飞熟,并且知道了他们的籍贯。

"老张!"丁主任最富情感的眼,像有两道紫外光似的射到老张的心里,"你是广元人呀?乡亲!硬是要得!"丁主任解除了老张的武装。

"老谢!"丁主任的有肉而滚热的手拍着老谢的肩膀,"呕,恩施?好地方!乡亲!要得么!"于是,老谢也缴了械。

多数的旧人们就这样受了感动,而把"不辞而别"的决定视为一时的冲动,不大合理。那几位比较坚决的,看朋友们多数鸣金收兵,也就不便再说什么,虽然心里还有点不大得劲儿。及至丁主任的胖手也拍在他们的肩头上,他们反觉得只有给他效劳,庶几乎①可以赎出自己的行动幼稚,冒昧的罪过来。"丁主任是个朋友!"这句话即使不便明说,也时常在大家心中飞来飞去,像出笼的小鸟,恋恋不忍去

---

①庶几乎:或许,大概可以。

似的。

大家对丁主任的信任心是与时俱增的。不管大事小事,只要向丁主任开口,人家丁主任是不会眨眨眼或愣一愣再答应的。他们的请托的话还没有说完,丁主任已说了五个"要得"。丁主任受人之托,事实上,是轻而易举的。比方说,他要进城——他时常进城——有人托他带几块肥皂。在托他的人想,丁主任是精明人,必能以极便宜的价钱买到极好的东西。而丁主任呢,到了城里,顺脚走进那最大的铺子,随手拿几块最贵的肥皂。拿回来,一说价钱,使朋友大吃一惊。"货物道地,"丁主任要交代清楚,"你晓得!多出钱,到大铺子去买,吃不了亏!你不要,我还留着用呢!你怎样?"怎能不要呢,朋友只好把东西接过去,连声道谢。

大家可是依旧信任他。当他们暗中思索的时候,他们要问:托人家带东西,带来了没有?带来了。那么人家没有失信。东西贵,可是好呢。进言无二价的大铺子买东西,谁不会呢,何必托他?不过,既然托他,他——堂堂的丁主任——岂是挤在小摊子上争钱讲价的人?这只能怪自己,不能怪丁主任。

慢慢地,场里的人们又有耳闻:人家丁主任给场长与股东们办事也是如此。不管办个"三天",还是"满月",丁主任必定闻风而至,他来到,事情就得由他办。烟,能买"炮台"就买"炮台",能买到"三五"就是"三五"。酒,即使找不到"茅台"与"贵妃",起码也是绵竹大麯。饭菜,呕,先不用说饭菜吧,就是糖果也必得是冠生园的,主人们没法挑眼。不错,丁主任的手法确是太大;可是,他给主人们作了脸哪。主人说不出话来,而且没法不佩服丁主任见过世面。有时候,主妇们因为丁主任太好铺张而想表示不满,可是丁主任送来的礼物,与对她们的殷勤,使她们也无从开口。她们既不出声,男人们就感到事情都办得合理,而把丁主任看成了不起的人物。这样,丁主任既在场长与股东们眼中有了身份,农场里的人们就不敢再批评什么;即使吃了他的亏,似乎也是应当的。

及至丁主任做到两个月的主任,大家不但不想辞职,而且很怕被辞了。他们宁可舍着脸去逢迎谄媚他,也不肯失掉地位。丁主任带来的人,因为不会做活,也就根本什么也不干。原有的工人与职员虽然不敢照样公然怠工,可是也不便再像原先那样实对实地每日做八小时工。他们自动把八小时改为七小时,慢慢地又改为六小时,五小时。赶到主任进城的时候,他们干脆就整天休息。休息多了,又感到闷得慌,于是麻将与牌九就应运而起;牛羊们饿得乱叫,也压不下大家的欢笑与牌声。有一回,大家正赌得高兴,猛一抬头,丁主任不知道什么时候人不知鬼不觉地站在老张的后边!大家都愣了!

"接着来,没关系!"丁主任的表情与语调顿时教大家的眼都有点发湿。"干活是干活,玩是玩!老张,那张八万打得好,要得!"

大家的精神,就像都刚胡了满贯似的,为之一振。有的人被感动得手指直颤。

大家让主任加入。主任无论如何不肯破坏原局。直等到四圈完了,他才强被大家拉住,改组。"赌场上可不分大小,赢了拿走,输了认命,别说我是主任,谁是园丁!"主任挽起雪白的袖口,微笑着说。大家没有异议。"还玩这么大的,可是加十块钱的望子,自摸双?"大家又无异议。新局开始。主任的牌打得好。不但好,而且牌品高。打起牌来,他一声不出,连"要得"也不说了。他自己和牌,轻轻地好像抱歉似的把牌推倒。别人和牌,他微笑着,几乎是毕恭毕敬地送过筹码去。十次,他总有八次赢钱,可是越赢越受大家敬爱;大家仿佛宁愿把钱输给主任,也不愿随便赢别人几个。把钱给丁主任似乎是一种光荣。

不过,从实际上看,光荣却不像钱那样有用。钱既输光,就得另想生财之道。由正常的工作而获得的收入,谁都晓得,是有固定的数目。指着每月的工资去与丁主任一决胜负是做不通的。虽然没有创设什么设计委员会,大家可是都在打主意,打农场的主意。主意容易打,执行的勇气却很不易提起来。可是,感谢丁主任,他暗示给大家,农场的东西是可以自由处置的。没看见吗,农场的出品,丁主任都随便自己享受,都随便拿去送人。丁主任是如此,丁主任带来的"亲兵"也是如此,那么,别人又何必分外地客气呢?

于是,树华农场的肥鹅大鸭与油鸡忽然都罢了工,不再下蛋,这也许近乎污蔑这一群有良心的动物们,但是农场的账簿上千真万确看不见那笔蛋的收入了。外间自然还看得见树华的有名的鸭蛋——为孵小鸭用的——可是价钱高了三倍。找好鸭种的人们都交头接耳地嘀咕:"树华的填鸭鸭蛋得托人情才弄得到手呢。"在这句话里,老张,老谢,老李都成了被恳托的要人。

在蛋荒之后,紧接着便是按照科学方法建造的鸡鸭房都失了科学的效用。树华农场大闹黄鼠狼,每晚上都丢失一两只大鸡或肥鸭。有时候,黄鼠狼在白天就出来为非作歹,而在它们最猖獗的时期,连牛犊和羊羔都被劫去;多么大的黄鼠狼呀!

鲜花,青菜,水果的产量并未减少,因为工友们知道完全不工作是自取灭亡。在他们赌输了,睡足了之后,他们自动地努力工作,不是为公,而是为了自己。不过,产量虽未怎么减少,农场的收入却比以前差得多了。果子,青菜,据说都闹虫病。果子呢,须要剔选一番,而后付运,以免损害了农场的美誉。不知道为什么那些落选的果子仿佛更大更美丽一些,而先被运走。没人能说出道理来,可是大家都喜欢这么做。菜蔬呢,以那最出名的大白菜说吧,等到上船的时节,三斤重的就变成了二斤或一斤多点;那外面的大肥叶子——据说是受过虫伤的——都被剥下来,洗净,另捆成一把一把地运走,当作"猪菜"

卖。这种猪菜在市场上有很高的价格。

这些事，丁主任似乎知道，可没有任何表示，当夜里闹黄鼠狼子的时候，即使他正醒着，听得明明白白，他也不会失去身份地出来看看。及至次晨有人来报告，他会顺口答音地声明："我也听见了，我睡觉最警醒不过！"假若他高兴，他会继续说上许多关于黄鼬和他夜间怎样警觉的故事。当被黄鼬拉去而变成红烧的或清炖的鸡鸭，摆在他的眼前，他就绝对不再提黄鼬，而只谈些烹饪上的问题与经验；一边说着，一边把最肥的一块鸭夹起来送给别人："这么肥的鸭子，非挂炉烧烤不够味；清炖不相宜，不过，汤还要得！"他极大方地尝了两口汤。工人们若献给他钱——比如卖猪菜的钱——他绝对不肯收。"咱们这里没有等级，全是朋友；可是主任到底是主任，不能吃猪菜的钱！晚上打几圈儿好啦！要得吗？"他自己亲热地回答上，"要得！"把个"得"字说得极长。几圈麻将打过后，大家的猪菜钱至少有十分之八，名正言顺地入了主任的腰包。当一五一十地收钱的时候，他还要谦逊地声明："咱们的牌都差不多，谁也说不上高明。我的把弟孙宏英，一月只打一次就够吃半年的。人家那才叫会打牌！不信，你给他个司长，他都不做，一个月打一次小牌就够了！"

秦妙斋从十五岁起就自称为宁夏第一才子。到二十多岁，看"才子"这个词儿不大时行了，乃改称为全国第一艺术家。据他自己说，他会雕刻，会作画，会弹古琴与钢琴，会作诗，小说，与戏剧；全能的艺术家。可是，谁也没有见过他雕刻，画图，弹琴，和作文章。

在平时，他自居为艺术家，别人也就顺口答音地称他为艺术家，原本不算什么。到了抗战时期，正是所谓国乱显忠臣的时候，艺术家也罢，科学家也罢，都要拿出他的真正本领来报效国家，而秦妙斋先生什么也拿不出来。这也不算什么。假若他肯虚心地去学习，说不定他也许有一点天才，能学会画两笔，或作些简单而通俗的文字，去宣传抗战，或者，干脆放弃了天才的梦，而脚踏实地地去做中小学的教师，或到机关中服务，也还不失为尽其在我。可是他不肯去学习，不肯去吃苦，而只想飘飘摇摇地做个空头艺术家。

他在抗战后，也曾加入艺术家们的抗战团体。可是不久便冷淡下来，不再去开会。因为在他想，自己既是第一艺术家，理当在各团体中取得领导的地位。可是，那些团体并没有对他表示敬意。他们好像对他和对一切好虚名的人都这么说：谁肯出力做抗战工作，谁便是好朋友；反之，谁要是借此出风头，获得一点虚名与虚荣，谁就乘早儿退出去。秦妙斋退了出来。但是，他不甘寂寞。他觉得这样的败退，并不是因为自己的浅薄虚伪，而是因为他的本领出众，不见容于那些妒忌他的人们。他想要独树一帜，自己创办一个什么团体，去过一过领导的瘾。这，又没能成功，没有人肯听他号召。在这之后，他颇费了一番思索，给自己想出两个字来：清高。当他和别人闲谈，或独自呻吟的时候，他会很得意地用这两个字去抹杀一切，而抬高自己："现而今的一般自命为艺术家的，都为了什么？什么也不为，除了钱！真正懂得什么叫作清高的是谁？"他的鼻尖对准了自己的胸口，轻轻地点点头。"就连那做教授的也算不上清高，教授难道不拿薪水么？……"可是"你怎么活着呢？你的钱从什么地方来呢？"有那心直口快的这么问他。"我，我……"他有点不好意思，而不能回答："我爸爸给我！"

是的，秦妙斋的父亲是财主。不过，他不肯痛快地供给儿子钱花。这使秦妙斋时常感到痛苦。假若不是被人家问急了，他不肯轻易地提出"爸爸"来。就是偶尔地提到，他几乎要把那个最有力量的形容字——不清高——也加在他的爸爸头上去！

按照着秦老者的心意，妙斋应当娶个知晓三从四德的老婆，而后一扑纳心①地在家里看守着财产。假若妙斋能这样办，哪怕就是吸两口鸦片烟呢，也能使老人家的脸上纵起不少的笑纹来。可是，有钱的老子与天才的儿子仿佛天然是对头。妙斋不听调遣。他要作诗，画画，而且——最使老人伤心的——他不愿意在家里蹲着。老人没有旁的办法，只好尽量地勒着钱。尽管妙斋的平信，快信，电报，一齐来催钱，老人还是毫不动感情地到月头才给儿子汇来"点心费"。这点钱，到妙斋手里还不够还债的呢。我们的诗人，是感受着严重的压迫。挣钱去吧，既不感觉趣味，又没有任何本领；不挣钱吧，那位不清高的爸爸又是这样的吝啬！金钱上既受着压迫，他满想在艺术界活动起来，给精神上一点安慰。而艺术界的人们对他又是那么冷淡！他非常地灰心。有时候，他颇想模仿屈原，把天才与身体一齐投在江里去。投江是件比较难于做到的事。于是，他转而一想，打算做个青年的陶渊明。"顶好是退隐！顶好！"他自己念道着。"世人皆浊我独清！只有退隐，没别的话好讲！"

高高的个子，长长的脸，头发像粗硬的马鬃似的，长长地，乱七八糟地，披在脖子上。虽然身量很高，可好像里面没有多少骨头，走起路来，就像个大龙虾似的那么东一扭西一拱的。眼睛没有神，而且爱在最需要注意的时候闭上一会儿，仿佛是随时都在做梦。

做着梦似的秦妙斋无意中走到了树华农场。不知道是为欣赏美景，还是走累了，他对着一株小松叹了口气，而后闭了会儿眼。

也就是上午十一点钟吧，天上有几缕秋云，阳光从云隙发出一些不甚明的光，云下，存着些没有完全被微风吹散的雾。江水大体上还是黄的，只有江岔子里的已经静静地显出绿色。葡萄的叶子就快落净，茶花已顶出一些红瓣儿来。秦妙斋在鸭塘的附近找了块石头，懒洋洋

---

①一扑纳心：一心一意。

地坐下。看了看四下里的山、江、花、草,他感到一阵难过。忽然地很想家,又似乎要作一两句诗,仿佛还有点触目伤情……这时候,他的感情像是极复杂,复杂得到了既像万感俱来,可是一会儿又像茫然不知所谓的程度。坐了许久,他忽然在复杂混乱的心情中找到可以用话语说出来的一件事来。"我应当住在这里!"他低声对自己说。这句话虽然是那么简短,可是里边带着无限的感慨。离家,得罪了父亲,功未成,名未就……只落得独自在异乡隐退,想住在这静静的地方!他呆呆地看着池里的大白鸭,那洁白的羽毛,金黄的脚掌,扁而像涂了一层蜡的嘴,都使他心中更混乱,更空洞,更难过。这些白鸭是活的东西,不错;可是他们干吗活着呢?正如同天生下我秦妙斋来,有天才,有志愿,有理想,但是都有什么用呢?想到这里,他猛然地,几乎是身不由己地,立了起来。他恨这个世界,恨这个不叫他成名的世界!连那些大白鸭都可恨!他无意中地、顺手地捋下一把树叶,揉碎,扔在地上。他发誓,要好好地,痛快淋漓地写几篇文字,把那些有名的画家,音乐家,文学家都骂得一个小钱也不值!那群不清高的东西!

他向办公楼那面走,心中好像在说:"我要骂他们!就在这里,这里,写成骂他们的文章!"

丁主任刚刚梳洗完,脸上带着夜间又赢了钱的一点喜气。他要到院中吸点新鲜空气。安闲地,手揣在袖口里,像采菊东篱下的诗人似的,他慢慢往外走。

在门口,他几乎被秦妙斋撞了个满怀。秦妙斋,大龙虾似的,往旁边一闪;照常往里走。他恨这个世界,碰了人就和碰了一块石头或一株树一样,只有不快,用不着什么客气与道歉。

丁主任,老练,安详,微笑地看着这位冒失的青年龙虾。"找谁呀?"他轻轻问了声。

秦妙斋稍一愣，没有答理他。

丁主任好像自言自语地说，"大概是个画家。"

秦妙斋的耳朵仿佛是专为听这样的话的，猛地立住，向后转，几乎是喊叫地，"你说什么？"

丁主任不知道自己的话是说对了，还是说错了，可是不便收回或改口。迟顿了一下，还是笑着："我说，你大概是个画家。"

"画家？画家？"龙虾一边问，一边往前凑，做着梦的眼睛居然瞪圆了。

丁先生不晓得怎样回答才好，只啊啊了两声。

妙斋的眼角上汪起一些热泪，口中的热涎喷到丁主任的脸上："画家，我是——画家，你怎么知道？"说到这里，他仿佛已筋疲力尽，像快要晕倒的样子，摇晃着，摸索着，找到一只小凳，坐下，闭上了眼睛。

丁主任还笑着，可是笑得莫名其妙，往前凑了两步。还没走到妙斋的身边，妙斋的眼睛睁开了。"告诉你，我还不仅是画家，而且是全能的艺术家！我都会！"说着，他立起来，把右手扶在丁主任的肩上。"你是我的知己！你只要常常叫我艺术家，我就有了生命！生我者父母，知我者——你是谁？"

"我？"丁主任笑着回答。"小小园丁！"

"园丁？"

"我管着这座农场！"丁主任停住了笑。"你姓什么！"毫不客气地问。

"秦妙斋，艺术家秦妙斋。你记住，艺术家和秦妙斋老得一块儿喊出来，一分开，艺术家和我就都不好存在了！"

"呕！"丁主任的笑意又回到脸上，进了大厅，眼睛往四面一扫——壁上挂着些时人的字画。这些字画都不甚高明，也不十分丑恶。在丁主任眼中，它们都怪有个意思，至少是挂在这里总比四壁皆空强一些。

不过，他也有个偏心眼，他顶爱那张长方的，石印的抗战门神爷，因为色彩鲜明，"真"有个意思。他的眼光停在那片色彩上。

随着丁主任的眼，妙斋也看见了那些字画，他把眼光停在了那张抗战画上。当那些色彩分明地印在了他的心上的时候，他觉到一阵恶心，像忽然要发痧似的，浑身的毛孔都像针儿刺着，出了点冷汗。定一定神，他扯着丁先生，扑向那张使他恶心的画儿去。发颤的手指，像一根挺身作战的小蛇似的，指着那堆色彩："这叫画？这叫画？用抗战来欺骗艺术，该杀！该杀！"不由分说，他把画儿扯了下来，极快地撕碎，扔在地上，用脚狠狠地揉搓，好像把全国的抗战艺术家都踩在了泥土上似的。他痛快地吐了口气。

来不及拦阻妙斋的动作，丁主任只说了一串口气不同的"唉"！

妙斋犹有余怒，手指向四壁普遍地一扫："这全要不得！通通要不得！"

丁主任急忙挡住了他，怕他再去撕毁。妙斋却高傲地一笑："都扯了也没有关系，我会给你画！我给你画那碧绿的江，赭色的山，红的茶花，雪白的大鸭！世界上有那么多美丽的东西，为什么单单去画去写去唱血腥的抗战？浑蛋！我要先写几篇文章，臭骂，臭骂那群污辱艺术的东西们。然后，我要组织一个真正艺术家的团体，一同主张——主张——清高派，暂且用这个名儿吧，清高派的艺术！我想你必赞同？"

"我？"丁主任不知怎样回答。

"你当然同意！我们就推你做会长！我们就在这里作画，治乐，写文章！"

"就在这里？"丁主任脸上有点不大得劲，用手摸了摸。

"就在这里！今天我就不走啦！"妙斋的嘴犄角直往外进水星儿，"想想看，把这间大厅租给我，我爸爸有钱，你要多少我给多少。然后，我们艺术家们给你设计，把这座农场变成最美的艺术之家，艺术乐园！

多么好！多么好！"

丁主任似乎得到一点灵感。口中随便用"要得""不错"敷衍着，心中可打开了算盘。在那次股东会上，虽然股东们对他没有什么决定的表示，可是他自己看得清清楚楚，大家对他多少有点不满意。他应当把事情调整一下，教大家看看，他不是没有办法的人。是呀，这里的大厅闲着没有用，楼上也还有三间空房，为什么不租出去，进点租钱呢？况且这笔租金用不着上账；即使教股东们知道了，大家还能为这点小事来质问吗？对！他决定先试一试这位艺术家。"秦先生，这座大厅我们大家用，楼上还有三间空房，你要就得都要，一年一万块钱，一次交清。"

妙斋闭了眼，"好啦，一言为定！我给爸爸打电报要钱。"

"什么时候搬进来？"丁主任有点后悔。交易这么容易成功，想必是要少了钱。但是，再一想，三间房，而且在乡下，一万元应当不算少。管它呢，先进一万再说别的！"什么时候搬进来？"

"现在就算搬进来了！"

"啊？"丁主任有点后悔意了。"难道你不去拿行李什么的？"

"没有行李，我只有一身的艺术！"妙斋得意地哈哈地笑起来。

"租金呢？"

"那，你尽管放心：我马上打电报去！"

秦妙斋就这样地侵入了树华农场。不到两天，楼上已住满他的朋友。这些朋友，有男有女，有老有少，都时来时去，而绝对不客气。他们要床，便见床就搬了走；要桌子，就一声不响地把大厅的茶几或方桌拿了去。对于鸡鸭菜果，他们的手比丁主任还更狠，永远是理直气壮地拿起就吃。要摘花他们便整棵地连根儿拔出来。农场的工友甚至于须在夜间放哨，才能抢回一点东西来！

可是，丁主任和工友们都并不讨厌这群人。首要的因为这群人中老有女的,而这些女的又是那么大方随便,大家至少可以和她们开句小玩笑。她们仿佛给农场带来了一种新的生命。其次,讲到打牌,人家秦妙斋有艺术家的态度,输了也好,赢了也好,赌钱也好,赌花生米也好,一坐下起码二十四圈。丁主任原是不屑于玩花生米的,可是妙斋的热情感动了他,他不好意思冷淡地谢绝。

丁主任的心中老挂念着那一万元的租金。他时常调动着心思与语言,在最适当的机会暗示出催钱的意思。可是妙斋不接受暗示。虽然如此,丁主任可是不忍把妙斋和他的朋友撵了出去。一来是,他打听出来,妙斋的父亲的的确确是位财主;那么,假若财主一旦死去,妙斋岂不就是财产的继承人?"要把眼光放远一些!"丁主任常常这样警戒自己。二来是,妙斋与他的友人们,在实在没有事可干的时候,总是坐在大厅里高谈艺术。而他们的谈论艺术似乎专为骂人。他们把国内有名的画家,音乐家,文艺作家,特别是那些尽力于抗战宣传的,提名道姓地一个一个挨次咒骂。这,使丁主任闻所未闻。慢慢地,他也居然记住了一些艺术家的姓名。遇到机会,他能说上来他们的一些故事,仿佛他同艺术家们都是老朋友似的。这,使与他来往的商人或闲人,感到惊异,他自己也得到一些愉快。还有,当妙斋们把别人咒腻了,他们会无耻与得意地提出一些社会上的要人来,"是的,我们要和他取得联络,来建设起我们自己的团体来!""那,我可以写信给他;我要告诉明白了他,我们都是真正清高的艺术家!"……提到这些要人,他们大家口中的唾液都好像甜蜜起来,眼里发着光。"会长!"他们在谈论要人之后,必定这样叫丁主任:"会长,你看怎样?"丁主任自己感到身量又高了一寸似的!他不由得怜爱了这群人,因为他们既可以去与要人取得联络,而且还把他自己视为要人之一!他不便发表什么意见,可是常常和妙斋肩并肩地在院中散步。他好像完全了解妙斋的怀才不遇,妙斋微叹,他也同情地点着头。二人成了莫逆之交!

丁主任爱钱，秦妙斋爱名，虽然所爱的不同，可是在内心上二人有极相近的地方，就是不惜用卑鄙的手段取得所爱的东西。这也是二人成为好朋友的一个原因。因此，丁主任往往对妙斋发表些难以入耳的最下贱的意见，妙斋也好好地静听，并不以为可耻。

眨眨眼，到了阳历年。

除夕，大家正在打牌，宪兵从楼上抓走两位妙斋的朋友。

丁主任口里直说"没关系"，心中可是有点慌。他久走江湖，晓得什么是利，哪是害。宪兵从农场抓走了人，起码是件不体面的事，先不提更大的干系。

秦妙斋丝毫没感到什么。那两位被捕的人是谁？他只知道他们的姓名，别的一概不清楚。他向来不细问与他来往的人是干什么的。只要人家捧他，叫他艺术家，他便与人家交往。因此，他有许多来往的人，而没有真正的朋友。他们被捕去，他绝对没有想到去打听打听消息，更不用说去营救了。有人被捕去，和农场丢失两只鸭子一样无足轻重。本来嘛，神圣的抗战，死了那么多的人，流了那么多的血，他都无动于衷，何况是捕去两个人呢？当丁主任顺口搭音地盘问他的时候，他只极冷淡地说："谁知道！枪毙了也没法子呀！"

丁主任，连丁主任，也感到一点不自在了。口中不说，心里盘算着怎样把妙斋赶了出去。"好嘛，给我这儿招来宪兵，要不得！"他自己念道着。同时，他在表情上，举动上，不由得对妙斋冷淡多了。他有点看不起妙斋。他对一切不负责任，可是他心中还有"朋友"这个观念。他看妙斋是个冷血动物。

妙斋没有感觉出这点冷淡来。他只看自己，不管别人的表情如何，举动怎样。他的脑子只管计划自己的事，不管替别人思索任何一点什么。

慢慢地，丁主任打听出来：那两位被捕的人是有汉奸的嫌疑。他们的确和妙斋没有什么交情，但是他们口口声声叫他艺术家，于是他就招待他们，甚至于允许他们住在农场里。平日虽然不负责任，可是一出了乱子，丁主任觉出自己的责任与身份来。他依然不肯当面告诉妙斋："我是主任，有人来往，应当先告诉我一声。"但是，他对妙斋越来越冷淡。他想把妙斋"冰"了走。

到了一月中旬，局势又变了。有一天，忽然来了一位有势力、与场长最相好的股东。丁主任知道事情要不妙。从股东一进门，他便留了神，把自己的一言一笑都安排得像蜗牛的触角似的，去试探，警戒。一点不错，股东暗示给他，农场赔钱，还有汉奸随便出入，丁主任理当辞职。丁主任没有否认这些事实，可也没有承认。他说着笑着，态度极其自然。他始终不露辞职的口气。

股东告辞，丁主任马上找了秦妙斋去。秦妙斋是——他想——财主的大少爷，他须起码教少爷明白，他现在是替少爷背了罪名。再说，少爷自称为文学家，笔底下一定很好，心路也多，必定能替他给全体股东写封极得体的信。是的，就用全体职工的名义，写给股东们，一致挽留丁主任。不错，秦妙斋是个冷血动物；但是，"我走，他也就住不下去了！他还能不卖气力吗？"丁主任这样盘算好，每个字都裹了蜜似的，在门外呼唤："秦老弟！艺术家！"

秦妙斋的耳朵竖了起来，龙虾的腰挺直，他准备参加战争。世界上对他冷淡得太久了，他要挥出拳头打个热闹，不管是为谁，和为什么！"宁自一把火把农场烧得干干净净，我们也不能退出！"他喷了丁主任一脸唾沫星儿，倒好像农场是他一手创办起来似的。

丁主任的脸也增加了血色。他后悔前几天那样冷淡了秦妙斋，现在只好一口一个"艺术家"地来赎罪。谈过一阵，两个人亲密得很有些像双生的兄弟。最后，妙斋要立刻发动他的朋友："我们马上放哨，一直放到江边。他们假若真敢派来新主任,我就会教他怎么来,怎么滚回去!"同时,他召集了全体职工,在大厅前开会。他登在一块石头上,声色俱厉地演说了四十分钟。

妙斋在演说后,成了树华农场的灵魂。不但丁主任感激,就是职员与工友也都称赞他:"人家姓秦的实在够朋友!"

大家并不是不知道,秦先生并不见得有什么高明的确切的办法。不过,闹风潮是赌气的事,而妙斋恰好会把大家感情激动起来;大家就没法不承认他的优越与热烈了。大家甚至于把他看得比丁主任还重要,因为丁主任虽然是手握实权,而且相当地有办法,可是他到底是多一半为了自己;人家秦先生呢,根本与农场无关,纯粹是路见不平,拔刀相助。这样,秦先生白住房,偷鸡蛋,与其他一切小小的罪过,都变成了理之当然的事。他,在大家的眼中,现在完全是个侠肠义胆的可爱可敬的人。

丁主任有十来天不在农场里。他在城里,从股东的太太与小姐那里下手,要挽回他的颓势。至于农场,他以为有妙斋在那里,就必会把大家团结得很坚固,一定不会有内奸,捣他的乱。他把妙斋看成了一座精神堡垒!等到他由城中回来,他并没对大家公开地说什么,而只时常和妙斋有说有笑地并肩而行。大家看着他们,心中都得到了安慰,甚至于有的人喊出:"我们胜利了!"

农场糟到了极度。那喊叫"我们胜利了"的,当然更肆无忌惮,几乎走路都要模仿螃蟹;那稍微悲观一些的,总觉得事情并不能这么容易得到胜利,于是抱着干一天算一天的态度,而拼命往手中搂东西,好像是说:"滚蛋的时候,就是多拿走一把小镰刀也是好的!"

旧历年是丁主任的一"关"。表面上,他还很镇定,可是喝了酒便爱发牢骚。"没关系!"他总是先说这一句,给自己壮起胆气来。慢慢地,血液循环的速度增加了,他身上会忽然出点汗。想起来了:张太太——

张股东的二夫人——那里的年礼送少了！他愣一会儿，然后，自言自语地说："人事，都是人事；把关系拉好，什么问题也没有！"酒力把他的脑子催得一闪一闪的，忽然想起张三，忽然想起李四，"都是人事问题！"

新年过了，并没有任何动静。丁主任的心像一块石头落了地。新年没有过好，必须补充一下；于是一直到灯节，农场中的酒气牌声始终没有断过。

灯节后的那么一天，已是早晨八点，天还没甚亮。浓厚的黑雾不但把山林都藏起去，而且把低处的东西也笼罩起来，连房屋的窗子都像挂起黑的帘幕。在这大雾之中，有些小小的雨点，有时候飘飘摇摇地像不知落在哪里好，有时候直滴下来，把雾色加上一些黑暗。农场中的花木全静静地低着头，在雾中立着一团团的黑影。农场里没有人起来，梦与雾好像打成了一片。

大雾之后容易有晴天。在十点钟左右，雾色变成红黄，一个红血的太阳时在雾薄的时候露出来，花木叶子上的水点都忽然变成小小的金色的珠子。农场开始有人起床。秦妙斋第一个起来，在院中绕了一个圈子。正走在大藤萝架下，他看见石板路上来了三个人。最前面的是一位女的，矮身量，穿着不知有多少衣服，像个油篓似的慢慢往前走，走得很吃力。她的后面是个中年的挑夫，挑着一大一小两只旧皮箱，和一个相当大的、风格与那位女人相似的铺盖卷，挑夫的头上冒着热汗。最后，是一位高身量的汉子，光着头，发很长，穿着一身不体面的西服，没有大衣，他的肩有些向前探着，背微微有点弯。他的手里拿着个旧洋瓷的洗脸盆。

秦妙斋以为是他自己的朋友呢，他立在藤萝架旁，等着和他们打招呼。他们走近了，不相识。他还没动，要细细看看那个女的，对女的他特别感觉兴趣。那个大汉，好像走得不耐烦了，想赶到前边来，可是石板路很窄,而挑夫的担子又微微地横着,他不容易赶过来。他想踏着草地绕过来,可是脚已迈出,又收了回去,好像很怕踏损了一两根青草似的。到了藤架前,女的立定了,无聊地,含怨地,轻叹了一声。挑夫也立住。大汉先往四下一望,而后挤了过来。这时候,太阳下面的雾正薄得像一片飞烟,把他的眉眼都照得发光。他的眉眼很秀气,可是像受过多少什么无情的折磨似的,他的俊秀只是一点残余。他的脸上有几条来早了十年的皱纹。他要把脸盆递给女人,她没有接取的意思。她仅"啊"了一声,把手缩回去。大概她还要夸赞这农场几句,可是,随着那声"啊",她的喜悦也就收敛回去。阳光又暗了一些,他们的脸上也黯淡了许多。

那个女的不甚好看。可是,眼睛很奇怪,奇怪得使人没法不注意她。她的眼老像有什么心事——像失恋,损伤了儿女或破产那类的大事——那样地定着,对着一件东西定视,好久;才移开,又去定视另一件东西。眼光移开,她可是仿佛并没看到什么。当她注意一个人的时候,那个人总以为她是一见倾心,不忍转目。可是,当她移开眼光的时节,他又觉得她根本没有看见他。她使人不安,惶惑,可是也感到有趣。小圆脸,眉眼还端正,可是都平平无奇。只有在她注视你的时候,你才觉得她并不难看,而且很有点热情。及至她又去对别的人,或别的东西愣起来,你就又有点可怜她,觉得她不是受过什么重大的刺激,就是天生的有点白痴。

现在,她扭着点脸,看着秦妙斋。妙斋有点兴奋,拿出他自认为最美的姿态,倚在藤架的柱子上,也看着她。

"哪个叨?"挑夫不耐烦了:"走不走吗?"

"明霞,走!"那个男人毫无表情地说。

"干什么的?"妙斋的口气很不客气地问他,眼睛还看着明霞。

"我是这里的主任。"那个男的一边说,一边往里走。

"啊？主任？"妙斋挡住他们的去路。"我们的主任姓丁。"

"我姓尤，"那个男的随手一拨，把妙斋拨开，还往前走，"场长派来的新主任。"

秦妙斋愣住了，闭了一会儿眼，睁开眼，他像条被打败了的狗似的，从小道跑进去。他先跑到大厅。"丁，老丁！"他急切地喊。"老丁！"

丁主任披着棉袍，手里拿着条冒热气的毛巾，一边擦脸，一边从楼上走下来。

"他们派来了新主任！"

"啊？"丁主任停止了擦脸，"新主任？"

"集合！集合！教他怎么来的怎么滚回去！"妙斋回身想往外跑。

丁主任扔了毛巾，双手撩着棉袍，几步就把妙斋赶上，拉住。"等等！你上楼去，我自有办法！"

妙斋还要往外走，丁主任连推带搡，把他推上楼去。而后，把钮子扣好，稳重庄严地走出来。拉开门，正碰上尤主任。满脸堆笑地，他向尤先生拱手："欢迎！欢迎！欢迎新主任！这是——"他的手向明霞高拱。没有等尤主任回答，他亲热地说："主任太太吧？"紧跟着，他对挑夫下了命令："拿到里边来吗！"把夫妻让进来，看东西放好，他并没有问多少钱雇来的，而把大小三张钱票交给挑夫——正好比雇定的价钱多了五角。

尤主任想开门见山地问农场的详情，但是丁务源忙着喊开水，洗脸水；吩咐工友打扫屋子，丝毫不给尤主任说话的机会。把这些忙完，他又把明霞大嫂长大嫂短地叫得震心，一个劲儿和她扯东道西。尤主任几次要开口，都被明霞给截了回去；乘着丁务源出去那会儿，她责备丈夫："那些事，干吗忙着问，日子长着呢，难道你今天就办公？"

第一天一清早，尤主任就穿着工人装，和工头把农场每一个角落都检查到，把一切都记在小本儿上。回来，他催丁主任办交代。丁主任答应三天之内把一切办理清楚。明霞又帮了丁务源的忙，把三天改成六天。

一点合理的错误，使人抱恨终身。尤主任——他叫大兴——是在美国学园艺的。毕业后便在母校里做讲师。他聪明，强健，肯吃苦。做起"试验"来，他的大手就像绣花的姑娘的那么轻巧，准确，敏捷。做起用力的工作来，他又像一头牛那样强壮，耐劳。他喜欢在美国，因为他不善应酬，办事认真，准知道回到祖国必被他所痛恨的虚伪与无聊给毁了。但是，抗战的喊声震动了全世界；他回了国。他知道农业的重要，和中国农业的急应改善。他想在一座农场里，或一间实验室中，把他的血汗献给国家。

回到国内，他想结婚。结婚，在他心中，是一件必然的，合理的事。结了婚，他可以安心地工作，身体好，心里也清静。他把恋爱视成一种精力的浪费。结婚就是结婚，结婚可以省去许多麻烦，别的事都是多余，用不着去操心。于是，有人把明霞介绍给他，他便和她结了婚。这很合理，但是也是个错误。

明霞的家里有钱。尤大兴只要明霞，并没有看见钱。她不甚好看，大兴要的是一个能帮助他的妻子，美不美没有什么关系。明霞失过恋，曾经想自杀；但这是她的过去的事，与大兴毫不相干。她没有什么本领，但在大兴想，女人多数是没有本领的；结婚后，他曾以身作则地去吃苦耐劳，教育她，领导她；只要她不瞎胡闹，就一切不成问题。他娶了她。

明霞呢，在结婚之前，颇感到些欣悦。不是因为她得到了理想爱人——大兴并没请她吃过饭，或给她买过鲜花——而是因为大兴足以替她雪耻。她以前所爱的人抛弃了她，像随便把一团废纸扔在垃圾堆上似的。但是，她现在有了爱人；她又可以仰着脸走路了。

在结婚后，她的那点欣悦和婚礼时戴的头纱差不多，永远收藏起去了。她并不喜欢大兴。大兴对工作的努力,对金钱的冷淡,对三姑六姨的不客气,都使她感到苦痛。但是,当有机会夫妇一道走的时候,她还是紧紧地拉着他,像将被溺死的人紧紧抓住一把水草似的。无论如何,他是一面雪耻的旗帜,她不能再把这面旗随便扔在地上!

大兴的努力,正直,热诚,使自己到处碰壁。他所接触到的人,会慢慢很巧妙地把他所最珍视的"科学家"三个字变成一种嘲笑。他们要喝酒去,或是要办一件不正当的事,就老躲开"科学家"。等到"科学家"天天成为大家开玩笑的用语,大兴便不能不带着太太另找吃饭的地方去了!明霞越来越看不起丈夫。起初,她还对他发脾气,哭闹一阵。后来,她知道哭闹是毫无作用的,因为大兴似乎没有感情;她闹她的气,他做他的事。当她自己把泪擦干了,他只看她一眼,而后问一声:"该做饭了吧?"她至少需要一个热吻,或几句热情的安慰;他至多只拍拍她的脸蛋。他决不问闹气的原因与解决的办法,而只谈他的工作。工作与学问是他的生命,这个生命不许爱情来分润一点利益。有时候,他也在她发气的时候,偷偷弹去自己的一颗泪,但是她看得出,这只是怨恨她不帮助他工作,而不是因为爱她,或同情她。只有在她病了的时候,他才真像个有爱心的丈夫,他能像做试验时那么细心来看护她。他甚至于坐在床边,拉着她的手,给她说故事。但是,他的故事永远是关于科学的。她不爱听,也就不感激他。及至医生说,她的病已不要紧了,他便马上去工作。医生是科学家,医生的话绝对不能有错误。他丝毫没想到病人在没有完全好了的时候还需要安慰与温存。

她不能了解大兴,又不能离婚,她只能时时地定睛发呆。

现在,她又随着大兴来到树华农场。她已经厌恶了这种搬行李,拿着洗脸盆的流荡生活。她做过小姐,她愿有自己的固定的,款式的家庭。她不能不随着他来。但是既来之则安之,她不愿过十天半月又走出去。她不能辨别谁好谁坏,谁是谁非,但是她决定要干涉丈夫的事,不教他再多得罪人。她这次须起码把丈夫的正直刚硬冲淡一些,使大家看在她的面上原谅了尤大兴。她开首便帮忙了丁务源,还想敷衍一切活的东西,就连院中的大鹅,她也想多去喂一喂。

尤主任第一个得罪了秦妙斋。秦妙斋没有权利住在这里,请出!秦妙斋本没有任何理由充足的话好说,但是他要反驳。说着说着,他找到了理由:"你为什么不称呼我为艺术家呢?"凭这个污辱,他不能搬走!"咱们等着瞧吧,看谁先搬出去!"

尤主任只知道守法讲理是必然的事。虽然回国以后,已经受过多少不近情理的打击,可是还没遇见这么荒唐的事。他动了气,想请警察把妙斋捉出去。这时候,明霞又帮了妙斋的忙,替他说了许多"不要太忙,他总会顺顺当当地搬出去"的话。

妙斋和丁务源开了一个秘密会议。妙斋主战,丁务源主和,但是在妙斋说了许多强硬的话之后,丁务源也同意了主战。他称赞妙斋的勇敢,呼他为侠义的艺术家。妙斋感激得几乎晕了过去。

事实上,丁务源绝对不想和尤主任打交手战。在和妙斋谈过话之后,他决定使妙斋和尤大兴作战,而他自己充好人。同时,关于他自己的事,他必定先和明霞商议一下,或者请她去办交涉。他避免与尤主任做正面冲突。见着大兴,他永远摆出使人信任的笑脸,他知道出去另找事做不算难,但是找与农场里同样的舒服而收入又高的事就不大容易。他决定用"忍"字对付一切。假若妙斋与工人们把尤主任打了,他便可以利用机会复职。即使一时不能复职,他也会运动明霞和股东太太们,教他做个副主任。他这个副主任早晚会把正主任顶出去,他自信有这个把握,只要他能忍耐。把妙斋与明霞埋伏在农场,他进了城。

尤主任急切地等着丁务源办交代,交代了之后,他好通盘地计划一切。但是,丁务源进了城。他非常着急。拿人一天的钱,他就要做一天的事,他最恨敷衍与慢慢地拖。在他急得要发脾气的时候,明霞的眼又定住了。半天,她才说话:"丁先生不会骗你,他一两天就回来,何必这么着急呢?"

大兴并不因妻的劝告而消了气,但是也不因生气而忘了做事。他会把怒气压在心里,而手脚还去忙碌。他首先贴出布告:大家都要六时半起床,七时上工。下午一点上工,五时下工。晚间九时半熄灯上门,门不再开。在大厅里,他贴好:办公重地,闲人免进。而后,他把写字台都搬了来,职员们都在这里办事——都在他眼皮底下办事。办公室里不准吸烟,解渴只有白开水。

命令下过后,他以身作则地,在壁钟正敲七点的时节,已穿好工人装,在办公厅门口等着大家。丁务源的"亲兵"都来得相当的早,因为他们知道自己毫无本事,而他们的靠山能否复职又无把握,所以他们得暂时低下头去。他们用按时间做事来遮掩他们的不会做事。真正的工人迟到,受了秦妙斋的挑拨,他们故意和新主任捣乱。

尤主任忍耐地等着。等大家都来齐,他并没发脾气,也没说闲话。开门见山地,他分配了工作,他记不清大家的姓名,但是他的眼睛会看,谁是有经验的工人,谁是混饭吃的。对混饭吃的,他打算一律撤换,但在没有撤换之前,他也给他们活儿做——"今天,你不能白吃农场的饭。"他心里说。

"你们三位,"他指定三个工人,"去把葡萄枝子全剪了。不打枝子,下一季没法结葡萄。限两天打完。"

"怎么打?"一个工人故意为难。

"我会告诉你们!我领着你们去做!"然后,他给有经验的工人全分配了工作,"你们三位给果木们涂灰水,该剥皮的剥皮,该刻伤的刻伤,回来我细告诉你们。限三天做完。你们二位去给菜蔬上肥。你们三位去给该分根的花草分根……"然后,轮到那些混饭吃的:"你们二位挑沙子,你们俩挑水,你们二位去收拾牛羊圈……"

混饭吃的都噘了嘴。这些事,他们能做,可是多么费力气,多么肮脏呢!他们往四下里找,找不到他们的救主丁务源的胖而发光的脸。他们祷告:"快回来呀!我们已经成了苦力!"

那些有经验的工人,知道新主任所吩咐的事都是应当做的。虽然他所提出的办法,有和他们的经验不甚相同的地方,可是人家一定是内行。及至尤主任同他们一齐下手工作,他们看出来,人家不但是内行,而且极高明。凡是动手的,尤主任的大手是那么准确,敏捷。凡是要说出道理的地方,尤主任三言五语说得那么简单,有理。从本事上看,从良心上说,他们无从,也不应当,反对他。假若他们还愿学一些新本事,新知识的话,他们应该拜尤主任为师。但是,他们的良心已被丁务源给蚀尽。他们的手还记得白板的光滑,他们的口还咂摸着麯酒的香味;他们恨恶镰刀与大剪,恨恶院中与山上的新鲜而寒冷的空气。

现在,他们可是不能不工作,因为尤主任老在他们的身旁。他由葡萄架跑到果园,由花畦跑到菜圃,好像工作是最可爱的事。他不叱喝人,也不着急,但是他的话并不客气,老是一针见血地使他们在反感之中又有点佩服。他们不能偷闲,尤主任的眼与脚是同样快的:他们刚要放下活儿,他就忽然来到,问他们怠工的理由。他们答不出。要开水吗?开水早送到了。热腾腾的一大桶。要吸口烟吗?有一定的时间。他们毫无办法。

他们只好低着头工作,心中憋着一股怨气。他们白天不能偷闲,晚间还想照老法,去捡几个鸡蛋什么的。可是主任把混饭的人们安排好,轮流值夜班。"一摸鸡鸭的裆儿,我就晓得正要下蛋,或是不久就快下蛋了。一天该收多少蛋,我心中大概有个数目,你们值夜,夜间丢失了蛋，你们负责！"尤主任这样交派下去。好了，连这条小路也被封锁了！

过了几天，农场里一切差不多都上了轨道。工人们因为有点知识，到底容易感化。他们一方面恨尤主任，一方面又敬佩他。及至大家的生活有了条理，他们不由得减少了恨恶，而增加了敬佩。他们晓得他们应当这样工作，这样生活。渐渐地，他们由工作和学习上得到些愉快，一种与牌酒场中不同的，健康的愉快。

尤主任答应下，三个月后，一律可以加薪，假若大家老按着现在这样去努力。他也声明：大家能努力，他就可以多做些研究工作，这种工作是有益于民族国家的。大家听到民族国家的字样，不期然而然都受了感动。他们也愿意多学习一点技术，尤主任答应下给他们每星期开两次晚会，由他主讲园艺的问题。他也开始给大家筹备一间园艺室，使大家得到些正当的娱乐。大家的心中，像院中的花草似的，渐渐发出一点有生气的香味。

不过，向上的路是极难走的。理智的崇高的决定，往往被一点点浮浅的，低卑的感情所破坏。情感是极容易发酒疯的东西。有一天，尤大兴把秦妙斋锁在了大门外边。九点半锁门，尤主任绝不宽限。妙斋把场内的鸡鹅牛羊全吵醒了，门还是没有开。他从藤架的木柱上，像猴子似的爬了进来，碰破了腿，一瘸一点的，他摸到了大厅，也上了锁。他一直喊到半夜，才把明霞喊动了心，把他放进来。

由尤主任的解说，大家已经晓得妙斋没有住在这里的权利，而严守纪律又是合理的生活的基础。大家知道这个，可是在感情上，他们觉得妙斋是老友，而尤主任是新来的，管着他们的人。他们一想到妙斋，就想起那些日子的自由舒适，他们不由得动了气，觉得尤主任不近人情。他们一一地来慰问妙斋，妙斋便乘机煽动，把尤大兴形容得不像人。"打算自自在在地活着，非把那个猪狗不如的东西打出去不可！"他咬着牙对他们讲。"不过,我不便多讲,怕你们没有胆子!你们等着瞧吧,等我的腿好了,我独自管教他一顿,教你们看看!"

他们的怒气被激起来,大家都不约而同地留神去找尤大兴的破绽,好借口打他。

尤主任在大家的神色上,看出来情势不对,可是他的心里自知无病,绝对不怕他们。他甚至于想到,大家满可以毫无理由地打击他,驱逐他,可是他决不退缩,妥协。科学的方法与法律的生活,是建设新中国的必经的途径。假若他为这两件事而被打,好吧,他愿做了殉道者。

一天,老刘值夜。尤主任在就寝以前,去到院中查看,他看见老刘私自藏起两个鸡蛋。他不能睁着一只眼,闭着一只眼地敷衍。他过去询问。

老刘笑了:"这两个是给尤太太的!"

"尤太太?"大兴仿佛不晓得明霞就是尤太太。他愣住了。及至想清楚了,他像飞也似的跑回屋中。

明霞正要就寝。平平的黄圆脸上没有任何表情,坐在床沿上,定睛看着对面的壁上——那里什么也没有。

"明霞!"大兴喘着气叫,"明霞,你偷鸡蛋?"

她极慢地把眼光从壁上收回,先看看自己拖鞋尖的绣花,而后才看丈夫。

"你偷鸡蛋?"

"啊!"她的声音很微弱,可是一种微弱的反抗。

"为什么?"大兴的脸上发烧。

"你呀,到处得罪人,我不能跟你一样!我为你才偷鸡蛋!"她的脸上微微发出点光。

"为我?"

"为你!"她的小圆脸更亮了些,像是很得意。"你对他们太严,一草一木都不许私自动。他们要打你呢！为了你，我和他们一样地去拿东西，好教他们恨你而不恨我。他们不恨我，我才能为你说好话，不是吗？自己想想看！我已经攒了三十个大鸡蛋了！"她得意地从床下拉出一个小筐来。

尤大兴立不住了。脸上忽然由红而白。摸到一个凳子，坐下，手在膝上微颤。他坐了半夜，没出一声。

第二天一清早，院里外贴上标语，都是妙斋编写的。"打倒无耻的尤大兴！""拥护丁主任复职！""驱逐偷鸡蛋的坏蛋！""打倒法西斯的走狗！""消灭不尊重艺术的魔鬼！"……

大家罢了工，要求尤大兴当众承认偷蛋的罪过，而后辞职，否则以武力对待。

大兴并没有丝毫惧意，他准备和大家谈判。明霞扯住了他。乘机会，她溜出去，把屋门倒锁上。

"你干吗？"大兴在屋里喊，"开开！"

她一声没出，跑下楼去。

丁务源由城里回来了，已把副主任弄到手。"喝！"他走到石板路上，看见剪了枝的葡萄，与涂了白灰的果树，"把葡萄剪得这么苦。连根刨出来好不好！树也擦了粉，硬是要得！"

进了大门，他看到了标语。他的脚踵上像忽然安了弹簧，一步催着一步地往院中走，轻巧，迅速；心中也跳得轻快，好受；口里将一个标语按照着二黄戏的格式哼唧着。这是他所希望的，居然实现了！"没想到能这么快！妙斋有两下子！得好好地请他喝两杯！"他口中唱着标语，心中还这么念道。

刚一进院子，他便被包围了。他的"亲兵"都喜欢得几乎要落泪。其余的人也都像看见了久别的手足，拉他的，扯他的，拍他肩膀的，乱成一团；大家的手都要摸一摸他，他的衣服好像是活菩萨的袍子似的，挨一挨便是功德。他们的口一齐张开，想把冤屈一下子都倾泻出来。他只听见一片声音，而辨不出任何字来。他的头向每一个人点一点，眼中的慈祥的光儿射在每一个人的身上，他的胖而热的手指挨一挨这个，碰一碰那个。他感激大家，又爱护大家，他的态度既极大方，又极亲热。他的脸上发着光，而眼中微微发湿。"要得！""好！""呕！""他妈拉个巴子！"他随着大家脸上的表情，变换这些字眼儿。最后，他向大家一举手，大家忽然安静了。"朋友们，我得先休息一会儿，小一会儿；然后咱们再详谈。不要着急生气，咱们都有办法，绝对不成问题！"

"请丁主任先歇歇！让开路！别再说！让丁主任休息去！"大家纷纷喊叫。有的还恋恋不舍地跟着他，有的立定看着他的背影，连连点头赞叹。

丁务源进了大厅，想先去看妙斋。可是，明霞在门旁等着他呢。

"丁先生！"她轻轻地，而是急切地，叫，"丁先生！"

"尤太太！这些日子好哇？要得！"

"丁先生！"她的小手揉着条很小的，花红柳绿的手帕。"怎么办呢？怎么办呢？"

"放心！尤太太！没事！没事！来！请坐！"他指定了一张椅子。

明霞像做错了事的小女孩似的，乖乖地坐下，小手还用力揉那条手帕。

"先别说话，等我想一想！"丁务源背着手，在屋中沉稳而有风度地走了几步。"事情相当的严重，可是咱们自有办法。"他又走了几步，摸着脸蛋，深思细想。

明霞沉不住气了，立起来，迫着他问："他们真要打大兴吗？"

"真的！"丁副主任斩钉截铁地回答。

"那怎么办呢？怎么办呢？"明霞把手帕团成一个小团，用它擦了擦鼻涕与嘴角。

"有办法!"丁务源大大方方地坐下。"你坐下,听我告诉你,尤太太!咱们不提谁好谁歹,谁是谁非,咱们先解决这件事,是不是?"

明霞又乖乖地坐下,连声说"对!对!"

"尤太太看这么办好不好?"

"你的主意总是好的!"

"这么办:交代不必再办,从今天起请尤主任把事情还全交给我办,他不必再分心。"

"好!他一向太爱管事!"

"就是呀!教他给场长写信,就说他有点病,请我代理。"

"他没有病,又不爱说谎!"

"在外边混事,没有不扯谎的!为他自己的好处,他这回非说谎不可!"

"呕!好吧!"

"要得!请我代理两个月,再教他辞职,有头有脸地走出去,面子上好看!"

明霞立起来:"他得辞职吗?"

"他非走不可!"

"那?"

"尤太太,听我说!"丁务源也立起来。"两个月,你们照常支薪,还住在这里,他可以从容地去找事。两个月之中,六十天工夫,还找不到事吗?"

"又得搬走?"明霞对自己说,泪慢慢地流下来。愣了半天,她忽然吸了一吸鼻子,用尽力量地说:"好!就是这么办啦!"她跑上楼去。

开开门一看,她的腿软了,坐在了地板上。尤大兴已把行李打好,拿着洗面盆,在床沿上坐着呢。

沉默了好久，他一手把明霞搀起来，"对不起你，霞！咱们走吧！"

院中没有一个人，大家都忙着杀鸡宰鸭，大宴丁主任，没工夫再注意别的。自己挑着行李，尤大兴低着头向外走。他不敢看那些花草树木——那会教他落泪。明霞不知穿了多少衣服，一手提着那一小筐鸡蛋，一手揉着眼泪，慢慢地在后面走。

树华农场恢复了旧态，每个人都感到满意。丁主任在空闲的时候，到院中一小块一小块地往下撕那些各种颜色的标语，好把尤大兴完全忘掉。

不久，丁主任把妙斋交给保长带走，而以一万五千元把空房租给别人，房租先付，一次付清。

到了夏天，葡萄与各种果树全比上年多结了三倍的果实，仿佛只有它们还记得尤大兴的培植与爱护似的。

果子结得越多，农场也不知怎么越赔钱。

原载 1943 年 1 月 8 日至 24 日重庆《大公报》

老字号

钱掌柜走后，辛德治——三合祥的大徒弟，现在很拿点事——好几天没正经吃饭。钱掌柜是绸缎行公认的老手，正如三合祥是公认的老字号。辛德治是钱掌柜手下教练出来的人。可是他并不专因私人的感情而这样难过，也不是自己有什么野心。他说不上来为什么这样怕，好像钱掌柜带走了一些永难恢复的东西。

周掌柜到任。辛德治明白了，他的恐怖不是虚的；"难过"几乎要改成咒骂了。周掌柜是个"野鸡"，三合祥——多少年的老字号！——要满街拉客了！辛德治的嘴撇得像个煮破了的饺子。老手，老字号，老规矩——都随着钱掌柜的走了，或者永远不再回来。钱掌柜，那样正直，那样规矩，把买卖做赔了。东家不管别的，只求年底下多分红。

多少年了，三合祥是永远那么官样大气：金匾黑字，绿装修，黑柜蓝布围子，大机凳包着蓝呢子套，茶几上永远放着鲜花。多少年了，三合祥除了在灯节才挂上四只宫灯，垂着大红穗子，没有任何不合规矩的胡闹八光①。多少年了，三合祥没打过价钱，抹过零儿，或是贴

---

①胡闹八光：胡乱闹腾。

张广告，或者减价半月；三合祥卖的是字号。多少年了，柜上没有吸烟卷的，没有大声说话的；有点响声只是老掌柜的咕噜水烟与咳嗽。

这些，还有许许多多可宝贵的老气度，老规矩，由周掌柜一进门，辛德治看出来，全要完！周掌柜的眼睛就不规矩，他不低着眼皮，而是满世界扫，好像找贼呢。人家钱掌柜，老坐在大机凳上合着眼，可是哪个伙计出错了口气，他也晓得。

果然，周掌柜——来了还没有两天——要把三合祥改成蹦蹦戏的棚子：门前扎起血丝胡拉的一座彩牌，"大减价"每个字有五尺见方，两盏煤气灯，把人们照得脸上发绿。这还不够，门口一档子洋鼓洋号，从天亮吹到三更；四个徒弟，都戴上红帽子，在门口，在马路上，见人就给传单。这还不够，他派定两个徒弟专管给客人送烟递茶，哪怕是买半尺白布，也往后柜让，也递香烟：大兵，清道夫，女招待，都烧着烟卷，把屋里烧得像个佛堂。这还不够，买一尺还饶上一尺，还赠送洋娃娃，伙计们还要和客人随便说笑；客人要买的，假如柜上没有，不告诉人家没有，而拿出别种东西硬叫人家看；买过十元钱的东西，还打发徒弟送了去，柜上买了两辆一走三歪的自行车！

辛德治要找个地方哭一大场去！在柜上十五六年了，没想到过——更不用说见过了——三合祥会落到这步天地！怎么见人呢？合街上有谁不敬重三合祥的？伙计们晚上出来，提着三合祥的大灯笼，连巡警们都另眼看待。那年兵变，三合祥虽然也被抢一空，可是没像左右的铺户那样连门板和"言无二价"的牌子都被摘了走——三合祥的金匾有种尊严！他到城里已经二十来年了，其中的十五六年是在三合祥，三合祥是他第二家庭，他的说话、咳嗽与蓝布大衫的样式，全是三合祥给他的。他因三合祥、也为三合祥而骄傲。他给铺子去索债，都被人请进去喝碗茶；三合祥虽是个买卖，可是和照顾主儿们似乎是朋友。钱掌柜是常给照顾主儿行红白人情的。三合祥是"君子之风"的买卖：

门凳上常坐着附近最体面的人；遇到街上有热闹的时候，照顾主儿的女眷们到这里向老掌柜借个座儿。这个光荣的历史，是长在辛德治的心里的。可是现在？

辛德治也并不是不晓得，年头是变了。拿三合祥的左右铺户说，多少家已经把老规矩舍弃，而那些新开的更是提不得的，因为根本就没有过规矩。他知道这个。可是因此他更爱三合祥，更替它骄傲。假如三合祥也下了桥，世界就没了！哼，现在三合祥和别人家一样了，假如不是更坏！

他最恨的是对门那家正香村：掌柜的踏拉着鞋，叼着烟卷，镶着金门牙。老板娘背着抱着，好像兜儿里还带着，几个男女小孩，成天出来进去，进去出来，唧唧喳喳，不知喊些什么。老板和老板娘吵架也在柜上，打孩子，给孩子吃奶，也在柜上。摸不清他们是做买卖呢，还是干什么玩呢，只有老板娘的胸口老在柜前陈列着是件无可疑的事儿。那群伙计，不知是从哪儿找来的，全穿着破鞋，可是衣服多半是绸缎的。有的贴着太阳膏，有的头发梳得像漆杓，有的戴着金丝眼镜。再说那份儿厌气：一年到头老是大减价，老悬着煤气灯，老转动着留声机。买过两元钱的东西，老板便亲自让客人吃块酥糖；不吃，他能往人家嘴里送！什么东西也没有一定的价钱，洋钱也没有一定的行市。辛德治永远不正眼看"正香村"那三个字，也永不到那边买点东西。他想不到世上会有这样的买卖，而且和三合祥正对门！

更奇怪的，正香村发财，而三合祥一天比一天衰微。他不明白这是什么道理。难道买卖必定得不按着规矩做才行吗？果然如此，何必学徒呢？是个人就可以做生意了！不能是这样，不能；三合祥到底是不会那样的！谁知道竟自来了个周掌柜，三合祥的与正香村的煤气灯把街道照青了一大截，它们是一对儿！三合祥与正香村成了一对？！这莫非是做梦么？不是梦，辛德治也得按着周掌柜的办法走。他得和客人瞎扯,他得让人吸烟,他得把人诳到后柜,他得拿着假货当真货卖,他得等客人争竞才多放二寸,他得用手术量布——手指一捻就抽回来一块!他不能受这个!

可是多数的伙计似乎愿意这么做。有个女客进来,他们恨不能把她围上,恨不能把全铺子的东西都搬来给她瞧,等她买完——哪怕是买了二尺搪布——他们恨不能把她送回家去。周掌柜喜爱这个,他愿意伙计们折跟头、打把式,更好是能在空中飞。

周掌柜和正香村的老板成了好朋友。有时候还凑上天成的人们打打"麻将"。天成也是本街上的绸缎店,开张也有四五年了,可是钱掌柜就始终没招呼过他们。天成故意和三合祥打对仗,并且吹出风来,非把三合祥顶趴下不可。钱掌柜一声也不出,只偶尔说一句:咱们做的是字号。天成一年倒有三百六十五天是纪念日,大减价。现在天成的人们也过来打牌了。辛德治不能答理他们。他有点空闲,便坐在柜里发愣,面对着货架子——原先架上的布匹都用白布包着,现在用整幅的通天扯地地做装饰,看着都眼晕,那么花红柳绿的!三合祥已经完了,他心里说。

但是,过了一节,他不能不佩服周掌柜了。节下报账,虽然没赚什么,可是没赔。周掌柜笑着给大家解释:"你们得记住,这是我的头一节呀!我还有好些没施展出来的本事呢。还有一层,扎牌楼,赁煤气灯……哪个不花钱呢?所以呀!"他到说上劲来的时节总这么"所以呀"一下。"日后无须扎牌楼了,咱会用更新的,更省钱的办法,那可就有了赚头,所以呀!"辛德治看出来,钱掌柜是回不来了;世界的确是变了。周掌柜和天成、正香村的人们说得来,他们都是发财的。

过了节,检查日货嚷嚷动了。周掌柜疯了似的上东洋货。检查队已经出动,周掌柜把东洋货全摆在大面上,而且下了命令:"进来买主,先拿日本布;别处不敢卖,咱们正好做一批生意。看见乡下人,明说这是东洋布,他们认这个;对城里的人,说德国货。"

检查队到了。周掌柜脸上要笑出几个蝴蝶儿来,让吸烟,让喝茶。"三合祥,冲这三个字,不是卖东洋货的地方,所以呀!诸位看吧!门口那些有德国布,也有土布;内柜都是国货绸缎,小号在南方有联号,自办自运。"

大家疑心那些花布。周掌柜笑了:"张福来,把后边剩下的那匹东洋布拿来。"

布拿来了。他扯住检查队的队长:"先生,不屈心,只剩下这么一匹东洋布,跟先生穿的这件大衫一样的材料,所以呀!"他回过头来,"福来,把这匹料子扔到街上去!"

队长看着自己的大衫,头也没抬,便走出去了。

这批随时可以变成德国货、国货、英国货的日本布赚了一大笔钱。有识货的人,当着周掌柜的面,把布扔在地上,周掌柜会笑着命令徒弟:"拿真正西洋货去,难道就看不出先生是懂眼的人吗?"然后对买主:"什么人要什么货,白给你这个,你也不要,所以呀!"于是又做了一号买卖。客人临走,好像怪不得周掌柜。辛德治看透了,做买卖打算要赚钱的话,得会变戏法、说相声。周掌柜是个人物。可是辛德治不想再在这儿干,他越佩服周掌柜,心里越难过。他的饭由脊梁骨下去。打算睡得安稳一些,他得离开这样的三合祥。

可是,没等到他在别处找好位置,周掌柜上天成领东去了。天成需要这样的人,而周掌柜也愿意去,因为三合祥的老规矩太深了,仿佛是长了根,他不能充分施展他的才能。

辛德治送出周掌柜去,好像是送走了一块心病。

对于东家们,辛德治以十五六年老伙计的资格,是可以说几句话的,虽然不一定发生什么效力。他知道哪些位东家是更老派一些,他知道怎样打动他们。他去给钱掌柜运动,也托出钱掌柜的老朋友们来帮忙。他不说钱掌柜的一切都好，而是说钱与周二位各有所长，应当折中一下，不能死守旧法，也别改变得太过火。老字号是值得保存的，新办法也得学着用。字号与利益两顾着——他知道这必能打动了东家们。

他心里，可是，另有个主意。钱掌柜回来，一切就都回来，三合祥必定是"老"三合祥，要不然便什么也不是。他想好了：减去煤气灯、洋鼓洋号、广告、传单、烟卷；至必不得已的时候，还可以减人，大概可以省去一大笔开销。况且，不出声而贱卖，尺大而货物地道。难道人们就都是傻子吗？

钱掌柜果然回来了。街上只剩了正香村的煤气灯，三合祥恢复了昔日的肃静，虽然因为欢迎钱掌柜而悬挂上那四个宫灯，垂着大红穗子。

三合祥挂上宫灯那天，天成号门口放了两只骆驼，骆驼身上披满了各色的缎条，驼峰上安着一明一灭的五彩电灯。骆驼的左右辟了抓彩部，一人一毛钱，凑足了十个人就开彩，一毛钱有得一匹摩登绸的希望。天成门外成了庙会，挤不动的人。真有笑嘻嘻夹走一匹摩登绸的嘛！

三合祥的门凳上又罩上蓝呢套，钱掌柜眼皮也不抬，在那里坐着。伙计们安静地坐在柜里，有的轻轻拨弄算盘珠儿，有的徐缓地打着哈欠，辛德治口里不说什么，心中可是着急。半天儿能不进来一个买主。偶尔有人在外边打一眼，似乎是要进来，可是看看金匾，往天成那边走去。有时候已经进来，看了货，因不打价钱，又空手走了。只有几位老主顾，时常来买点东西；可也有时候只和钱掌柜说会儿话，慨叹着年月这样穷，喝两碗茶就走，什么也不买。辛德治喜欢听他们说话，这使他想起昔年的光景，可是他也晓得，昔年的光景，大概不会回来了；这条街只有天成"是"个买卖！

过了一节，三合祥非减人不可了。辛德治含着泪和钱掌柜说："我一人干五个人的活,咱们不怕!"老掌柜也说:"咱们不怕!"辛德治那晚睡得非常香甜,准备次日干五个人的活。

可是过了一年,三合祥倒给天成了。

原载 1935 年 4 月 10 日《新文学》第一卷第一期

断魂枪

沙子龙的镖局已改成客栈。

东方的大梦没法子不醒了。炮声压下去马来与印度野林中的虎啸。半醒的人们，揉着眼，祷告着祖先与神灵；不大会儿，失去了国土、自由与主权。门外立着不同面色的人，枪口还热着。他们的长矛毒弩，花蛇斑彩的厚盾，都有什么用呢；连祖先与祖先所信的神明全不灵了啊！龙旗的中国也不再神秘，有了火车呀，穿坟过墓破坏着风水。枣红色多穗的镖旗，绿鲨皮鞘的钢刀，响着串铃的口马，江湖上的智慧与黑话，义气与声名，连沙子龙，他的武艺、事业，都梦似的变成昨夜的。今天是火车、快枪，通商与恐怖。听说，有人还要杀下皇帝的头呢！

这是走镖已没有饭吃，而国术还没被革命党与教育家提倡起来的时候。

谁不晓得沙子龙是短瘦、利落、硬棒，两眼明得像霜夜的大星？可是，现在他身上放了肉。镖局改了客栈，他自己在后小院占着三间北房，大枪立在墙角，院子里有几只楼鸽。只是在夜间，他把小院的门关好，熟习熟习他的"五虎断魂枪"。这条枪与这套枪，二十年的工夫，在西北一带，给他创出来："神枪沙子龙"五个字，没遇见过敌手。现在，这条枪与这套枪不会再替他增光显胜了；只是摸摸这凉、滑、硬而发颤的杆子，使他心中少难过一些而已。只有在夜间独自拿起枪来，才能相信自己还是"神枪沙"。在白天，他不大谈武艺与往事；他的世界已被狂风吹了走。

在他手下创练起来的少年们还时常来找他。他们大多数是没落子的，都有点武艺，可是没地方去用。有的在庙会上去卖艺：踢两趟腿，练套家伙，翻几个跟头，附带着卖点大力丸，混个三吊两吊的。有的实在闲不起了，去弄筐果子，或挑些毛豆角，赶早儿在街上论斤吆喝出去。那时候，米贱肉贱，肯卖膀子力气本来可以混个肚儿圆；他们可是不成：肚量既大，而且得吃口管事儿的；干饽饽辣饼子咽不下去。况且他们还时常去走会：五虎棍，开路，太狮少狮……虽然算不了什么——比起走镖来——可是到底有个机会活动活动，露露脸。是的，走会捧场是买脸的事，他们打扮的像个样儿，至少得有条青洋绉裤子，新漂白细市布的小褂，和一双鱼鳞洒鞋——顶好是青缎子抓地虎靴子。他们是神枪沙子龙的徒弟——虽然沙子龙并不承认——得到处露脸，走会得赔上俩钱，说不定还得打场架。没钱，上沙老师那里去求。沙老师不含糊，多少不拘，不让他们空着手儿走。可是，为打架或献技去讨教一个招数，或是请给说个"对子"——什么空手夺刀，或虎头钩进枪——沙老师有时说句笑话，马虎过去："教什么？拿开水浇吧！"有时直接把他们赶出去。他们不大明白沙老师是怎么了，心中也有点不乐意。

可是，他们到处为沙老师吹腾，一来是愿意使人知道他们的武艺有真传授，受过高人的指教；二来是为激动沙老师：万一有人不服气而找上老师来，老师难道还不露一两手真的么？所以：沙老师一拳就砸倒了个牛！沙老师一脚把人踢到房上去，并没使多大的劲！他们谁也没见过这种事，但是说着说着，他们相信这是真的了，有年月，有地方，千真万确，敢起誓！

王三胜——沙子龙的大伙计——在土地庙拉开了场子，摆好了家伙。抹了一鼻子茶叶末色的鼻烟，他抡了几下竹节钢鞭，把场子打大一些。放下鞭，没向四围作揖，叉着腰念了两句："脚踢天下好汉，拳打五路英雄！"向四围扫了一眼："乡亲们，王三胜不是卖艺的；玩意儿会几套，西北路上走过镖，会过绿林中的朋友。现在闲着没事，拉个场子陪诸位玩玩。有爱练的尽管下来，王三胜以武会友，有赏脸的，我陪着。神枪沙子龙是我的师傅；玩意地道！诸位，有愿下来的没有？"他看着，准知道没人敢下来，他的话硬，可是那条钢鞭更硬，十八斤重。

王三胜，大个子，一脸横肉，努着对大黑眼珠，看着四围。大家不出声。他脱了小褂，紧了紧深月白色的"腰里硬"，把肚子杀进去。给手心一口唾沫，抄起大刀来：

"诸位，王三胜先练趟瞧瞧。不白练，练完了，带着的扔几个；没钱，给喊个好，助助威。这儿没生意口。好，上眼！"

大刀靠了身，眼珠努出多高，脸上绷紧，胸脯子鼓出，像两块老桦木根子。一跺脚，刀横起，大红缨子在肩前摆动。削砍劈拨，蹲越闪转，手起风生，忽忽直响。忽然刀在右手心上旋转，身弯下去，四围鸦雀无声，只有缨铃轻叫。刀顺过来，猛地一个"跺泥"，身子直挺，比众人高着一头，黑塔似的。收了势："诸位！"一手持刀，一手叉腰，看着四围。稀稀地扔下几个铜钱，他点点头。"诸位！"他等着，等着，地上依旧是那几个亮而削薄的铜钱，外层的人偷偷散去。他咽了口气："没人懂！"他低声地说，可是大家全听见了。

"有功夫！"西北角上一个黄胡子老头儿答了话。

"啊？"王三胜好似没听明白。

"我说：你——有——功——夫！"老头子的语气很不得人心。

放下大刀，王三胜随着大家的头往西北看。谁也没看重这个老人：小干巴个儿，披着件粗蓝布大衫，脸上窝窝瘪瘪，眼陷进去很深，嘴上几根细黄胡，肩上扛着条小黄草辫子，有筷子那么细，而绝对不像筷子那么直顺。王三胜可是看出这老家伙有功夫，脑门亮，眼睛亮——眼眶虽深，眼珠可黑得像两口小井，深深地闪着黑光。王三胜不怕：他看得出别人有功夫没有，可更相信自己的本事，他是沙子龙手下的大将。

"下来玩玩，大叔！"王三胜说得很得体。

点点头，老头儿往里走。这一走，四外全笑了。他的胳臂不大动；左脚往前迈，右脚随着拉上来，一步步地往前拉扯，身子整着，像是患过瘫痪病。蹭到场中，把大衫扔在地上，一点没理会四围怎样笑他。

"神枪沙子龙的徒弟，你说？好，让你使枪吧；我呢？"老头子非常的干脆，很像久想动手。

人们全回来了，邻场耍狗熊的无论怎么敲锣也不中用了。

"三截棍进枪吧？"王三胜要看老头子一手，三截棍不是随便就拿得起来的家伙。

老头子又点点头，拾起家伙来。

王三胜努着眼，抖着枪，脸上十分难看。

老头子的黑眼珠更深更小了，像两个香火头，随着面前的枪尖儿转，王三胜忽然觉得不舒服，那俩黑眼珠似乎要把枪尖吸进去！四外已围得风雨不透，大家都觉出老头子确是有威。为躲那对眼睛，王三胜耍了个枪花。老头子的黄胡子一动："请！"王三胜一扣枪，向前躬步，枪尖奔了老头子的喉头去，枪缨打了一个红旋。老人的身子忽然活展了，将身微偏，让过枪尖，前把一挂，后把撩王三胜的手。啪，啪，两响，王三胜的枪撒了手。场外叫了好。王三胜连脸带胸口全紫了，抄起枪来；一个花子，连枪带人滚了过来，枪尖奔了老人的中部。老头子的眼亮得发着黑光；腿轻轻一屈，下把掩裆，上把打着刚要抽回的枪杆；啪，枪又落在地上。

场外又是一片彩声。王三胜流了汗，不再去拾枪，努着眼，木在那里。老头子扔下家伙，拾起大衫，还是拉拉着腿，可是走得很快了。大衫搭在臂上，他过来拍了王三胜一下："还得练哪，伙计！"

"别走！"王三胜擦着汗："你不离，姓王的服了！可有一样，你敢会会沙老师？"

"就是为会他才来的！"老头子的干巴脸上皱起点来，似乎是笑呢，"走；收了吧；晚饭我请！"

王三胜把兵器拢在一处，寄放在变戏法二麻子那里，陪着老头子往庙外走。后面跟着不少人，他把他们骂散了。

"你老贵姓？"他问。

"姓孙哪，"老头子的话与人一样，都那么干巴。"爱练；久想会会沙子龙。"

沙子龙不把你打扁了！王三胜心里说。他脚底下加了劲，可是没把孙老头落下。他看出来，老头子的腿是老走着查拳门中的连跳步；交起手来，必定很快。但是，无论他怎么快，沙子龙是没对手的。准知道孙老头要吃亏，他心中痛快了些，放慢了些脚步。

"孙大叔贵处？"

"河间的，小地方。"孙老者也和气了些："月棍年刀一辈子枪，不容易见功夫！说真的，你那两手就不坏！"

王三胜头上的汗又回来了，没言语。

到了客栈，他心中直跳，唯恐沙老师不在家，他急于报仇。他知道老师不爱管这种事，师弟们已碰过不少回钉子，可是他相信这回必定行，他是大伙计，不比那些毛孩子；再说，人家在庙会上点名叫阵，沙老师还能丢这个脸么？

"三胜,"沙子龙正在床上看着本《封神榜》,"有事吗?"

三胜的脸又紫了,嘴唇动着,说不出话来。

沙子龙坐起来,"怎么了,三胜?"

"栽了跟头!"

只打了个不甚长的哈欠,沙老师没别的表示。

王三胜心中不平,但是不敢发作;他得激动老师:"姓孙的一个老头儿,门外等着老师呢;把我的枪,枪,打掉了两次!"他知道"枪"字在老师心中有多大分量。没等吩咐,他慌忙跑出去。

客人进来,沙子龙在外间屋等着呢。彼此拱手坐下,他叫三胜去泡茶。三胜希望两个老人立刻交了手,可是不能不沏茶去。孙老者没话讲,用深藏着的眼睛打量沙子龙。沙很客气:

"要是三胜得罪了你,不用理他,年纪还轻。"

孙老者有些失望,可也看出沙子龙的精明。他不知怎样好了,不能拿一个人的精明断定他的武艺。"我来领教领教枪法!"他不由得说出来。

沙子龙没接茬儿。王三胜提着茶壶走进来——急于看二人动手,他没管水开了没有,就沏在壶中。

"三胜,"沙子龙拿起个茶碗来,"去找小顺们去,天汇见,陪孙老者吃饭。"

"什么!"王三胜的眼珠几乎掉出来。看了看沙老师的脸,他敢怒而不敢言地说了声"是啦!"走出去,噘着大嘴。

"教徒弟不易!"孙老者说。

"我没收过徒弟。走吧,这个水不开!茶馆去喝,喝饿了就吃。"沙子龙从桌子上拿起缎子褡裢,一头装着鼻烟壶,一头装着点钱,挂在腰带上。

"不,我还不饿!"孙老者很坚决,两个"不"字把小辫从肩上抡到后边去。

"说会子话儿。"

"我来为领教领教枪法。"

"功夫早搁下了,"沙子龙指着身上,"已经放了肉!"

"这么办也行,"孙老者深深地看了沙老师一眼:"不比武,教给我那趟五虎断魂枪。"

"五虎断魂枪?"沙子龙笑了:"早忘干净了!早忘干净了!告诉你,在我这儿住几天,咱们各处逛逛,临走,多少送点盘缠。"

"我不逛,也用不着钱,我来学艺!"孙老者立起来,"我练趟给你看看,看够得上学艺不够!"一屈腰已到了院中,把楼鸽都吓飞起去。拉开架子,他打了趟查拳:腿快,手飘洒,一个飞脚起去,小辫儿飘在空中,像从天上落下来一个风筝;快之中,每个架子都摆得稳、准、利落;来回六趟,把院子满都打到,走得圆,接得紧,身子在一处,而精神贯串到四面八方。抱拳收势,身儿缩紧,好似满院乱飞的燕子忽然归了巢。

"好!好!"沙子龙在台阶上点着头喊。

"教给我那趟枪!"孙老者抱了抱拳。

沙子龙下了台阶,也抱着拳:"孙老者,说真的吧;那条枪和那套枪都跟我入棺材,一齐入棺材!"

"不传?"

"不传!"

孙老者的胡子嘴动了半天,没说出什么来。到屋里抄起蓝布大衫,拉拉着腿:"打搅了,再会!"

"吃过饭走!"沙子龙说。

孙老者没言语。

沙子龙把客人送到小门,然后回到屋中,对着墙角立着的大枪点

191

了点头。

他独自上了天汇,怕是王三胜们在那里等着。他们都没有去。

王三胜和小顺们都不敢再到土地庙去卖艺,大家谁也不再为沙子龙吹胜;反之,他们说沙子龙栽了跟头,不敢和个老头儿动手;那个老头子一脚能踢死个牛。不要说王三胜输给他,沙子龙也不是他的对手。不过呢,王三胜到底和老头子见了个高低,而沙子龙连句硬话也没敢说。"神枪沙子龙"慢慢似乎被人们忘了。

夜静人稀,沙子龙关好了小门,一气把六十四枪刺下来;而后,挂着枪,望着天上的群星,想起当年在野店荒林的威风。叹一口气,用手指慢慢摸着凉滑的枪身,又微微一笑,"不传!不传!"

原载 1935 年 9 月 22 日天津《大公报·文艺副刊》第十三期

恋

在成都的西龙王街,北平的琉璃厂与早市夜市,济南的布政司街,我们都常常地可以看到两种人。第一种是规规矩矩,谨谨慎慎,与常人无异的;他们假若有一点异于常人的地方,就是他们喜欢收藏字画、铜器,或图章什么的。这点嗜好正像爱花,爱狗,或爱蟋蟀那样的不足为奇。以职业而言,他们也许是公务人员,也许是中学教师。有时候,我们也看见律师或医生,在闲暇的时候去搜检一些小小的珍宝。这些人大致都有点学识。他们的学识使他们能规规矩矩地挣饭吃。他们有的挣的钱多,有的挣的钱少,但他们都是手中一有了余钱,便花费在使他们心中喜悦而又增加一些风雅的东西上。有时候,他们也不惜借几块钱。或当两件衣服,好使那爱不释手的玩意儿能印上自己的图章,假若那是件可以印上图章的物件。

第二种人便不是这样了。他们收藏,可也贩卖。他们看着似乎很风雅,可是心中却与商人没什么差别。他们的收藏差不多等于囤积。

现在我们要介绍的庄亦雅先生是属于第一种的。

庄先生是济南的一位小绅士。他之取得绅士的地位,绝不是因为他有多少财产,也不是因他的前辈做过什么大官。他不过是个普通的大学毕业生，有时候做做科员，有时候去当当中学教师。但是，对人对事都有一份儿热心，无论是在机关里，还是学校里，他总是个受人之托，劳而无怨的人。他不见得准能把事办得很漂亮，但是他肯于帮朋友的忙。事情办多，他便有了经验。社会上大家都是懒惰的，往往因为自己偷懒，而把别人的一分经验看成十分。因此，庄先生成为亲友中的重要的人，成为商店饭馆的熟客，成为地方上的小绅士。

从大体上说，他是个好人。从大体上说，他也是个体面的人。中等身材，圆圆的脸，两个极黑极亮的眼珠，常常看着自己的胸和鼻子，好像怕人家说他太锋芒外露似的。他的腿很短，而走路很快，终日老像忙得不得了的样子。有时候，他穿中山装；有时候，他穿大褂；材料都不大好，可是全很整洁。襟上老挂着个徽章。

他结了婚，没有儿女。太太可是住在离城四十多里的乡村里。因为事多，他不常常下乡，偶尔回一次家，朋友们便都感觉得寂寞，等到他一回来，他的重要就又增加了许多。有好多好多事都等着他的短腿去奔跑呢。

虽然走得很快，他的时时打量着自己胸部或鼻子的眼可是很尖锐。路旁旧货摊上的一张旧黄纸，或是一个破扇面，都会使他从老远就刹住脚步，慢慢地凑到摊前，然后好像是绝对偶然立住。他爱字画。先随手地摸摸这个，动动那个，然后笑一笑，问问价钱。最后，才顺手把那张旧纸或扇面拿起来，看看，摇摇头，放下；走出两步，回头问问价钱，或开口就说出价钱："这个破扇面，给五毛钱吧。"

块儿八毛的，一块两块的，他把那些满是虫孔的，乌七八黑的，摺皱得像老太婆的脸似的宝贝，拿回去。晚上，他锁好了屋门，才翻过来掉过去地去欣赏，然后编了号数，极用心地打上图章，放在一只大楠木箱里。这点小小的辛苦，会给他一些愉快的疲乏，使他满意地躺在床上，连梦境都有些古色古香似的。

大小布政司街的古玩铺,他也时常地进去看看。对于那些完整的,有名的,成千成百论价的作品,他只能抱着歉意的饱一饱眼福。看罢,惭愧地一笑,而后必恭必敬地卷好,交还人家。他只能买那值三五块钱的"残篇断简",或是没有行市的小名家的作品。每逢进到这些满目琳琅的铺子里,他就感到自己的寒酸。他本来没有什么野心,但是一进古玩店,他便想到假若发了财,把那几幅最名贵的字画买回家去,盖上自己的图章,该是多么得意的事呀!

"看一看"便是主顾,这是北方商家的生意经。虽然庄先生只"看"贵的,而买贱的,商人家可并不因此而慢待了他。他们愿意他来看,好给他们做义务宣传。同时,他们有便宜而并不假的东西,还特意地给他留着。他们知道"爱"是会生长的东西,只要他不断地买小件,有那么一天他必肯买一件大的。

一来二去,庄先生成了好几家古玩铺的朋友。香烟热茶,不用说,是每去必有了;他们还有时候约他吃老酒呢。他不再惭愧。果然不出所料,他给他们介绍了生意。那些有钱而实在无处去花的人,到最后想到买几幅字画,或几件古董,来做富户的商标。他们钻天觅缝地找行家,去代他们做义务的买办,唯恐花了冤枉钱。很自然的,他们找到庄亦雅先生——既是绅士,又肯帮忙,而且懂眼。

在做这种义务买办的时候,庄先生感到了兴奋与满意。打开,卷起,再打开;一张名画经他看多少次,摸多少回,每回都给他带来欣悦,都使他增加一些眼力与知识。在生意成交之后,买主卖主都请他吃酒。吃酒事小,大家畅谈倒事大,他从大家的口中又得到许多知识。再说,几次生意成交之后,他的地位也增高了许多。可以大胆地拒绝商人们特意给他保留着的小物件了。"这两天手里没闲钱。"或是"过两天再说吧!"他这样地表示出,你们不能塞给我什么,我就拿什么,我也有眼力。为应付这个,商人们又打了个好主意,把他称作"收藏山东小名家的专家"。以庄先生的财力，收藏家这头衔是永远加不到他身上的。而今，他居然被称为收藏家了，于是也就不管那个称号里边所含的讽刺，而坦然地领受了。有了这个头衔以后，庄先生想名符其实地真去做个专家。他开始注意山东省的小名家，而且另制了一只箱子，专藏这路的作品。现在，他肯花一二十块，甚至三十块钱，买一张字或画了，只要那是他手中还没有的乡贤的手迹。他不惜和朋友们借债，或把大衣送到当铺去；要做个专家就不能不放开一点胆子喽。这些作品的本身未必都有艺术的价值，搁在以前，他也许连看也不要看，但是现在他要花十块二十块地去买来了。收藏是收藏，他可以，甚至应当，和艺术的价值分离，而成为一种特异的，独立的，嗜癖与欣悦。

在以前，那用三毛两毛买来的破纸烂画的上面，也许只有一朵小花，或两三个字，是完整的，看得清楚的。但是那的确是一朵美丽的花，或可爱的字。他真喜爱它们，看了还要再看。他锁上房门去看它们，一来是为避免别人来打搅，二来也是怕别人笑他。自从得了专家的称呼，他不但不再锁起门来，而且故意地使大家知道了。每逢得到一件新的小宝物，他的屋里便拥满了人。他的极黑极亮的眼珠不再看着自己的鼻子，而是兴奋地乱转，腮上泛起两朵红的云。他多少还有点腼腆，但是在轻咳过一两次后，他的胆子完全壮了起来。他给他们讲说那小名家的历史，作风，和字或画上的图章与题跋。他不批评作品的好坏，而等着别人点头称赞。假若大家看完，默默不语，他就再给大家讲说，暗示出凡是老的，必是好的，而且名家——即使是小名家——的手下是没有劣品的。他的话很多，他的心跳得很快，直到大家都承认了那是张杰作的时候，他才含笑地把它卷好，轻轻放下；眼珠又去看看鼻子。

他的收入，好几年没有什么显然的增减。他似乎并不怎样爱钱。假若不是为买字画，他满可以永远不考虑金钱的问题。他有教书或做事的本领，而且相当的真诚，又没有什么不良的嗜好，在他想，顾虑生计简直是多此一举。

自从被称为专家，他感到生活增加了趣味与价值，在另一方面可是有点恨自己无能，不能挣更多的钱，买更好的字画。虽然如此，他可是不肯把字画转手，去赚些钱。好吧坏吧，那是他的收藏，将来也许随着他入了棺材，而绝对不能出卖。他不是商人。有时候，他会狠心地送给朋友一张画，或一幅字，可是永没有卖过。至多，他想，他只能兼一份儿差事，去增加些收入。但是事情多了，他便无暇去遛山水沟，和到布政司街去饱眼福。他需要空闲，因为每一张东西都须一口气看几个钟头。

既不能开源，他只好节流。这可就苦了他的太太。本来就不大爱回家，现在他更减少了回去的次数。这样，每逢休假的日子，他可以去到古玩铺或到有同好的朋友的家中去坐一整天；要不然，就打开箱子，把所有的收藏都细看一遍，甚至于忘了吃饭。同时，他省下回家来往的路费与零钱。对家中的日用，他狠心地缩减。虽然他也感到一点惭愧，可是细一想呢，欺侮自己的太太总比做别的亏心事要好得多。

在七七抗战那年的春天，朋友们给庄亦雅贺了四十的寿日。他似乎一向没有想过他的年纪，及至朋友们来到，他仿佛才明白自己确是四十岁的人了。他是个没有远大的志愿与无谓的顾虑的人，可是当贺寿的人们散了以后，他也不由得有点感触。四十岁了，他独自默想，可有什么足以夸耀于人的事呢？想来想去，只有一件。几年来，他已搜集了一百多家山东小名家的字画。这的确是一点成绩。前些日子，杨可昌——济南的一位我们所谓的第二种收藏家——居然带来两个日本人来看他的收藏。当时，他并没感到什么得意。反之，那些破纸烂画使他有点不好意思拿出来。可是，在四十的寿日这天一想，这的确有很大的意义。他跑腿花钱，并不是浪费。即使那些东西是那么破烂不堪，但是想想看吧，全国里有谁，有谁，收藏着一百多家山东的小名家呢？没有第二份儿！连日本人都来参观，哼，他的这点收藏已使他有了国际的声誉！他闭上了眼，细细地，反复前后地想，想把这点事看轻，看成不值一笑的事体。然而，这却千真万确，日本人注意到他的收藏是一点也不假。即使自己过火地谦虚，而事实总是事实。想到这里，他在惭愧，感慨，无可如何之中，感到了一点满意。生平没有别的建树，却"歪打正着"地成为收藏家，也就不错。这一生总算没有白活。人死留名，雁过留声呀！为招待亲友，他也很疲乏，但是想到这里，他又兴奋起来，把那一百多家的作品要从新看一遍。拿起任何一张，他都不忍释手，好像它们又比初买的时候美好了多少倍。就是那些虫孔都另有一种美丽，那些尘土都另有一种香味。看到第三十二张，他抱着它睡去了。

寿日的第二天，他发了个新的誓愿：我，庄亦雅，要有一件真值钱的东西！

夏初，一家小古玩商得到一张石谿[①]的大幅山水，杨可昌与庄亦雅前后得到了消息。杨先生想赚一笔钱，庄先生想花一笔钱买过来，做传家之宝。那张山水画得极好，裱工也讲究，可惜在左下角有图章的地方残缺了一块。图章是看不见了；缺少的一角画面却被不知哪个多事的人补上几笔，补得很恶劣。杨先生是迷信图章的。既无图章，而补的那几笔又是那么明显的恶劣，所以他断定那幅画是假的。虽然他也知道那是张精品。在鉴赏之外，自然他还另有作用。他想用假画的价钱买过来，而后转手卖给日本人。他知道，那张画确是不错；而且，即使是假的，日本人也肯出相当高价买去。因为石谿在东洋正有极大的行市。

---

①石谿：明末清初画家，清初四僧之一。善画山水，与石涛并称"二石"。

杨先生是济南鉴别古董的权威，而好玩古董的人多数又自己没长着眼睛，于是石谿的那张画便成了大家开心的东西。"去看看假石谿呀！"当他们没有事的时候，就这样去与那位小古玩商开个小玩笑。来看的人很多，而没有出价钱的——谁肯出钱买假东西呢？

最后，杨先生，看时机已熟，递了个价——二百五十元，不卖拉倒。他心中很快活，因为他一转手就起码能卖八百元，干赚五六百！

庄先生也看准了那张画。跑了不知多少次，看了不知多少回，他断定那一定是真的。每看一次，他的自信心便增高一分，要买到手里的决定也坚强了一些。但是，每看一次，他的难过也增加了许多。他没有钱。

有好几天，他坐卧不安，翻来复去地自己叨唠："收藏贵精不贵多！石谿！石谿！有一张石谿岂不比这两箱陈谷子烂芝麻强？强得多！这两箱子算什么？有一张石谿才镇得住呀！哪怕从此以后绝对，绝对不再买任何东西呢，这张石谿非拿来不可……"他想去借钱，又不好意思。当衣服？没有值钱的。怎办呢？怎办呢？

及至听到杨先生出了二百五十元的价，他不能再考虑，不能再坐。一口气，他跑到小古玩店。他的手心出着汗，心房嘣嘣地乱跳，越要镇静，心中越慌，说话都有点结巴："我，我，我再看看那张假石谿！"

画儿打开。他看不清。眼前似乎有一片热雾遮着。其实他用不着再看，闭着眼他也记得画上的一切，愣了一会儿，他低声地说：

"我给五百！明天交钱！怎样？"

他闭住气等待回答，像囚犯等着死刑的宣判似的。好容易，他得到了商家的"好吧"两个字。他昏迷了一小会儿。然后疯也似的跑回家，把太太的金银首饰，不容分说地，一股拢总都抢过来，飞快地又往回跑。

他得到了那张画。

可是，也和杨先生结了仇。

杨先生，因为没得到那件赚钱的货物，到处去宣传庄亦雅是如何可笑的假内行，花五百元买了一张假画。全济南的收藏家几乎都拿这件事作为茶余酒后说笑话的好资料，弄得庄亦雅再也不敢在光天化日之下去逛古玩铺。可是，他并不妥协，既不肯因闲话而看轻那张画，也不肯因恢复名誉而把画偷偷地再卖出去，他仍旧相信，他是用最低的价钱得到一幅杰作。

在六月间，由北平下来一位姓卢的鉴赏家。卢先生的声望是国际的，字画上只要有他的图章，就是欧美的收藏家也不敢微微地摇一摇头。庄亦雅把那张石豀拿去给卢先生看，卢先生没说什么，给画上打了个图章。等庄亦雅抱着画要走的时候，卢先生才很随便地问了声："我给你一千二，你肯让给我不呢？"庄亦雅没敢回答什么，只把画儿抱紧了一些。"没关系！"卢先生表示了决不夺人所好。庄亦雅抱歉地，高兴地惶惑而兴奋地，告了辞。

杨可昌低声下气地来看庄亦雅。他知道自己的眼力与声誉远不及卢先生。卢先生既说那张石豀是真的，他自己要是再说它是假的，简直就是自己打碎自己的饭碗。他想对庄亦雅说明，他以前的话不过是朋友们开开小玩笑，请庄先生不要认真。庄亦雅没有见他！

七七抗战。济南也与其他的地方一样，感到极度的兴奋。庄亦雅也与别人一样，受了极大的刺激，日夜期待着胜利的消息。

消息，可是，越来越不好。最使人不安的是车站上的慌乱与拥挤。谁也不知道上哪里去好，而大家都想动一动；车站上成为纷乱与动摇的中心。庄先生看着朋友们匆匆地逃往上海，青岛，南山，而后又各处逃了回来。他心中极其不安，但是不敢轻易地逃走，他是济南人，他舍不得老家。再说，即使想逃，应当跑到哪里去呢？逃出去，怎样维持生活呢？他决定看一看再说。好在自己还没有儿女，等到非跑不可的时候，他和太太总会临时想主意的。

沧州沦陷了，德州撤守了，敌机到了头上，泺口炸死了人，千佛山上开了高射炮。消息很乱，谣言比消息更乱。庄亦雅决定先下乡躲一躲。别的且不讲，他怕那两箱子画和石谿毁灭在炸弹下。腋下夹着石谿，背上负着一大包袱小名家，他挤出城去。雇不着车子。步行了十里。听到前边有匪。他飞快地往回跑。跑回来，他在屋中乱转了有十分钟。他不为自己忧虑什么；对太太，他简直地不去费什么心思。乡下人有几亩地，地不会被炮火打碎，用不着关心。他只愁石谿与那些小名家没有安全的地方去安置。又警报了。他抱着那些字画藏在了桌子底下。远处有轰炸的声响。他心里说："炸！炸吧！要死，我教这些字画殉了葬！"

敌人已越过德州，可是"保境安民"的谣言又给庄亦雅一点希望。他并非完全没有爱国的心，他不愿听这类可耻的谣言。可是，为了自己心爱的东西，仿佛投降也未为不可。杨可昌来看了他一次，劝他卖出那张石谿，作为路费，及早地逃走。"你不能和我比，"他劝告庄先生，"我是纯粹的收藏家，东洋人晓得。你，你做过公务人员和教员，知识分子，东洋人来到，非杀你的头不可！"

"杀头？"庄亦雅愣了一会儿。"杀头就杀头，我不能放手我的石谿！"

杨可昌走后，庄先生决定不带着太太，而只带着石谿与山东小名家逃出去。但是，走不成。敌机天天炸火车。自己没关系，石谿比什么也要紧。他须再等一等。

敌人到了。他并不十分后悔。每天，他抱着石谿等候日本人，自言自语地说："来吧！我和石谿死在一处！"等来等去，又把杨先生等来了。

庄亦雅，本是个最心平气和的人，现在发了怒。这些日子所受的惊恐与痛苦，要一股脑儿在杨可昌身上发泄出来："你又干吗来了？国都快亡了，你还想赚钱吗？"

"不必生气,"杨可昌笑着说,"听我慢慢地说。你知道东洋人最精细,咱们谁手里收藏着什么,他们全知道。他们知道你有石豀。他们的军队到,文人也到。挨家收取古物。你要脑袋呢,交出画来。要画呢,牺牲了脑袋!"

"好!我的脑袋,我的画都是我自己的!请不必替我担心!"

"你真算个硬汉!"

"硬不硬,用不着你夸奖!"

"别发脾气好不好?"杨先生又笑了。"告诉你吧,我不是来跟你要画,我来给你道喜!"

"道喜?你干吗跟我开这个玩笑呢?"

杨先生的脸上极严肃了:"庄先生!东洋人派我来,请你出山,做教育局长!"

"嗯?"庄亦雅像由梦中被人唤醒似的发出这个声音来。待了一会儿,"我不能给东洋人做事!"

"我忙得很,咱们脆快地说吧。"杨先生的眼像要施行催眠术似的钉住庄亦雅的脸。"你要肯答应做局长,你可以保存这点世上无双的收藏,不但保存,东洋人还可以另送你许多好东西呢!你若是不肯呢!他们没收你的东西,还要治罪——也许有性命之忧吧!怎样?"

好大半天,庄先生说不出话来。

"怎样?"杨先生催了一板。

庄先生低着头,声音极微地说:"等我想一想!"

"要快。"

"明天我答复你!"

"现在就要答复!"杨先生看了手表,"五分钟内,给我'是',或是'不是'!"

杨先生的一支香烟吸完,又看了看表。"怎样?"

庄亦雅对着那两只收藏字画的箱子,眼中含着泪,点了点头。
恋什么就死在什么上。

    原载 1943 年 3 月 15 日《时与潮文艺》第一卷第一期

牺牲

　　言语是奇怪的东西。拿种类说，几乎一个人有一种言语。只有某人才用某几个字，用法完全是他自己的；除非你明白这整个的人，你决不能了解这几个字。你一辈子也未必明白得了几个人，对于言语乘早不用抱多大的希望；一个语言学家不见得能都明白他太太的话，要不然语言学家怎会有时候被太太罚跪在床前呢。

　　我认识毛先生还是三年前的事。我们俩初次见面的光景，我还记得很清楚，因为我不懂他的话，所以十分注意地听他自己解释，因而附带地也记住了当时的情形。我不懂他的话，可不是因为他不会说国语。他的国语就是经国语推行委员会考试也得公公道道地给八十分。我听得很清楚，但是不明白。假如他用他自己的话写一篇小说，极精美地印出来，我一定还是不明白，除非每句都有他自己的注解。

　　那正是个晴美的秋天，树叶刚有些黄了；蝴蝶们还和不少的秋花游戏着。这是那种特别的天气：在屋里吧，做不下工去，外边好像有点什么向你招手，出来吧，也并没什么一定可做的事：使人觉得工作可惜，不工作也可惜。我就正这么进退两难，看看窗外的天光，我想飞到那蓝色的空中去；继而一想，飞到那里又干什么呢？立起来，又坐下，好多次了，正像外边的小蝶那样飞起去又落下来。秋光把人与蝶都支使得不知怎样好了。

最后，我决定出去看个朋友，仿佛看朋友到底像回事，而可以原谅自己似的。来到街上，我还没有决定去找哪个朋友。天气给了我个建议。这样晴爽的天，当然是到空旷的地方去，我便想到光惠大学去找老梅，因为大学既在城外，又有很大的校园。

从楼下我就知道老梅是在屋里呢：他屋子的窗户都开着，窗台上还晒着两条雪白的手巾。我喊了他一声，他登时探出头来，头发在阳光下闪出个白圈儿似的。他招呼我上去，我便连蹦带跳地上了楼。不仅是他的屋子，楼上各处的门与窗都开着呢，一块块的阳光印在地板上，使人觉得非常的痛快。老梅在门口迎接我。他踏拉着鞋片，穿着短衣，看着很自在；我想他大概是没有功课。

"好天气？！"我们俩不约而同地问出来，同时也都带出赞美的意思。

屋里敢情还有一位呢，我不认识。

老梅的手在我与那位的中间一拉线，我们立刻郑重地带出笑容，而后彼此点头，牙都露出点来，预备问"贵姓"。可是老梅都替我们说了："——君：毛博士。"我们又彼此龇了龇牙。我坐在老梅的床上；毛博士背靠着窗，斜向屋门立着；老梅反倒坐在把椅子上；不是他们俩很熟，就是老梅不大敬重这位博士，我想。

一边和老梅闲扯，我一边端详这位博士。这个人有点特别。他是"全份武装"地穿着洋服，该怎样的全就怎样了，例如手绢是在胸袋里掖着，领带上别着个针，表链在背心中下部横着，皮鞋尖擦得很亮等等。可是衣裳至少也像穿过三年的，鞋底厚得不很自然，显然是曾经换过掌儿。他不是"穿"洋装呢，倒好像是为谁许下了愿，发誓洋装三年似的；手绢必放在这儿，领带的针必别在那儿，都是一种责任，一种宗教上的律条。他不使人觉到穿西服的洋味儿，而令人联想到孝子扶杖披麻的那股勉强劲儿。

他的脸斜对着屋门，原来门旁的墙上有一面不小的镜子，他是照镜子玩呢。他的脸是两头跷，中间洼，像个元宝筐儿，鼻子好像是睡摇篮呢。眼睛因地势的关系——在元宝翅的溜坡上——也显着很深，像两个小圆槽，槽底上有点黑水；下巴往起跷着，因而下齿特别的向外，仿佛老和上齿顶得你出不来我进不去的。

他的身量不高，身上不算胖，也说不上瘦，恰好支得起那身责任洋服，可又不怎么带劲。脖子上安着那个元宝脑袋，脑袋上很负责地长着一大下①黑头发，过度负责地梳得极光滑。

他照着镜子，照得有来有去的，似乎很能欣赏他自己的美好。可是我看他特别。他是背着阳光，所以脸的中部有点黑暗，因为那块十分的低洼。一看这点洼而暗的地方，我就赶紧向窗外看看，生怕是忽然阴了天。这位博士把那么晴好的天气都带累得使人怀疑它了。这个人别扭。

他似乎没心听我们俩说什么，同时他又舍不得走开；非常的无聊，因为无聊所以特别注意他自己。他让我想到：这个人的穿洋服与生活着都是一种责任。

我不记得我们是正说什么呢，他忽然转过脸来，低洼的眼睛闭上了一小会儿，仿佛向心里找点什么。及至眼又睁开，他的嘴刚要笑就又改变了计划，改为微声叹了口气，大概是表示他并没在心中找到什么。他的心里也许完全是空的。

"怎样，博士？"老梅的口气带出来他确是对博士有点不敬重。

博士似乎没感觉到这个。利用叹气的方便，他吹了一口："噗"！仿佛天气很热似的。"牺牲太大了！"他说，把身子放在把椅子上，脚

---

①一大下：很多。

伸出很远去。

"哈佛的博士，受这个洋罪，哎？"老梅一定是拿博士开心呢。

"真哪！"博士的语声差不多是颤着："真哪！一个人不该受这个罪！没有女朋友，没有电影看，"他停了会儿，好像再也想不起他还需要什么——使我当时很纳闷，于是总而言之来了一句："什么也没有！"幸而他的眼是那样注，不然一定早已落下泪来；他千真万确的是很难过。

"要是在美国？"老梅又帮了一句腔。

"真哪！哪怕是在上海呢：电影是好的，女朋友是多的，"他又止住了。

除了女人和电影，大概他心里没"吗儿"了，我想。我试了他一句："毛博士，北方的大戏好啊，倒可以看看。"

他愣了半天才回答出来："听外国朋友说，中国戏野蛮！"

我们都没了话。我有点坐不住了。待了半天，我建议去洗澡；城里新开了一家澡堂，据说设备得很不错。我本是约老梅去，但不能不招呼毛博士一声，他既是在这儿，况且又那么寂寞。

博士摇了摇头："危险哪！"

我又糊涂了；一向在外边洗澡，还没淹死我一回呢。

"女人按摩！澡盆里……"他似乎很害怕。

明白了：他心中除了美国，只有上海。

"此地与上海不同。"我给他解释了这么些。

"可是中国还有哪里比上海更文明？"他这回居然笑了，笑得很不顺眼——嘴差点碰到脑门，鼻子完全陷进去。

"可是上海又比不了美国？"老梅是有点故意开玩笑。

"真哪！"博士又郑重起来："美国家家有澡盆，美国的旅馆间间房子有澡盆！要洗，哗——放水：凉的热的，随意对；要换一盆，哗——把陈水放了，从新换一盆，哗——"他一气说完，每个"哗"字都带着些吐沫星,好像他的嘴就是美国的自来水龙头。最后他找补了一小句:"中国人脏得很!"

老梅乘博士"哗哗"的工夫,已把袍子,鞋,穿好。

博士先走出去,说了一声,"再见哪"。说得非常的难听,好像心里满蓄着眼泪似的。他是舍不得我们,他真寂寞;可是他又不能上"中国"澡堂去,无论是多么干净!

等到我们下了楼,走到院中,我看见博士在一个楼窗里面望着我们呢。阳光斜射在他的头上,鼻子的影儿给脸上印了一小块黑;他的上身前后地微动,那个小黑块也忽长忽短地动。我们快走到校门了,我回了回头,他还在那儿立着;独自和阳光反抗呢,仿佛是。

在路上,和在澡堂里,老梅有几次要提说毛博士,我都没接茬儿。他对博士有点不敬,我不愿被他的意见给我对那个人的印象加上什么颜色,虽然毛博士给我的印象并不甚好。我还不大明白他,我只觉得他像个半生不熟的什么东西——他既不是上海的小流氓,也不是美国华侨的子孙:不像中国人,也不像外国人。他好像是没有根儿。我的观察不见得正确,可是不希望老梅来帮忙;我愿自己看清楚了他。在一方面,我觉得他别扭;在另一方面,我觉得他很有趣——不是值得交往,是"龙生九种,种种各别"的那种有趣。

不久,我就得到了个机会。老梅托我给代课。老梅是这么个人:谁也不知道他怎样布置的,每学期中他总得请上至少两三个礼拜的假。这一回是,据他说,因为他的大侄子被疯狗咬了,非回家几天不可。

老梅把钥匙交给了我,我虽不在他那儿睡,可是在那里休息和预备功课。

过了两天,我觉出来,我并不能在那儿休息和预备功课。只要我一到那儿,毛博士——正好像他的姓有些作用——毛儿似的就飞了来。这个人寂寞。有时候他的眼角还带着点泪,仿佛是正在屋里哭,听见我到了,赶紧跑过来,连泪也没顾得擦。因此,我老给他个笑脸,虽然他不叫我安安顿顿地休息会儿。

虽然是菊花时节了。可是北方的秋晴还不至使健康的人长吁短叹地悲秋。毛博士可还是那么忧郁。我一看见他,就得望望天色。他仿佛会自己制造一种苦雨凄风的境界,能把屋里的阳光给赶了出去。

几天的工夫,我稍微明白些他的言语了。他有这个好处:他能满不理会别人怎么向他发愣。谁爱发愣谁发愣,他说他的。他不管言语本是要彼此传达心意的;跟他谈话,我得设想着:我是个留声机,他也是个留声机;说就是了,不用管谁明白谁不明白。怪不得老梅拿博士开玩笑呢,谁能和个留声机推心置腹地交朋友呢?

不管他怎样吧,我总想治治他的寂苦;年青青的不该这样。

我自然不敢再提洗澡与听戏。出去走走总该行了。

"怎能一个人走呢?真!"博士又叹了口气。

"一个人怎就不能走呢?"我问。

"你总得享受生命吧?"他反攻了。

"啊!"我敢起誓,我没这么糊涂过。

"一个人去走!"他的眼睛,虽然那么涩,冒出些火来。

"我陪着你,那么?"

"你又不是女人。"他叹了口长气。

我这才明白过来。

待了半天,他又找补了句:"中国人太脏,街上也没法走。"

此路不通,我又转了弯。"找朋友吃小馆去,打网球去;或是独自看点小说,练练字……"我把小布尔乔亚的谋杀光阴的办法提出一大堆;有他那套责任洋服在面前,我不敢提那些更有意义的事儿。

他的回答倒还一致,一句话抄百宗:没有女人,什么也不能干。

"那么,找女人去好啦!"我看准阵势,总攻击了。"那不是什么难事。"

"可是牺牲又太大了!"他又放了个糊涂炮。

"嗯?"也好,我倒有机会练习眨巴眼了;他算把我引入了迷魂阵。

"你得给她买东西吧?你得请她看电影,吃饭吧?"他好像是审我呢。

我心里说:"我管你呢!"

"自然是得买,自然是得请。这是美国的规矩,必定要这样。可是中国人穷啊;我,哈佛的博士,才一个月拿二百块洋钱——我得要求加薪!——哪里省得出这一笔费用?"他显然是说开了头,我很注意地听。"要是花了这么笔钱,就顺当地定婚、结婚,也倒好了,虽然定婚要花许多钱,还能不买俩金戒指么?金价这么贵!结婚要花许多钱,蜜月必须到别处玩去,美国的规矩。家中也得安置一下:钢丝床是必要的,洋澡盆是必要的,沙发是必要的,钢琴是必要的,地毯是必要的。哎,中国地毯还好,连美国人也喜爱它!这得用几多钱?这还是顺当的话,假如你花了许多钱买东西,请看电影,她不要你呢?钱不是空花了?!美国常有这种事呀,可是美国人富哇。拿哈佛说,男女的交际,单讲吃冰激凌的钱,中国人也花不起!你看——"

我等了半天,他也没往下说,大概是把话头忘了;也许是被"中国"气迷糊了。

我对这个人没办法。他只好苦闷他的吧。

在老梅回来以前,我天天听到些美国的规矩,与中国的野蛮。还就是上海好一些,不幸上海还有许多中国人,这就把上海的地位低降了一大些。对于上海,他有点害怕:野鸡,强盗,杀人放火的事,什么危险都有,都因为有中国人。他眼中的中国人,完全和美国电影中的一样。"你必须用美国的精神做事,必须用美国人的眼光看事呀!"他谈到高兴的时候——还算好,他能因为谈谈美国而偶尔地笑一笑——

老这样嘱咐我。什么是美国精神呢？他不能简单地告诉我。他得慢慢地讲述事实，例如家中必须有澡盆，出门必坐汽车，到处有电影园，男人都有女朋友，冬天屋里的温度在七十以上，女人们好看，客厅必有地毯……我把这些事都串在一处，还是不大明白美国精神。

老梅回来了，我觉得有点失望：我很希望能一气明白了毛博士，可是老梅一回来，我不能天天见他了。这也不能怨老梅。本来吗，咬他的侄子的狗并不是疯的，他还能不回来吗？

把功课教到哪里交代明白了，我约老梅去吃饭。就手儿请上毛博士。我要看看到底他是不能享受"中国"式的交际呢，还是他舍不得钱。

他不去。可是善意地辞谢："我们年青的人应当省点钱，何必出去吃饭呢？我们将来必须有个小家庭，像美国那样的。钢丝床，澡盆，电炉，"说到这儿，他似乎看出一个理想的小乐园：一对儿现代的亚当夏娃在电灯下低语。"沙发，两人读着《结婚的爱》，那是真正的快乐，真哪！现在得省着点……"

我没等他说完，扯着他就走。对于不肯花钱，是他有他的计划与目的，假如他的话是可信的；好了，我看看他享受一顿可口的饭不享受。

到了饭馆，我才明白了，他真不能享受！他不点菜，他不懂中国菜。"美国也很多中国饭铺，真哪。可是，中国菜到底是不卫生的。上海好，吃西餐是方便的。约上女朋友吃吃西餐，倒那个！"

我真有心告诉他，把他的姓改为"毛尔"或"毛利司"，岂不很那个？可是没好意思。我和老梅要了菜。

菜来了，毛博士吃得确不带劲。他的洼脸上好像要滴下水来，时时地向着桌上发愣。老梅又开玩笑了：

"要是有两三个女朋友，博士？"

博士忽然地醒过来："一男一女；人多了是不行的。真哪。在自己的小家庭里，两个人炖一只鸡吃吃，真惬意！"

"也永远不请客？"老梅是能板着脸装傻的。

"美国人不像中国人这样乱交朋友，中国人太好交朋友了，太不懂爱惜时间，不行的！"毛博士指着脸子教训老梅。

我和老梅都没挂气；这位博士确是真诚，他真不喜欢中国人的一切——除了地毯。他生在中国，最大的牺牲，可是没法儿改善。他只能厌恶中国人，而想用全力组织个美国式的小家庭，给生命与中国增点光。自然，我不能相信美国精神就像是他所形容的那样，但是他所看见的那些，他都虔诚地信仰，澡盆和沙发是他的上帝。我也想到，设若他在美国就像他在中国这样，大概他也是没看见什么。可是他确看见了美国的电影园，确看见了中国人不干净，那就没法办了。

因此，我更对他注意了。我决不会治好他的苦闷，也不想分这份神了。我要看清楚他到底是怎回事。

虽然不给老梅代课了，可还不短找他去，因此也常常看到毛博士。有时候老梅不在，我便到毛博士屋里坐坐。

博士的屋里没有多少东西。一张小床，旁边放着一大一小两个铁箱。一张小桌，铺着雪白的桌布，摆着点文具，都是美国货。两把椅子，一张为坐人，一张永远坐着架打字机。另有一张摇椅，放着个为卖给洋人的团龙绣枕。他没事儿便在这张椅上摇，大概是想把光阴摇得无奈何了，也许能快一点使他达到那个目的。窗台上放着几本洋书。墙上有一面哈佛的班旗，几张在美国照的相片。屋里最带中国味的东西便是毛博士自己，虽然他也许不愿这么承认。

到他屋里去过不是一次了，始终没看见他摆过一盆鲜花，或是贴上一张风景画或照片。有时候他在校园里偷折一朵小花，那只为插在他的洋服上。这个人的理想完全是在创造一个人为的，美国式的，暖洁的小家庭。我可以想到，设若这个理想的小家庭有朝一日实现了，他必定终日放着窗帘，就是外面的天色变成紫的，或是太阳从西边出来，他也没那么大工夫去看一眼。大概除了他自己与他那点美国精神，宇宙一切并不存在。

在事实上也证明了这个。我们的谈话限于金钱，洋服，女人，结婚，美国电影。有时候我提到政治，社会的情形，文艺，和其他的我偶尔想起或哄动一时的事，他都不接茬儿。不过，设若这些事与美国有关系，他还肯敷衍几句，可是他另有个说法。比如谈到美国政治，他便告诉我一件事实：美国某议员结婚的时候，新夫妇怎样地坐着汽车到某礼拜堂，有多少巡警去维持秩序，因此教堂外观者如山如海！对别的事也是如此，他心目中的政治，美术，和无论什么，都是结婚与中产阶级文化的光华方面的附属物。至于中国，中国还有政治，艺术，社会问题等等？他最恨中国电影；中国电影不好，当然其他的一切也不好。对中国电影最不满意的地方便是男女不搂紧了热吻。

几年的哈佛，使他得到那点美国精神，这我明白。我不明白的是：难道他不是生在中国？他的家庭不是中国的？他没在中国——在上美国以前——至少活了廿来岁？为什么这样不明白不关心中国呢？

我试验多少次了，他的家中情形如何，求学与做事的经验……哼！他的嘴比石头子儿还结实！这就奇怪了，他永远赶着别人来闲扯，可是他又不肯说自己的事！

和他交往了快一年了，我似乎看出点来：这位博士并不像我所想的那么简单。即使他是简单，他的简单必是另一种。他必是有一种什么宗教性的诫律，使他简单而又深密。

他既不放松了嘴，我只好从新估定他的外表了。每逢我问到他个人的事，我留神看他的脸。他不回答我的问题，可是他的脸并没完全闲着。他一定不是个坏人，他的脸卖了他自己。他的深密没能完全胜过他的简单，可是他必须要深密。或者这就是毛博士之所以为毛博士了；要不然，还有什么活头呢。人必须有点抓得住自己的东西。有的人把这点东西永远放在嘴边上,有的人把它永远埋在心里头。办法不同,立意是一个样的。毛博士想把自己拴在自己的心上。他的美国精神与理想的小家庭是挂在嘴边的,可是在这后面,必是在这"后面",才是真的他。

他的脸,在我试问他的时候,好像特别的洼了。从那最洼的地方发出一点黑晦,慢慢地布满了全脸,像片雾影。他的眼,本来就低深不易看到,此时便更往深处去了,仿佛要完全藏起去。他那些彼此永远挤着的牙轻轻咬那么几下,耳根有点动,似乎是把心中的事严严地关住,唯恐走了一点风。然后,他的眼忽然地发出些光,脸上那层黑影渐渐地卷起,都卷入头发里去。"真哪"!他不定说什么呢,与我所问的没有万分之一的关系。他胜利了,过了半天还用眼角撩我几下。

只设想他一生下来便是美国博士,虽然是简截的办法,但是太不成话。问是问不出来,只好等着吧。反正他不能老在那张椅上摇着玩,而一点别的不干。

光阴会把人事筛出来。果然,我等到一件事。

快到暑假了,我找老梅去。见着老梅,我当然希望也见到那位苦闷的象征。可是博士并没露面。

我向外边一歪头,"那位呢?"

"一个多星期没露面了,"老梅说。

"怎么了?"

"据别人说,他要辞职,我也知道得不多,"老梅笑了笑,"你晓得,他不和别人谈私事。"

"别人都怎说来?"我确是很热心地打听。

"他们说,他和学校订了三年的合同。"

"你是几年?"

"我们都没合同,学校只给我们一年的聘书。"

"怎么单单他有呢？"

"美国精神，不订合同他不干。"

整像毛博士！

老梅接着说："他们说，他的合同是中英文各一份，虽然学校是中国人办的。博士大概对中国文字不十分信任。他们说，合同订的是三年之内两方面谁也不能辞谁，不得要求加薪，也不准减薪。双方签字，美国精神。可是，干了一年——这不是快到暑假了吗——他要求加薪，不然，他暑后就不来了。"

"呕，"我的脑子转了个圈。"合同呢？"

"立合同的时候是美国精神，不守合同的时候便是中国精神了。"老梅的嘴往往失于刻薄。

可是他这句话暗示出不少有意思的意思来。老梅也许是顺口地这么一说，可是正说到我的心坎上。"学校呢？"我问。

"据他们说，学校拒绝了他的请求；当然的，有合同吗。"

"他呢？"

"谁知道！他自己的事不对别人讲。就是跟学校有什么交涉，他也永远是写信，他有打字机。"

"学校不给他增薪，他能不干了吗？"

"没告诉你吗，没人知道？"老梅似乎有点看不起我。"他不干，是他自己失了信用；可是我准知道，学校也不会拿着合同跟他打官司，谁有工夫闹闲气。"

"你也不知道他要求增薪的理由？呕，我是糊涂虫！"我自动地撤销这一句，可是又从另一方面提出一句来："似乎应当有人去劝劝他！"

"你去吧；没我！"老梅又笑了。"请他吃饭，不吃；喝酒，不喝；问他什么，不说；他要说的，别人听着没味儿；这么个人，谁有法儿像个朋友似的去劝告呢？"

"你可也不能说,这位先生不是很有趣的?"

"那要凭怎么看了。病理学家看疯人都很有趣。"

老梅的语气不对,我听着。想了想,我问他:"老梅,博士得罪了你吧?我知道你一向对他不敬,可是——"

他笑了。"耳朵还不离,有你的!近来真有点讨厌他了。一天到晚,女人女人女人,谁那么爱听!"

"这还不是真正的原因。"我又给了他一句。我深知道老梅的为人:他不轻易佩服谁;可是谁要是得罪了他,他也不轻易地对别人讲论。原先他对博士不敬,并无多少含意,所以倒肯随便地谈论;此刻,博士必是真得罪了他,他所以不愿说了,不过,经我这么一问,他也没了办法。

"告诉你吧,"他很勉强地一笑:"有一天,博士问我,梅先生,你也是教授?我就说了,学校这么请的我,我也没法。可是,他说,你并不是美国的博士?我说,我不是;美国博士值几个子儿一枚?我问他。他没说什么,可是脸完全绿了。这还不要紧,从那天起,他好像记死了我。他甚至写信质问校长:梅先生没有博士学位,怎么和有博士学位的——而且是美国的——挣一样多的薪水呢?我不晓得他从哪里探问出我的薪金数目。"

"校长也不好,不应当让你看那封信。"

"校长才不那么糊涂;博士把那封信也给了我一封,没签名。他大概是不屑与我为伍。"老梅笑得更不自然了。青年都是自傲的。

"哼,这还许就是他要求加薪的理由呢!"我这么猜。

"不知道。咱们说点别的?"

辞别了老梅,我打算在暑假放学之前至少见博士一面,也许能打听得出点什么来。凑巧,我在街上遇见了他。他走得很急。眉毛拧着,脸洼得像个羹匙。不像是走道呢,他似乎是想把一肚子怨气赶出去。

"哪儿去，博士？"我叫住了他。

"上邮局去。"他说，掏出手绢——不是胸袋掖着的那块——擦了擦汗。

"快暑假了，到哪里去休息？"

"真哪！听说青岛很好玩，像外国。也许去玩玩。不过——"

我准知道他要说什么，所以没等"不过"的下回分解说出来，便又问："暑后还回来吗？"

"不一定。"或者因为我问得太急，所以他稍微说走了嘴：不一定自然含有不回来的意思。他马上觉到这个，改了口："不一定到青岛去。"假装没听见我所问的。"一定到上海去的。痛快地看几次电影；在北方做事，牺牲太大了，没好电影看！上学校来玩啊，省得寂寞！"话还没说利索，他走开了，一迈步就露出要跑的趋势。

我不晓得他那个"省得寂寞"是指着谁说的。至于他的去留，只好等暑假后再看吧。

刚一考完，博士就走了，可是没把东西都带去。据老梅的猜测：博士必是到别处去谋事，成功呢便用中国精神硬不回来，不管合同上定的是几年。找不到事呢就回来，表现他的美国精神。事实似乎与这个猜测应合：博士支走了三个月的薪水。我们虽不愿往坏处揣度人，可是他的举动确是令人不能必定往好处想。薪水拿到手里究竟是牢靠些，他只信任他自己，因为他常使别人不信任他。

过了暑假，我又去给老梅代课。这回请假的原因，大概连老梅自己也不准知道，他并没告诉我吗。好在他准有我这么个替工，有原因没有的也没多大关系了。

毛博士回来了。

谁都觉得这么回来是怪不得劲的，除了博士自己。他很高兴。设若他的苦闷使人不表同情，他的笑脸看着有点多余。他是打算用笑表示心中的快活，可是那张脸不给他作劲。他一张嘴便像要打哈欠，直到我看清他的眼中没有泪，才醒悟过来；他原来是笑呢。这样的笑，笑不笑没多大关系。他紧自这么笑，闹得我有点发毛咕。

"上青岛去了吗？"我招呼他。他正在门口立着。

"没有。青岛没有生命，真哪！"他笑了。

"啊？"

"进来，给你件宝贝看！"

我，傻子似的，跟他进去。

屋里和从前一样，就是床上多了一个蚊帐。他一伸手从蚊帐里拿出个东西，遮在身后："猜！"

我没这个兴趣。

"你说，是南方女人，还是北方女人好？"他的手还在背后。

我永远不回答这样的问题。

他看我没意思回答，把手拿到前面来，递给我一张相片。而后肩并肩地挤着我，脸上的笑纹好像真要在我脸上走似的；没说什么；他的嘴，也不知是怎么弄的，直唧唧的响。

女人的相片。拿相片断定人的美丑是最容易上当的，我不愿说这个女人长得怎么样。就它能给我看到的，不过是年纪不大，头发烫得很复杂而曲折，小脸，圆下颏，大眼睛。不难看，总而言之。

"定了婚，博士？"我笑着问。

博士笑得眉眼都没了准地方，可是没出声。

我又看了看相片，心中不由得怪难过的。自然，我不能代她断定什么；不过，我倘若是个女子……

"牺牲太大了！"博士好容易才说出话来："可是值得的，真哪！现在的女人多么精，才廿一岁，什么都懂，仿佛在美国留过学！头一次我们看完电影，她无论怎说也得回家，精呀！第二次看电影，还不许我拉她的手，多么精！电影票都是我打的！最后的一次看电影才准我吻了她一下，真哪！花多少钱也值得，没空花了；我临来，她送我到车站，给我买来的水果！花点钱，值得，她永远是我的；打野鸡不行呀，花多少钱也不行，而且有危险的！从今天起，我要省钱了。"

我插进去一句："你花钱还费吗？"

"哎哟！"元宝底上的眼睛居然努出来了。"怎么不费钱？！一个人，吃饭，洗衣服。哪样不花钱！两个人也不过花这多，饭自己做，衣服自己洗。夫妇必定要互助呀。"

"那么，何必格外省钱呢？"

"钢丝床要的吧？澡盆要的吧？沙发要的吧？钢琴要的吧？结婚要花钱的吧？蜜月要花钱的吧？家庭是家庭哟！"他想了想："结婚请牧师也得送钱的！"

"干吗请牧师？"

"郑重；美国的体面人都请牧师祝婚，真哪！"他又想了想："路费！她是上海的；两个人从上海到这里，二等车！中国是要不得的，三等车没法坐的！你算算一共要几多钱？你算算看！"他的嘴咕弄着，手指也轻轻地掐，显然是算这笔账呢。大概是一时算不清，他皱了皱眉。紧跟着又笑了："多少钱也得花的！假如你买个五千元的钻石，不是为戴上给人看么？一个南方美人，来到北方，我的，能不光荣些么？真哪，她是上海最美的女子了；这还不值得牺牲么？一个人总得牺牲的！"

我始终还是不明白什么是牺牲。

替老梅代了一个多月的课，我的耳朵里整天嗡嗡着上海，结婚，牺牲，光荣，钢丝床……有时候我编讲义都把这些编进去，而得从新改过；他已把我弄糊涂了。我真盼老梅早些回来，让我去清静两天吧。观察人性是有意思的事，不过人要像年糕那样粘，把我的心都粘住，我也有受不了的时候。

老梅还有五六天就回来了。正在这个时候,博士又出了新花样。他好像一篇富于技巧的文章,正在使人要生厌的时候,来几句漂亮的。

他的喜劲过去了。除了上课以外,他总在屋里啪啦啪啦地打字。啪啦过一阵,门开了,溜着墙根,像条小鱼似的,他下楼去送信。照直去,照直回来;在屋里咚咚地走。走着走着,叹一口气,声音很大,仿佛要把楼叹倒了,以便同归于尽似的。叹过气以后,他找我来了,脸上带着点顶惨淡的笑。"噗"!他一进门先吹口气,好像屋中净是尘土。然后,"你们真美呀,没有伤心的事!"

他的话老有这么种别致的风格,使人没法答荏儿。好在他会自动地给解释:"没法子活下去,真哪!哭也没用,光阴是不着急的!恨不能飞到上海去!"

"一天写几封信?"我问了句。

"一百封也是没用的!我已经告诉她,我要自杀了!这样不是生活,不是!"博士连连地摇头。

"好在到年假才还不到三个月。"我安慰着他,"不是年假里结婚吗?"

他没有回答,在屋里走着。待了半天:"就是明天结婚,今天也是难过的!"

我正在找些话说,他忽然像忘了些什么重要的事,一闪似的便跑出去。刚进到他的屋中,啪啦,啪啦,啪,打字机又响起来。

老梅回来了。我在年假前始终没找他去。在新年后,他给我转来一张喜帖,用英文印的。我很替毛博士高兴,目的达到了,以后总该在生命的别方面努力了。

年假后两三个星期了,我去找老梅。谈了几句便又谈到毛博士。

"博士怎样?"我问,"看见博士太太没有?"

"谁也没看见她;他是除了上课不出来,连开教务会议也不到。"

"咱俩看看去？"

老梅摇了头："人家不见，同事中有碰过钉子的了。"

这个，引动了我的好奇心。没告诉老梅，我自己要去探险。

毛博士住着五间小平房，院墙是三面矮矮的密松。远远的，我看见院中立着个女的，细条身框，穿着件黑袍，脸朝着阳光。她一动也不动，手直垂着，连蓬松的头发好像都镶在晴冷的空中。我慢慢地走，她始终不动。院门是两株较高的松树，夹着一个绿短棚子。我走到这个小门前了，与她对了脸。她像吓了一跳，看了我一眼，急忙转身进去了。在这极短的时间内，我得了个极清楚的印象：她的脸色青白，两个大眼睛像迷失了的羊那样悲郁，头发很多很黑，和下边的长黑袍联成一段哀怨，她走得极轻快，好像把一片阳光忽然地全留在屋子外边。我没去叫门，慢慢地走回来了。我的心中冷了一下，然后觉得茫然的不自在。到如今我还记得这个黑衣女。

大概多数的男人对于女性是特别显着侠义的。我差不多成了她的义务侦探了。博士是否带她常出去玩玩，譬如看看电影？他的床是否钢丝的？澡盆？沙发？当他跟我闲扯这些的时候，我觉得他毫无男子气。可是由看见她以后，这些无聊的事都在我心中占重要的地位。自然，这些东西的价值是由她得来的。我钻天觅缝地探听，甚至于贿赂毛家的仆人——他们用着一个女仆。我所探听到的是他们没出去过，没有钢丝床与沙发。他们吃过一回鸡，天天不到九点钟就睡觉……

我似乎明白些毛博士了。凡是他口中说的——除了他真需个女人——全是他视为做不到的，所以做不到的原因是他爱钱。他梦想要做个美国人；及至来到钱上，他把中国固有的夫为妻纲与美国的资产主义联合到一块。他自己便是他所根恶的中国电影，什么在举动上都学好莱坞的，而根本上是中国的，他是个自私自利而好模仿的猴子。设若他没上过美国，他一定不会这么样，他至少要在人情上带出点中国气来。他上过美国，自觉着他为中国当个国民是非常冤屈的事。他可以依着自己的方便，在美国精神的装饰下，做出一切。结婚，大概只有早睡觉的意义。

我没敢和老梅提说这个，怕他耻笑我；说真的，我实在替那个黑衣女抱不平。可是，我不敢对他说；青年们的想象是不易往厚道里走的。

春假了，由老梅那里我听来许多人的消息：有的上山去玩，有的到别处去逛。我听不到博士夫妇的。学校里那么多人，好像没人注意他们俩——按普通的理说，新夫妇是最使人注意的。

我决定去看看他们。

校园里的垂柳已经绿得很有个样儿了。丁香可是才吐出颜色来。教员们，有的没去旅行，差不多都在院中种花呢。到了博士的房子左近，他正在院中站着。他还是全份武装地穿着洋服，虽然是在假期里。阳光不易到的地方，还是他的脸的中部。隔着松墙我招呼了他一声：

"没到别处玩玩去，博士？"

"哪里也没有家里好。"他的眼瞭了远处一下。

"美国人不是讲究旅行么？"我一边说一边往门那里凑。

他没回答我。看着我，他直往后退，显出不欢迎我进去的神气。我老着脸，一劲地前进。他退到屋门，我也离那儿不远了。他笑得极不自然了，牙咬了两下，他说了话：

"她病了，改天再招待你呀。"

"好吧。"我也笑了笑。

"改天来——"他没说完下半截便进去了。

我出了门，校园中的春天似乎忽然逃走了。我非常的不愉快。

又过了十几天，我给博士一个信儿，请他夫妇吃饭。我算计着他们大概可以来；他不交朋友，她总不会也愿永远囚在家中吧？

到了日期，博士一个人来了。他的眼边很红，像是刚揉了半天的。

脸的中部特别显着注,头上的筋都跳着。

"怎啦,博士?"我好在没请别人,正好和他谈谈。

"妇人,妇人都是坏的!都不懂事!都该杀的!"

"和太太吵了嘴?"我问。

"结婚是一种牺牲,真哪!你待她天好,她不懂,不懂!"博士的泪落下来了。

"到底怎回事?"

博士抽答了半天,才说出三个字来:"她跑了!"他把脑门放在手掌上,哭起来。

我没想安慰他。说我幸灾乐祸也可以,我确是很高兴,替她高兴。

待了半天,博士抬起头来,没顾得擦泪,看着我说:

"牺牲太大了!叫我,真!怎样再见人呢!?我是哈佛的博士,我是大学的教授!她一点不给我想想!妇人!"

"她为什么走了呢?"我假装皱上眉。

"不晓得。"博士净了下鼻子。"凡是我以为对的,该办的,我都办了。"

"比如说?"

"储金,保险,下课就来家陪她,早睡觉,多了,多了!是我见到的,我都办了;她不了解,她不欣赏!每逢上课去,我必吻她一下,还要怎样呢?你说!"

我没的可说,他自己接了下去。他是真憋急了,在学校里他没一个朋友。"妇女是不明白男人的!定婚,结婚,已经花了多少钱,难道她不晓得?结婚必须男女两方面都要牺牲的。我已经牺牲了那么多,她牺牲了什么?到如今,跑了,跑了!"博士立起来,手插在裤袋里,眉毛拧着:"跑了!"

"怎办呢?"我随便问了句。

"没女人我是活不下去的!"他并没看我,眼看着他的领带。"活不了！"

"找她去？"

"当然！她是我的！跑到天边，没我，她是个'黑'人！她是我的，那个小家庭是我的，她必得老跟着我！"他又坐下了，又用手托住脑门。

"假如她和你离婚呢？"

"凭什么呢？难道她不知道我爱她吗？不知道那些钱都是为她花了吗？就没点良心吗？离婚？我没有过错！"

"那是真的。"我自己知道这是什么意思。

他抬头看了我一眼，气好像消了些，舐了舐嘴唇，叹了口气："真哪，我一见她脸上有些发白，第二天就多给她一个鸡子儿吃！我算尽到了心！"他又不言语了，呆呆地看着皮鞋尖。

"你知道她上哪儿了？"

博士摇了摇头。又坐了会儿，他要走。我留他吃饭，他又摇头："我回去，也许她还回来。我要是她，我一定回来。她大概是要回来的。我回去看看。我永远爱她，不管她待我怎样。"他的泪又要落下来，勉强地笑了笑，抓起帽子就往外走。

这时候，我有点可怜他了。从一种意义上说，他的确是个牺牲者——可是不能怨她。

过了两天，我找他去，他没拒绝我进去。

屋里安设得很简单，除了他原有的那份家具，只添上了两把藤椅，一个长桌，桌上摆着他那几本洋书。这是书房兼客厅；西边有个小门，通到另一间去，挂着个洋花布单帘子。窗上都挡着绿布帘，光线不十分足。地板上铺着一领厚花席子。屋里的气味很像个欧化了的日本家庭，可是没有那些灵巧的小装饰。

我坐在藤椅上，他还坐那把摇椅，脸对着花布帘子。

我们俩当然没有别的可谈。他先说了话：

"我想她会回来，到如今竟自没消息，好狠心！"说着，他忽然一挺身，像是要立起来，可是极失望地又缩下身去。原来那个花布帘被一股风吹得微微一动。

这个人已经有点中了病！我心中很难过了。可是，我一想：结婚刚三个多月，她就逃走，想必她是真受不住了；想必她也看出来，这个人是无希望改造的。三个月的监狱生活是满可以使人铤而走险的。况且，性欲的生活，有时候能使人一天也受不住的——由这种生活而起的厌恶比毒药还厉害。我由博士的气色和早睡的习惯已猜到一点，现在我要由他的口中证实了。我和他谈一些严重的话。便换换方向，谈些不便给多于两个人听的。他也很喜欢谈这个，虽然更使他伤心。他把这种事叫"爱"。他很"爱"她，有时候一夜"爱"四次。他还有个理论：

"受过教育的人性欲大，真哪。下等人的操作使他们疲倦，身体上疲倦。我们用脑子的,体力是有余的,正好借这个机会运动运动。况且，因为我们用脑子，所以我们懂得怎样'爱'，下等人不懂！"

我心里说，"要不然她怎会跑了呢！"

他告诉我许多这种经验，可是临完更使他悲伤——没有女人是活不下去的！我去了几次，慢慢地算是明白了他的一部分：对于女人，他只管"爱"，而结婚与家庭设备的花费是"爱"的代价。这个代价假如轻一点，"博士"会给增补上所欠的分量。"一个美国博士，你晓得，在女人心中是占分量的。"他说，附带着告诉我："你想要个美的，大学毕业的，年青的，品行端正的女人，先去得个博士，真哪！"

他的气色一天不如一天了。对那个花布帘，他越发注意了；说着说着话，他能忽然立起来，走过去，掀一掀它。而后回来，坐下，不言语好大半天。脸比绿窗帘绿得暗一些。

可是他始终没要找她去，虽然嘴里常这么说。我以为即使他怕花了钱而找不到她，也应当走一走，或至少是请几天假。因为他自己说她要把"博士"与"教授"的尊严一齐给他毁掉。为什么他不躲几天，而照常地上课，虽然是带着眼泪？后来我才明白：他要大家同情他，因为他的说法是这个："嫁给任何人，就属于任何人，况且嫁的是博士？从博士怀中逃走，不要脸，没有人味！"他不能亲自追她去。但是他需要她，他要"爱"。他希望她回来，因为他不能白花了那些钱。这个，尊严与"爱"，牺牲与耻辱，使他进退两难，哭笑皆非，一天不定掀多少次那个花布帘。他甚至于后悔没娶个美国女人了，中国女人是不懂事，不懂美国精神的！

　　人生在某种文化下，不是被它——文化——管辖死，便是因反抗它而死。在人类的任何文化下，也没有多少自由。毛博士的事是没法解决的。他肩着两种文化的责任，而想把责任变成享受。洋服也得规矩地穿着，只是把脖子箍得怪难受。脖子是他自己的，但洋服是文化呢！

　　木槿花一开，就快放暑假了。毛博士已经有几天没出屋子。据老梅说，博士前几天还上课，可是在课堂上只讲他自己的事，所以学校请他休息几天。

　　我又去看他，他还穿着洋服在椅子上摇呢，可是脸已不像样儿了，最洼的那一部分已经像陷进去的坑，眼睛不大爱动了，可是他还在那儿坐着。我劝他到医院去，他摇头："她回来，我就好了；她不回来，我有什么法儿呢？"他很坚决，似乎他的命不是自己的。"再说，"他喘了半天气才说出来："我已经天天喝牛肉汤；不是我要喝，是为等着她；牺牲，她跑了我还得为她牺牲！"

　　我实在找不到话说了。这个人几乎是可佩服的了。待了半天，他的眼忽然地亮了，抓住椅子扶手，直起胸来，耳朵侧着，"听！她回来了！是她！"他要立起来，可是只弄得椅子前后地摇了几下，他起不来。

外边并没有人。他倒了下去,闭上了眼,还喘着说:"她——也——许——明天来。她是——我——的!"

暑假中,学校给他家里打了电报,来了人,把他接回去。以后,没有人得到过他的信。有的人说,到现在他还在疯人院里呢。

原载 1934 年 4 月 1 日《文学》第二卷第四号

大悲寺外

黄先生已死去二十多年了。这些年中，只要我在北平，我总忘不了去祭他的墓。自然我不能永远在北平；别处的秋风使我倍加悲苦：祭黄先生的时节是重阳的前后，他是那时候死的。去祭他是我自己加在身上的责任；他是我最钦佩敬爱的一位老师，虽然他待我未必与待别的同学有什么分别；他爱我们全体的学生。可是，我年年愿看看他的矮墓，在一株红叶的枫树下，离大悲寺不远。

已经三年没去了，生命不由自主地东奔西走，三年中的北平只在我的梦中！

去年，也不记得为了什么事，我跑回去一次，只住了三天。虽然才过了中秋，可是我不能不上西山去；谁知道什么时候才再有机会回去呢。自然上西山是专为看黄先生的墓。为这件事，旁的事都可以搁在一边；说真的，谁在北平三天能不想办一万样事呢。

这种祭墓是极简单的：只是我自己到了那里而已，没有纸钱，也没有香与酒。黄先生不是个迷信的人，我也没见他饮过酒。

从城里到山上的途中，黄先生的一切显现在我的心上。在我有口气的时候，他是永生的。真的；停在我心中，他是在死里活着。每逢遇上个穿灰布大褂，胖胖的人，我总要细细看一眼。是的，胖胖的而穿灰布大衫，因黄先生而成了对我个人的一种什么象征。甚至于有的时候与同学们聚餐，"黄先生呢？"常在我的舌尖上；我总以为他是还活着。还不是这么说，我应当说：我总以为他不会死，不应该死，即使我知道他确是死了。

他为什么做学监呢？胖胖的，老穿着灰布大衫！他做什么不比当学监强呢？可是，他竟自做了我们的学监；似乎是天命，不做学监他怎能在四十多岁便死了呢！

胖胖的，脑后折着三道肉印；我常想，理发师一定要费不少的事，才能把那三道弯上的短发推净。脸像个大肉葫芦，就是我这样敬爱他，也就没法否认他的脸不是招笑的。可是，那双眼！上眼皮受着"胖"的影响，松松地下垂，把原是一对大眼睛变成了俩螳螂卵包似的，留个极小的缝儿射出无限度的黑亮。好像这两道黑光，假如你单单地看着它们，把"胖"的一切注脚全勾销了。那是一个胖人射给一个活动，灵敏，快乐的世界的两道神光。他看着你的时候，这一点点黑珠就像是钉在你的心灵上，而后把你像条上了钩的小白鱼，钓起在他自己发射出的慈祥宽厚光朗的空气中。然后他笑了，极天真的一笑，你落在他的怀中，失去了你自己。那件松松裹着胖黄先生的灰布大衫，在这时节，变成了一件仙衣。在你没看见这双眼之前，假如你看他从远处来了，他不过是团蠕蠕而动的灰色什么东西。

无论是哪个同学想出去玩玩，而造个不十二分有伤于诚实的谎，去到黄先生那里请假，黄先生先那么一笑，不等你说完你的谎——好像唯恐你自己说漏了似的——便极用心地用苏字给填好"准假证"。但是，你必须去请假。私自离校是绝对不行的。凡关乎人情的，以人情的办法办；凡关乎校规的，校规是校规；这个胖胖的学监！

他没有什么学问，虽然他每晚必和学生们一同在自修室读书；他读的都是大本的书，他的笔记本也是庞大的，大概他的胖手指是不肯甘心伤损小巧精致的书页。他读起书来，无论冬夏，头上永远冒着热汗，他决不是聪明人。有时我偷眼看看他，他的眉，眼，嘴，好像都被书的神秘给迷住；看得出，他的牙是咬得很紧，因为他的腮上与太阳穴全微微地动弹，微微的，可是紧张。忽然，他那么天真地一笑，叹一口气，用块像小床单似的白手绢抹抹头上的汗。

先不用说别的，就是这人情的不苟且与傻用功已足使我敬爱他——多数的同学也因此爱他。稍有些心与脑的人，即使是个十五六岁的学生，像那时候的我与我的学友们，还能看不出：他的温和诚恳是出于天性的纯厚，而同时又能丝毫不苟的负责是足以表示他是温厚，不是懦弱？还觉不出他是"我们"中的一个，不是"先生"们中的一个；因为他那种努力读书，为读书而着急，而出汗，而叹气，还不是正和我们一样？

到了我们有了什么学生们的小困难——在我们看是大而不易解决的——黄先生是第一个来安慰我们，假如他不帮助我们；自然，他能帮忙的地方便在来安慰之前已经自动地做了。二十多年前的中学学监也不过是挣六十块钱，他每月是拿出三分之一来，预备着帮助同学，即使我们都没有经济上的困难，他这三分之一的薪水也不会剩下。假如我们生了病，黄先生不但是殷勤地看顾，而且必拿来些水果，点心，或是小说，几乎是偷偷地放在病学生的床上。

但是，这位困苦中的天使也是平安中的君王——他管束我们。宿舍不清洁，课后不去运动……都要挨他的雷，虽然他的雷是伴着以泪做的雨点。

世界上，不，就说一个学校吧，哪能都是明白人呢。我们的同学里很有些个厌恶黄先生的。这并不因为他的爱心不普遍，也不是被谁看出他是不真诚，而是伟大与藐小的相触，结果总是伟大的失败，好似不如此不足以成其伟大。这些同学们一样地受过他的好处，知道他的伟大，但是他们不能爱他。他们受了他十样的好处后而被他申斥了一阵，黄先生便变成顶可恶的。我一点也没有因此而轻视他们的意思，我不过是说世上确有许多这样的人。他们并不是不晓得好歹，而是他们的爱只限于爱自己；爱自己是溺爱，他们不肯受任何的责备。设若你救了他的命，而同时责劝了他几句，他从此便永远记着你的责备——为是恨你——而忘了救命的恩惠。黄先生的大错处是根本不应来做学监，不负责的学监是有的，可是黄先生与不负责永远不能联结在一处。不论他怎样真诚，怎样厚道，管束。

他初来到学校，差不多没有一个人不喜爱他，因为他与别位先生是那样的不同。别位先生们至多不过是比书本多着张嘴的，我们佩服他们和佩服书籍差不多。即使他们是活泼有趣的，在我们眼中也是另一种世界的活泼有趣，与我们并没有多么大的关系。黄先生是个"人"，他与别位先生几乎完全不相同。他与我们在一处吃，一处睡，一处读书。

半年之后，已经有些同学对他不满意了，其中有的，受了他的规戒，有的是出于立异——人家说好，自己就偏说坏，表示自己有头脑，别人是顺竿儿爬的笨货。

经过一次小风潮，爱他的与厌恶他的已各一半了。风潮的起始，与他完全无关。学生要在上课的时间开会了，他才出来劝止，而落了个无理的干涉。他是个天真的人——自信心居然使他要求投票表决，是否该在上课时间开会！幸而投与他意见相同的票的多着三张！风潮虽然不久便平静无事了，可是他的威信已减了一半。

因此，要顶他的人看出时机已到：再有一次风潮，他管保得滚。谋着以教师兼学监的人至少有三位。其中最活动的是我们的手工教师，一个用嘴与舌活着的人，除了也是胖子，他和黄先生是人中的南北极。在教室上他曾说过，有人给他每月八百圆，就是提夜壶也是美差。有许多学生喜欢他，因为上他的课时就是睡觉也能得八十几分。他要是做学监,大家岂不是入了天国!每天晚上,自从那次小风潮后,他的屋中有小的会议。不久,在这小会议中种的子粒便开了花。校长处有人控告黄先生,黑板上常见"胖牛""老山药蛋"……

同时,有的学生也向黄先生报告这些消息。忽然黄先生请了一天的假。可是那天晚上自修的时候,校长来了,对大家训话,说黄先生向他辞职,但是没有准他。末后,校长说,"有不喜欢这位好学监的,请退学;大家都不喜欢他呢,我与他一同辞职。"大家谁也没说什么。可是校长前脚出去,后脚一群同学便到手工教员室中去开紧急会议。

第三天上黄先生又照常办事了,脸上可是好像瘦减了一圈。在下午课后他召集全体学生训话,到会的也就是半数。他好像是要说许多许多的话似的,及至到了台上,他第一个微笑就没笑出来,愣了半天,他极低细地说了一句:"咱们彼此原谅吧!"没说第二句。

暑假后,废除月考的运动一天扩大一天。在重阳前,炸弹爆发了。英文教员要考,学生们不考;教员下了班,后面追随着极不好听的话。及至事情闹到校长那里去,问题便由罢考改为撤换英文教员,因为校长无论如何也要维持月考的制度。虽然有几位主张连校长一齐推倒的,可是多数人愿意先由撤换教员做起。既不向校长作战,自然罢考须暂放在一边。这个时节,已经有人警告了黄先生:"别往自己身上拢!"

可是谁叫黄先生是学监呢?他必得维持学校的秩序。

况且,有人设法使风潮往他身上转来呢。

校长不答应撤换教员。有人传出来,在职教员会议时,黄先生主张严办学生,黄先生劝告教员合作以便抵抗学生,黄学监……

风潮又转了方向,黄学监,已经不是英文教员,是炮火的目标。

黄先生还终日与学生们来往,劝告,解说,笑与泪交替地揭露着天真与诚意。有什么用呢?

学生中不反对月考的不敢发言。依违两可的是与其说和平的话不如说激烈的，以便得同学的欢心与赞扬。这样，就是敬爱黄先生的连暗中警告他也不敢了：风潮像个魔咒捆住了全校。

我在街上遇见了他。

"黄先生，请你小心点。"我说。

"当然的。"他那么一笑。

"你知道风潮已转了方向？"

他点了点头，又那么一笑，"我是学监！"

"今天晚上大概又开全体大会，先生最好不用去。"

"可是，我是学监！"

"他们也许动武呢！"

"打'我'？"他的颜色变了。

我看得出，他没想到学生要打他；他的自信力太大。可是同时他并不是不怕危险。他是个"人"，不是铁石做的英雄——因此我爱他。

"为什么呢？"他好似是诘问着他自己的良心呢。

"有人在后面指挥。"

"呕！"可是他并没有明白我的意思，据我看；他紧跟着问："假如我去劝告他们，也打我？"

我的泪几乎落下来。他问得那么天真，几乎是儿气的；始终以为善意待人是不会错的。他想不到世界上会有手工教员那样的人。

"顶好是不到会场去，无论怎样！"

"可是，我是学监！我去劝告他们就是了；劝告是惹不出事来的。谢谢你！"

我愣在那儿了。眼看着一个人因责任而牺牲，可是一点也没觉到他是去牺牲——一听见"打"字便变了颜色，而仍然不退缩！我看得出，此刻他决不想辞职了，因为他不能在学校正极紊乱时候抽身一走。"我是学监！"我至今忘不了这一句话，和那四个字的声调。

果然晚间开了大会。我与四五个最敬爱黄先生的同学，故意坐在离讲台最近的地方，我们计议好：真要是打起来，我们可以设法保护他。

开会五分钟后，黄先生推门进来了。屋中连个大气也听不见了。主席正在报告由手工教员传来的消息——就是宣布学监的罪案——学监进来了！我知道我的呼吸是停止了一会儿。

黄先生的眼好似被灯光照得一时不能睁开了，他低着头，像盲人似的轻轻关好了门。他的眼睁开了，用那对慈善与宽厚做成的黑眼珠看着大众。他的面色是，也许因为灯光太强，有些灰白。他向讲台那边挪了两步，一脚登着台沿，微笑了一下。

"诸位同学，我是以一个朋友，不是学监的地位，来和大家说几句话！"

"假冒为善！"

"汉奸！"

后边有人喊。

黄先生的头低下去，他万也想不到被人这样骂他。他决不是恨这样骂他的人，而是怀疑了自己，自己到底是不真诚，不然……

这一低头要了他的命。

他一进来的时候，大家居然能那样静寂，我心里说，到底大家还是敬畏他；他没危险了。这一低头，完了，大家以为他是被骂对了，羞愧了。

"打他！"这是一个与手工教员最亲近的学友喊的，我记得。跟着，"打！""打！"后面的全立起来。我们四五个人彼此按了按膝，"不要动"的暗号；我们一动，可就全乱了。我喊了一句。

"出去！"故意地喊得很难听，其实是个善意的暗示。

他要是出去——他离门只有两三步远——管保没有事了，因为我们四五个人至少可以把后面的人堵住一会儿。

可是黄先生没动！好像蓄足了力量，他猛然抬起头来。他的眼神极可怕了。可是不到半分钟，他又低下头去，似乎用极大的忏悔，矫正他的要发脾气。他是个"人"，可是要拿人力把自己提到超人的地步。我明白他那心中的变动：冷不防地被人骂了，自己怀疑自己是否正道；他的心告诉他——无愧；在这个时节，后面喊"打！"：他怒了；不应发怒，他们是些青年的学生——又低下头去。

随着说第二次低头，"打！"成了一片暴雨。

假如他真怒起来，谁也不敢先下手；可是他又低下头去——就是这么着，也还只听见喊打，而并没有人向前。这倒不是大家不勇敢，实在是因为多数——大多数——人心中有一句："凭什么打这个老实人呢？"自然，主席的报告是足以使些人相信的，可是究竟大家不能忘了黄先生以前的一切；况且还有些人知道报告是由一派人造出来的。

我又喊了声，"出去！"我知道"滚"是更合适的，在这种场面上，但怎忍得出口呢！

黄先生还是没动。他的头又抬起来：脸上有点笑意，眼中微湿，就像个忠厚的小儿看着一个老虎，又爱又有点怕忧。

忽然由窗外飞进一块砖，带着碎玻璃碴儿，像颗横飞的彗星，打在他的太阳穴上。登时见了血。他一手扶住了讲桌。后面的人全往外跑。我们几个搀住了他。

"不要紧，不要紧。"他还勉强地笑着，血已几乎盖满他的脸。

找校长，不在；找校医，不在；找教务长，不在；我们决定送他到医院去。

"到我屋里去！"他的嘴已经似乎不得力了。

我们都是没经验的，听他说到屋中去，我们就搀扶着他走。到了屋中，他摆了两摆，似乎要到洗脸盆处去，可是一头倒在床上；血还一劲地流。

老校役张福进来看了一眼,跟我们说,"扶起先生来,我接校医去。"

校医来了,给他洗干净,绑好了布,叫他上医院。他喝了口白兰地,心中似乎有了点力量,闭着眼叹了口气。校医说,他如不上医院,便有极大的危险。他笑了。低声地说:

"死,死在这里;我是学监!我怎能走呢——校长们都没在这里!"

老张福自荐伴着"先生"过夜。我们虽然极愿守着他,可是我们知道门外有许多人用轻鄙的眼神看着我们;少年是最怕被人说"苟事"的——同情与见义勇为往往被人解释作"苟事",或是"狗事";有许多青年的血是能极热,同时又极冷的。我们只好离开他。连这样,当我们出来的时候还听见了:"美呀!黄牛的干儿子!"

第二天早晨,老张福告诉我们,"先生"已经说胡话了。

校长来了,不管黄先生依不依,决定把他送到医院去。

可是这时候,他清醒过来。我们都在门外听着呢。那位手工教员也在那里,看着学监室的白牌子微笑,可是对我们皱着眉,好像他是最关心黄先生的苦痛的。我们听见了黄先生说:

"好吧,上医院;可是,容我见学生一面。"

"在哪儿?"校长问。

"礼堂;只说两句话。不然,我不走!"

钟响了。几乎全体学生都到了。

老张福与校长搀着黄先生。血已透过绷布,像一条毒花蛇在头上盘着。他的脸完全不像他的了。刚一进礼堂门,他便不走了,从绷布下设法睁开他的眼,好像是寻找自己的儿女,把我们全看到了。他低下头去,似乎已支持不住,就是那么低着头,他低声——可是很清楚的——说:

"无论是谁打我来着,我决不,决不计较!"

他出去了,学生没有一个动弹的。大概有两分钟吧。忽然大家全往外跑,追上他,看他上了车。

过了三天,他死在医院。

谁打死他的呢?

丁庚。

可是在那时节,谁也不知道丁庚扔砖头来着。在平日他是"小姐",没人想到"小姐"敢飞砖头。

那时的丁庚,也不过是十七岁。老穿着小蓝布衫,脸上长着小红疙疸,眼睛永远有点水锈,像敷着些眼药。老实,不好说话,有时候跟他好,有时候又跟你好,有时候自动地收拾宿室,有时候一天不洗脸。所以是小姐——有点忽东忽西的小性。

风潮过去了,手工教员兼任了学监。校长因为黄先生已死,也就没深究谁扔的那块砖。说真的,确是没人知道。

可是,不到半年的工夫,大家猜出谁了——丁庚变成另一个人,完全不是"小姐"了。他也爱说话了,而且永远是不好听的话。他永远与那些不用功的同学在一起了,吸上了香烟——自然也因为学监不干涉——每晚上必出去,有时候嘴里喷着酒味。他还做了学生会的主席。

由"那"一晚上,黄先生死去,丁庚变了样。没人能想到"小姐"会打人。可是现在他已不是"小姐"了,自然大家能想到他是会打人的。变动得快出乎意料之外,那么,什么事都是可能的了;所以是"他"!

过了半年,他自己承认了——多半是出于自夸,因为他已经变成个"刺儿头"。最怕这位"刺儿头"的是手工兼学监那位先生。学监既变成他的部下,他承认了什么也当然是没危险的。自从黄先生离开了学监室,我们的学校已经不是学校。

为什么扔那块砖?据丁庚自己说,差不多有五六十个理由,他自己也不知道哪一个最好,自然也没人能断定哪个最可靠。

据我看，真正的原因是"小姐"忽然犯了"小姐性"。他最初是在大家开会的时候，连进去也不敢，而在外面看风势。忽然他的那个劲儿来了，也许是黄先生责备过他，也许是他看黄先生的胖脸好玩而试试打得破与否，也许……不论怎么着吧，一个十七岁的孩子，天性本来是变鬼变神的，加以脸上正发红泡儿的那股忽人忽兽的郁闷，他满可以做出些无意做而做了的事。从多方面看，他确是那样的人。在黄先生活着的时候，他便是千变万化的，有时候很喜欢人叫他"黛玉"。黄先生死后，他便不知道他是怎回事了。有时候，他听了几句好话，能老实一天，趴在桌上写小楷，写得非常秀润。第二天，一天不上课！

这种观察还不只限于学生时代，我与他毕业后恰巧在一块做了半年的事，拿这半年中的情形看，他确是我刚说过的那样的人。拿一件事说吧。我与他全做了小学教师，在一个学校里，我教初四。已教过两个月，他忽然想换班，唯一的原因是我比他少着三个学生。可是他和校长并没这样说——为少看三本卷子似乎不大好出口。他说，四年级级任①比三年级的地位高，他不甘居人下。这虽然不很像一句话，可究竟是更精神一些的争执。他也告诉校长：他在读书时是做学生会主席的，主席当然是大众的领袖，所以他教书时也得教第一班。

校长与我谈论这件事，我是无可无不可，全凭校长调动。校长反倒以为已经教了快半个学期，不便于变动。这件事便这么过去了。到了快放年假的时候，校长有要事须请两个礼拜的假，他打算求我代理几天。丁庚又答应了。可是这次他直接地向我发作了，因为他亲自请求校长叫他代理是不好意思的。我不记得我的话了，可是大意是我应着去代他向校长说说：我根本不愿意代理。

及至我已经和校长说了，他又不愿意，而且忽然地辞职，连维持

---

①级任：旧指中小学中负责管理一个班级的教师。

到年假都不干。校长还没走,他卷铺盖走了。谁劝也无用,非走不可。

从此我们俩没再会过面。

看见了黄先生的坟,也想起自己在过去二十年中的苦痛。坟头更矮了些,那么些土上还长着点野花,"美"使悲酸的味儿更强烈了些。太阳已斜挂在大悲寺的竹林上,我只想不起动身。深愿黄先生,胖胖的,穿着灰布大衫,来与我谈一谈。

远处来了个人。没戴着帽,头发很长,穿着青短衣,还看不出他的模样来,过路的,我想;也没大注意。可是他没顺着小路走去,而是舍了小道朝我来了。又一个上坟的?

他好像走到坟前才看见我,猛然地站住了。或者从远处是不容易看见我的,我是倚着那株枫树坐着呢。

"你。"他叫着我的名字。

我愣住了,想不起他是谁。

"不记得我了?丁——"

没等他说完我想起来了,丁庚。除了他还保存着点"小姐"气——说不清是在他身上哪处——他绝对不是二十年前的丁庚了。头发很长,而且很乱。脸上乌黑,眼睛上的水锈很厚,眼窝深陷进去,眼珠上许多血丝。牙已半黑,我不由得看了看他的手,左右手的食指与中指全黄了一半。他一边看着我,一边从袋里摸出一盒"大长城"来。

不知道为什么我觉得一阵悲惨。我与他是没有什么感情的,可是幼时的同学……我过去握住他的手;他的手颤得很厉害。我们彼此看了一眼,眼中全湿了;然后不约而同地看着那个矮矮的墓。

"你也来上坟?"这话已到我的唇边,被我压回去了。他点一支烟,向蓝天吹了一口,看看我,看看坟,笑了。

"我也来看他,可笑,是不是?"他随说随坐在地上。

我不晓得说什么好,只好顺口搭音地笑了声,也坐下了。

他半天没言语,低着头吸他的烟,似乎是思想什么呢。烟已烧去半截,他抬起头来,极有姿势地弹着烟灰。先笑了笑,然后说:

"二十多年了!他还没饶了我呢!"

"谁?"

他用烟卷指了指坟头:"他!"

"怎么?"我觉得不大得劲;深怕他是有点疯魔。

"你记得他最后的那句?决——不——计——较,是不是?"

我点点头。

"你也记得咱们在小学教书的时候,我忽然不干了?我找你去叫你不要代理校长?好,记得你说的是什么?"

"我不记得。"

"决不计较!你说的。那回我要和你换班次,你也是给了我这么一句。你或者出于无意,可是对于我,这句话是种报复,惩罚。它的颜色是红的一条布,像条毒蛇;它确是有颜色的。它使我把生命变成一阵颤抖;志愿,事业,全随颤抖化为——秋风中的落叶。像这棵枫树的叶子。你大概也知道,我那次要代理校长的原因?我已运动好久,叫他不能回任。可是你说了那么一句——"

"无心中说的。"我表示歉意。

"我知道。离开小学,我在河务局谋了个差事。很清闲,钱也不少。半年之后,出了个较好的缺。我和一个姓李的争这个地位。我运动,他也运动,力量差不多是相等,所以命令多日没能下来。在这个期间,我们俩有一次在局长家里遇上了,一块打了几圈牌。局长,在打牌的时候,露出点我们俩竞争很使他为难的口话。我没说什么,可是姓李的一边打出一个红中,一边说:'红的!我让了,决不计较!'红的!不计较!黄学监又立在我眼前,头上围着那条用血浸透的红布!

我用尽力量打完了那圈牌，我的汗湿透了全身。我不能再见那个姓李的，他是黄学监第二，他用杀人不见血的咒诅在我魂灵上作祟：假如世上真有妖术邪法，这个便是其中的一种。我不干了。不干了！"他的头上出了汗。

"或者是你身体不大好，精神有点过敏。"我的话一半是为安慰他，一半是不信这种见神见鬼的故事。

"我起誓，我一点病没有。黄学监确是跟着我呢。他是假冒为善的人，所以他会说假冒为善的恶咒。还是用事实说明吧。我从河务局出来不久便成婚，"这一句还没说全，他的眼神变得像失了雏儿的恶鹰似的，瞪着地上一棵半黄的鸡爪草，半天，他好像神不附体了。我轻嗽了声，他一哆嗦，抹了抹头上的汗，说："很美，她很美。可是——不贞。在第一夜，洞房便变成地狱，可是没有血，你明白我的意思？没有血的洞房是地狱，自然这是老思想，可是我的婚事老式的，当然感情也是老式的。她都说了，只求我，央告我，叫我饶恕她。按说，美是可以博得一切赦免的。可是我那时铁了心；我下了不戴绿帽的决心。她越哭，我越狠，说真的，折磨她给我一些愉快。末后，她的泪已干，她的话已尽，她说出最后的一句：'请用我心中的血代替吧，'她打开了胸，'给这儿一刀吧；你有一切的理由，我死，决不计较你！'我完了，黄学监在洞房门口笑我呢。我连动一动也不能了。第二天，我离开了家，变成一个有家室的漂流者，家中放着一个没有血的女人，和一个带着血的鬼！但是我不能自杀，我跟他干到底，他劫去我一切的快乐，不能再叫他夺去这条命！"

"丁：我还以为你是不健康。你看，当年你打死他，实在不是有意的。况且黄先生的死也一半是因为耽误了，假如他登时上医院去，一定不会有性命的危险。"我这样劝解；我准知道，设若我说黄先生是好人，决不能死后作祟，丁庚一定更要发怒的。

"不错。我是出于无心,可是他是故意地对我发出假慈悲的原谅,而其实是种恶毒的诅咒。不然,一个人死在眼前,为什么还到礼堂上去说那个呢?好吧,我还是说事实吧。我既是个没家的人,自然可以随意地去玩了。我大概走了至少也有十二三省。最后,我在广东加入了革命军。打到南京,我已是团长。设若我继续工作,现在来至少也做了军长。可是,在清党的时节,我又不干了。是这么回事,一个好朋友姓王,他是'左倾'的。他比我职分高。设若我能推倒他,我登时便能取得他的地位。陷害他,是极容易的事,我有许多对他不利的证据,但是我不忍下手。我们俩出死入生地在一处已一年多,一同入医院就有两次。可是我又不能抛弃这个机会;志愿使英雄无论如何也得辣些。我不是个十足的英雄,所以我想个不太激进的办法来。我托了一个人向他去说,他的危险怎样的大,不如及早逃走,把一切事务交给我,我自会代他筹画将来的安全。他不听。我火了。不能不下毒手。我正在想主意,这个不知死的鬼找我来了,没带着一个人。有些人是这样:至死总假装宽厚大方,一点不为自己的命想一想,好像死是最便宜的事,可笑。这个人也是这样,还在和我嘻嘻哈哈。我不等想好主意了,反正他的命是在我手心里,我对他直接地说了——我的手摸着手枪。他,他听完了,向我笑了笑。'要是你愿杀我,'他说,还是笑着,'请,我决不计较。'这能是他说的吗?怎能那么巧呢?我知道,我早就知道了,凡是我要成功的时候,'他'老借着个笑脸来报仇,假冒为善的鬼会拿柔软的方法来毁人。我的手连抬也抬不起来了,不要说还要拿枪打人。姓王的笑着,笑着,走了。他走了,能有我的好处吗?他的地位比我高。拿证据去告发他恐怕已来不及了,他能不马上想对待我的法子吗?结果,我得跑!到现在,我手下的小卒都有做团长的了,我呢?我只是个有妻室而没家,不当和尚而住在庙里的——我也说不清我是什么!"

乘他喘气，我问了一句："哪个庙事？"

"眼前的大悲寺！为是离着他近。"他指着坟头。

看我没往下问，他自动地说明：

"离他近，我好天天来诅咒他！"

不记得我又和他说了什么，还是什么也没说，无论怎样吧！我是踏着金黄的秋色下了山，斜阳在我的背后。我没敢回头，我怕那株枫树，叶子不是怎么红得似血！

原载 1933 年 7 月 1 日《文艺月刊》第四卷第一期

马裤先生

火车在北平东站还没开,同屋那位睡上铺的穿马裤,戴平光的眼镜,青缎子洋服上身,胸袋插着小楷羊毫,足登青绒快靴的先生发了问:"你也是从北平上车?"很和气的。

我倒有点迷了头,火车还没动呢,不从北平上车,难道由——由哪儿呢?我只好反攻了:"你从哪儿上车?"很和气的。我很希望他说是由汉口或绥远上车,因为果然如此,那么中国火车一定已经是无轨的,可以随便走走;那多么自由!

他没言语。看了看铺位,用尽全身——假如不是全生——的力气喊了声,"茶房!"

茶房正忙着给客人搬东西,找铺位。可是听见这么紧急的一声喊,就是有天大的事也得放下,茶房跑来了。

"拿毯子!"马裤先生喊。

"请少待一会儿,先生,"茶房很和气地说,"一开车,马上就给您铺好。"

马裤先生用食指挖了鼻孔一下,别无动作。

茶房刚走开两步。

"茶房！"这次连火车好似都震得直动。

茶房像旋风似的转过身来。

"拿枕头。"马裤先生大概是已经承认毯子可以迟一下，可是枕头总该先拿来。

"先生，请等一等，您等我忙过这会儿去，毯子和枕头就一齐全到。"茶房说得很快，可依然是很和气。

茶房看马裤客人没任何表示，刚转过身去要走，这次火车确是哗啦了半天，"茶房！"

茶房差点吓了个跟头，赶紧转回身来。

"拿茶！"

"先生，请略微等一等，一开车茶水就来。"

马裤先生没任何的表示。茶房故意地笑了笑，表示歉意。然后搭讪着慢慢地转身，以免快转又吓个跟头。转好了身，腿刚预备好快走，背后打了个霹雳，"茶房！"

茶房不是假装没听见，便是耳朵已经震聋，竟自没回头，一直地快步走开。

"茶房！茶房！茶房！"马裤先生连喊，一声比一声高：站台上送客的跑过一群来，以为车上失了火，要不然便是出了人命。茶房始终没回头。马裤先生又挖了鼻孔一下，坐在我的床上。刚坐下，"茶房！"茶房还是没来。看着自己的磕膝，脸往下沉，沉到最长的限度，手指一挖鼻孔，脸好似刷的一下又纵回去了。然后，"你坐二等？"这是问我呢。我又毛了，我确是买的二等，难道上错了车？

"你呢？"我问。

"二等。这是二等。二等有卧铺。快开车了吧？茶房！"

我拿起报纸来。

他站起来，数他自己的行李，一共八件，全堆在另一卧铺上——

245

两个上铺都被他占了。数了两次，又说了话，"你的行李呢？"

我没言语。原来我误会了：他是善意，因为他跟着说，"可恶的茶房，怎么不给你搬行李？"

我非说话不可了："我没有行李。"

"呕？！"他确是吓了一跳，好像坐车不带行李是大逆不道似的。"早知道，我那四只皮箱也可以不打行李票了！"

这回该轮着我了，"呕？！"我心里说，"幸而是如此，不然的话，把四只皮箱也搬进来，还有睡觉的地方啊？！"

我对面的铺位也来了客人，他也没有行李，除了手中提着个扁皮夹。

"呕？！"马裤先生又出了声，"早知道你们都没行李，那口棺材也可以不另起票了？"

我决定了。下次旅行一定带行李；真要陪着棺材睡一夜，谁受得了！

茶房从门前走过。

"茶房！拿手巾把！"

"等等。"茶房似乎下了抵抗的决心。

马裤先生把领带解开，摘上领子来，分别挂在铁钩上：所有的钩子都被占了，他的帽子，风衣，已占了两个。

车开了，他登时想起买报，"茶房！"

茶房没有来。我把我的报赠给他；我的耳鼓出的主意。

他爬上了上铺，在我的头上脱靴子，并且击打靴底上的土。枕着个手提箱，用我的报纸盖上脸，车还没到永定门，他睡着了。

我心中安坦了许多。

到了丰台，车还没站住，上面出了声，"茶房！"

没等茶房答应，他又睡着了；大概这次是梦话。

过了丰台，茶房拿来两壶热茶。我和对面的客人——一位四十来岁平平无奇的人，脸上的肉还可观——吃茶闲扯。大概还没到廊房，上面又开了雷,"茶房!"

茶房来了,眉毛拧得好像要把谁吃了才痛快。

"干吗?先——生——"

"拿茶!"上面的雷声响亮。

"这不是两壶?"茶房指着小桌说。

"上边另要一壶!"

"好吧!"茶房退出去。

"茶房!"

茶房的眉毛拧得直往下落毛。

"不要茶,要一壶开水!"

"好啦!"

"茶房!"

我直怕茶房的眉毛脱净!

"拿毯子,拿枕头,打手巾把,拿——"似乎没想起拿什么好。

"先生,您等一等。天津还上客人呢;过了天津我们一总收拾,也耽误不了您睡觉!"茶房一气说完,扭头就走,好像永远不再想回来。

待了会儿,开水到了,马裤先生又入了梦乡,呼声只比"茶房"小一点,可是匀调而且是继续地努力,有时呼声稍低一点,用咬牙来补上。

"开水,先生!"

"茶房!"

"就在这哪;开水!"

"拿手纸!"

"厕所里有。"

"茶房!厕所在哪边?"

"哪边都有。"

"茶房!"

"回头见。"

"茶房!茶房!!茶房!!!"

没有应声。

"呼——呼呼——呼"又睡了。

有趣!

到了天津。又上来些旅客。马裤先生醒了,对着壶嘴喝了一气水。又在我头上击打靴底。穿上靴子,出溜下来,食指挖了鼻孔一下,看了看外面。"茶房!"

恰巧茶房在门前经过。

"拿毯子!"

"毯子就来。"

马裤先生走出去,呆呆地立在走廊中间,专为阻碍来往的旅客与脚夫。忽然用力挖了鼻孔一下,走了。下了车,看看梨,没买;看看报,没买;看看脚行的号衣,更没作用。又上来了,向我招呼了声,"天津,哎?"我没言语。他向自己说,"问问茶房,"紧跟着一个雷,"茶房!"我后悔了,赶紧地说,"是天津,没错儿。"

"总得问问茶房;茶房!"

我笑了,没法再忍住。

车好容易又从天津开走。

刚一开车,茶房给马裤先生拿来头一份毯子枕头和手巾把。马裤先生用手巾把耳孔鼻孔全钻得到家,这一把手巾擦了至少有一刻钟,最后用手巾擦了擦手提箱上的土。

我给他数着,从老站到总站的十来分钟之间,他又喊了四五十声茶房。茶房只来了一次,他的问题是火车向哪面走呢?茶房的回答是不知道;于是又引起他的建议,车上总该有人知道,茶房应当负责去问。

茶房说，连驶车的也不晓得东西南北。于是他几乎变了颜色，万一车走迷了路！？茶房没再回答，可是又掉了几根眉毛。

他又睡了，这次是在头上摔了摔袜子，可是一口痰并没往下唾，而是照顾了车顶。

我睡不着是当然的，我早已看清，除非有一对"避呼耳套"当然不能睡着。可怜的是别屋的人，他们并没预备来熬夜，可是在这种带钩的呼声下，还只好是白瞪眼一夜。

我的目的地是德州，天将亮就到了。谢天谢地！

车在此处停半点钟，我雇好车，进了城，还清清楚楚地听见"茶房！"一个多礼拜了，我还惦记着茶房的眉毛呢。

原载 1933 年 5 月 5 日《青年界》第三卷第三号

微神

　　清明已过了，大概是；海棠花不是都快开齐了吗？今年的节气自然是晚了一些，蝴蝶们还很弱；蜂儿可是一出世就那么挺拔，好像世界确是甜蜜可喜的。天上只有三四块不大也不笨重的白云，燕儿们给白云上钉小黑丁字玩呢。没有什么风，可是柳枝似乎故意地转摆，像逗弄着四外的绿意。田中的晴绿轻轻地上了小山，因为娇弱怕累得慌，似乎是，越高绿色越浅了些；山顶上还是些黄多于绿的纹缕呢。山腰中的树，就是不绿的也显出柔嫩来，山后的蓝天也是暖和的，不然，雁们为何唱着向那边排着队去呢？石凹藏着些怪害羞的三月兰，叶儿还赶不上花朵大。

　　小山的香味只能闭着眼吸取，省得劳神去找香气的来源，你看，连去年的落叶都怪好闻的。那边有几只小白山羊，叫的声儿恰巧使欣喜不至过度，因为有些悲意。偶尔走过一只来，没长犄角就留下须的小动物，向一块大石发了会儿愣，又颠颠着俏式的小尾巴跑了。

　　我在山坡上晒太阳，一点思念也没有，可是自然而然地从心中滴下些诗的珠子，滴在胸中的绿海上，没有声响，只有些波纹是走不到腮上便散了的微笑；可是始终也没成功一整句。一个诗的宇宙里，连我自己好似只是诗的什么地方的一个小符号。

越晒越轻松，我体会出蝶翅是怎样的欢欣。我搂着膝，和柳枝同一律动前后左右地微动，柳枝上每一黄绿的小叶都是听着春声的小耳勺儿。有时看看天空，啊，谢谢那块白云，它的边上还有个小燕呢，小得已经快和蓝天化在一处了，像万顷蓝光中的一粒黑痣，我的心灵像要往哪儿飞似的。

远处山坡的小道，像地图上绿的省份里一条黄线。往下看，一大片麦田，地势越来越低，似乎是由山坡上往那边流动呢，直到一片暗绿的松树把它截住，很希望松林那边是个海湾。及至我立起来，往更高处走了几步，看看，不是；那边是些看不甚清的树，树中有些低矮的村舍；一阵小风吹来极细的一声鸡叫。

春晴的远处鸡声有些悲惨，使我不晓得眼前一切是真还是虚，它是梦与真实中间的一道用声音做的金线；我顿时似乎看见了个血红的鸡冠；在心中，村舍中，或是哪儿，有只——希望是雪白的——公鸡。

我又坐下了；不，随便地躺下了。眼留着个小缝收取天上的蓝光，越看越深，越高；同时也往下落着光暖的蓝点，落在我那离心不远的眼睛上。不大一会儿；我便闭上了眼，看着心内的晴空与笑意。

我没睡去，我知道已离梦境不远，但是还听得清清楚楚小鸟的相唤与轻歌。说也奇怪，每逢到似睡非睡的时候，我才看见那块地方——不晓得一定是哪里，可是在入梦以前它老是那个样儿浮在眼前。就管它叫作梦的前方吧。

这块地方并没有多大，没有山，没有海。像一个花园，可又没有清楚的界限。差不多是个不甚规则的三角，三个尖端浸在流动的黑暗里。一角上——我永远先看见它——是一片金黄与大红的花，密密层层的；没有阳光，一片红黄的后面便全是黑暗，可是黑的背景使红黄更加深厚，就好像大黑瓶上画着红牡丹，深厚得至于使美中有一点点恐怖。黑暗的背景，我明白了，使红黄的一片抱住了自己的彩色，不向四外走射一点；况且没有阳光，彩色不飞入空中，而完全贴染在地上。我老先看见这块，一看见它，其余的便不看也会知道的，正好像一看见香山，准知道碧云寺在哪儿藏着呢。

其余的两角，左边是一个斜长的土坡，满盖着灰紫的野花，在不漂亮中有些深厚的力量，或者月光能使那灰的部分多一些银色而显出点诗的灵空；但是我不记得在哪儿有个小月亮。无论怎样，我也不厌恶它。不，我爱这个似乎被霜弄暗了的紫色，像年轻的母亲穿着暗紫长袍。右边的一角是最漂亮的，一个小草房，门前有一架细蔓的月季，满开着单纯的花，全是浅粉的。

设若我的眼由左向右转，灰紫，红黄，浅粉，像是由秋看到初春，时节倒流；生命不但不是由盛而衰，反倒是以玫瑰做香色双艳的结束。

三角的中间是一片绿草，深绿，软厚，微湿；每一短叶都向上挺着，似乎是听着远处的雨声。没有一点风，没有一个飞动的小虫；一个鬼艳的小世界，活着的只有颜色。

在真实的经验中，我没见过这么个境界。可是它永远存在，在我的梦前。英格兰的深绿，苏格兰的紫草小山，德国黑林的幽晦，或者是它的祖先们，但是谁准知道呢。从赤道附近的浓艳中减去阳光，也有点像它，但是它又没有虹样的蛇与五彩的禽，算了吧，反正我认识它。

我看见它多少多少次了。它和"山高月小，水落石出"是我心中的一对画屏。可是我没到那个小房里去过。我不是被那些颜色吸引得不动一动，便是由它的草地上恍惚地走入另种色彩的梦境。它是我常遇到的朋友，彼此连姓名都晓得，只是没细细谈过心。我不晓得它的中心是什么颜色的，是含着一点什么神秘的音乐——真希望有点响动！

这次我决定了去探险。

一想到了月季花下，或也因为怕听我自己的足音？月季花对于我是有些端阳前后的暗示，我希望在哪儿贴着张深黄纸，印着个朱红的判官，在两束香艾的中间。没有。只在我心中听见了声"樱桃"的吆喝。这个地方是太静了。

小房子的门闭着。窗上门上都挡着牙白的帘儿，并没有花影，因为阳光不足。里边什么动静也没有，好像它是寂寞的发源地。轻轻地推开门，静寂与整洁双双地欢迎我进去，是，欢迎我；室中的一切是"人"的，假如外面景物是"鬼"的——希望我没用上过于强烈的字。

一大间，用幔帐截成一大一小的两间。幔帐也是牙白的，上面绣着些小蝴蝶。外间只有一条长案，一个小椭圆桌儿，一把椅子，全是暗草色的，没有油饰过。椅上的小垫是浅绿的，桌上有几本书。案上有一盆小松，两方古铜镜，锈色比小松浅些。内间有一个小床，罩着一块快垂到地上的绿毯。床首悬着一个小篮，有些快干的茉莉花。地上铺着一块长方的蒲垫，垫的旁边放着双绣白花的小绿拖鞋。

我的心跳起来了！我决不是入了济慈的复杂而光灿的诗境；平淡朴美是此处的音调，也决不是辜勒律芝①的幻境，因为我认识那只绣着白花的小绿拖鞋。

爱情的故事永远是平凡的，正如春雨秋霜那样平凡。可是平凡的人们偏爱在这些平凡的事中找些诗意；那么，想必是世界上多数的事物是更缺乏色彩的；可怜的人们！希望我的故事也有些应有的趣味吧。

没有像那一回那么美的了。我说"那一回"，因为在那一天那一会儿的一切都是美的。她家中的那株海棠花正开成一个大粉白的雪球；沿墙的细竹刚拔出新笋；天上一片娇晴；她的父母都没在家；大白猫在花下酣睡。听见我来了，她像燕儿似的从帘下飞出来；没顾得换鞋，

---

①辜勒律芝：现译作柯勒律治，英国浪漫主义诗人。

脚下一双小绿拖鞋像两片嫩绿的叶儿。她喜欢得像晨起的阳光,腮上的两片苹果比往常红着许多倍,似乎有两颗香红的心在脸上开了两个小井,溢着红润的胭脂泉。那时她还梳着长黑辫。

她父母在家的时候,她只能隔着窗儿望我一望,或是设法在我走去的时节,和我笑一笑。这一次,她就像一个小猫遇上了个好玩的伴儿;我一向不晓得她"能"这样的活泼。在一同往屋中走的工夫,她的肩挨上了我的。我们都才十七岁。我们都没说什么,可是四只眼彼此告诉我们是欣喜到万分。我最爱看她家壁上那张工笔百鸟朝凤;这次,我的眼匀不出工夫来。我看着那双小绿拖鞋;她往后收了收脚,连耳根儿都有点红了,可是仍然笑着。我想问她的功课,没问;想问新生的小猫有全白的没有,没问;心中的问题多了,只是口被一种什么力量给封起来,我知道她也是如此,因为看见她的白润的脖儿直微微地动,似乎要将些不相干的言语咽下去,而真值得一说的又不好意思说。

她在临窗的一个小红木凳上坐着,海棠花影在她半个脸上微动。有时候她微向窗外看看,大概是怕有人进来。及至看清没人,她脸上的花影都被欢悦给浸渍得红艳了。她的两手交换着轻轻地摸小凳的沿,显着不耐烦,可是欢喜的不耐烦。最后,她深深地看了我一眼,极不愿意而又不得不说地说,"走吧!"我自己已忘了自己,只看见,不是听见,两个什么字由她的口中出来?可是在心的深处猜对那两个字的意思,因为我也有点那样的关切。我的心不愿动,我的脑知道非走不可。我的眼钉住了她的。她要低头,还没低下去,便又勇敢地抬起来,故意的,不怕的,羞而不肯的羞,迎着我的眼。直到不约而同地垂下头去,又不约而同地抬起来,又那么看。心似乎已碰着心。

我走,极慢的,她送我到帘外,眼上蒙了一层露水。我走到二门,回了回头,她已赶到海棠花下。我像一个羽毛似的飘荡出去。

以后,再没有这种机会。

有一次，她家中落了，并不使人十分悲伤的丧事。在灯光下我和她说了两句话。她穿着一身孝衣。手放在胸前，摆弄着孝衣的扣带。站得离我很近，几乎能彼此听得见脸上热力的激射，像雨后的禾谷那样带着声儿生长。可是，只说了两句极没有意思的话——口与舌的一些动作；我们的心并没管它们。

我们都二十二岁了，可是五四运动还没降生呢。男女的交际还不是普通的事。我毕业后便做了小学的校长，平生最大的光荣，因为她给了我一封贺信。信笺的末尾——印着一枝梅花——她注了一行：不要回信。我也就没敢写回信。可是我好像心中燃着一束火把，无所不尽其极地整顿学校。我拿办好了学校作给她的回信；她也在我的梦中给我鼓着得胜的掌——那一对连腕也是玉的手！

提婚是不能想的事。许多许多无意识而有力量的阻碍，像个专以力气自雄的恶虎，站在我们中间。

有一件足以自慰的，我那系着心的耳朵始终没听到她的定婚消息。还有件比这更好的，我兼任了一个平民学校的校长，她担任着一点功课。我只希望能时时见到她，不求别的。她呢，她知道怎么躲避我——已经是个二十岁的大姑娘。她失去了十七八岁时的天真与活泼，可是增加了女子的尊严与神秘。

又过了二年，我上了南洋。到她家辞行的那天，她恰巧没在家。

在外国的几年中，我无从打听她的消息。直接通信是不可能的。间接地探问，又不好意思。只好在梦里相会了。说也奇怪，我在梦中的女性永远是"她"。梦境的不同使我有时悲泣，有时狂喜；恋的幻境里也自有种味道。她，在我的梦中，还是十七岁时的样子：小圆脸，眉眼清秀中带着一点媚意。身量不高！处处都那么柔软，走路非常的轻巧。那一条长黑的发辫，造成最动心的一个背影。我也记得她梳起头来的样儿，但是我总梦见那带辫的背影。

回国后，自然先探听她的一切。一切消息都像谣言她已做了暗娼！

就是这种刺心的消息，也没减少我的情热；不，我反倒更想见她，更想帮助她。我到她家去。已不在那里住，我只由墙外看见那株海棠树的一部分。房子早已卖掉了。

到底我找到她了。她已剪了发，向后梳拢着，在项部有个大绿梳子。穿着一件粉红长袍，袖子仅到肘部，那双臂，已不是那么活软的了。脸上的粉很厚，脑门和眼角都有些摺子。可是她还笑得很好看，虽然一点活泼的气象也没有了。设若把粉和油都去掉，她大概最好也只像个产后的病妇。她始终没正眼看我一次，虽然脸上并没有羞愧的样子，她也说也笑，只是心没在话与笑中，好像完全应酬我。我试着探问她些问题与经济状况，她不大愿意回答。她点着一支香烟，烟很灵通地从鼻孔出来，她把左膝放在右膝上，仰着头看烟的升降变化，极无聊而又显着刚强，我的眼湿了，她不会看不见我的泪，可是她没有任何表示。她不住地看自己的手指甲，又轻轻地向后按头发，似乎她只是为她们活着呢。提到家中的人，她什么没告诉我。我只好走吧。临出来的时候，我把住址告诉给她——深愿她求我，或是命令我，做点事。她似乎根本没往心里听，一笑，眼看看别处，没有往外送我的意思。她以为我是出去了，其实我是立在门口没动，这么着，她一回头，我们对了眼光。只是那么一擦似的她转过头去。

初恋是青春的第一朵花，不能随便掷弃。我托人给她送了点钱去，留下了，并没有回话。

朋友们看出我的悲苦来，眉头是最会卖人的。她们善意地给我介绍女友，惨笑的摇首是我的回答。我得等着她。初恋像幼年的宝贝永远是最甜蜜的，不管那个宝贝是一个小布人，还是几块小石子。慢慢地，我开始和几个最知己的朋友谈论她，他们看在我的面上没说她什么，可是假装闹着玩似的暗刺我，他们看我太愚，也就是说她不配一恋。他们越这样，我越坚固。是她打开了我的爱的园门，我得和她走到山穷水尽。怜比爱少着些味道，可是更多着些人情。不久，我托友人向她说明，我愿意娶她。我自己没胆量去。友人回来，带回来她的几声狂笑。她没说别的，只狂笑了一阵。她是笑谁？笑我的愚，很好，多情的人不是每每有些傻气吗？这足以使人得意。笑她自己，那只是因为不好意思哭，过度的悲郁使人狂笑。

愚痴给我些力量，我决定自己去见她。要说的话都详细地编制好，演习了许多次，我告诉自己——只许胜，不许败。她没在家。又去了两次，都没见着。第四次去，屋门里停着小小的一口薄棺材，装着她。她是因打胎而死。

一篮最鲜的玫瑰，瓣上带着我心上的泪，放在她的灵前，结束了我的初恋，打开终生的虚空。为什么她落到这般光景？我不愿再打听。反正她在我心中永远不死。

我正呆看着那双小绿拖鞋，我觉得背后的幔帐动了一动。一回头，帐子上绣的小蝴蝶在她的头上飞动呢。她还是十七八时的模样，还是那么轻巧，像仙女飞降下来还没十分立稳那样立着。我往后退了一步，似乎是怕一往前凑就能把她吓跑。这一退的工夫，她变了，变成二十多岁的样子。她也往后退了，随退随着脸上加着皱纹。她狂笑起来。我坐在那个小床上。刚坐下，我又起来了，扑过她去，极快；她在这极短的时间内，又变回十七岁时的样子。在一秒钟里我看见她半生的变化，她像是不受时间的拘束。我坐在椅子上，她坐在我的怀中。我自己也恢复了十五六年前脸血的红色，我觉得出。我们就这样坐着，听着彼此心血的潮荡。不知有多么久。最后，我找到音声，唇贴着她的耳边，问：

"你独自住在这里？"

"我不住在这里；我住在这儿，"她指着我的心说。

"始终你没忘了我，那么？"我握紧了她的手。

"被别人吻的时候，我心中看着你！"

"可是你许别人吻你？"我并没有一点妒意。

"爱在心里，唇不会闲着；谁教你不来吻我呢？"

"我不是怕得罪你的父母吗？不是我上了南洋吗？"

她点了点头，可是"怕你失去一切，隔离使爱的心慌了。"

她告诉了我，她死前的光景。在我出国的那一年，她的母亲死去。她比较得自由了一些。出墙的花枝自会招来蜂蝶，有人便追求她，她还想念着我，可是肉体往往比爱少些忍耐力，爱的花不都是梅花。她接受了一个青年的爱，因为他长得像我。他非常地爱她，可是她还忘不了我，肉体的获得不就是爱的满足，相似的音貌不能代替爱的真形。他疑心了，她承认了她的心是在南洋。他们俩断绝了关系。这时候，她父亲的财产全丢了。她非嫁人不可。她把自己卖给一个阔家公子，为是供给她的父亲。

"你不会去教学挣钱？"我问。

"我只能教小学，那点薪水还不够父亲买烟吃的！"

我们俩都愣起来。我是想：假使我那时候回来，以我的经济能力说；能供给得起她的父亲吗？我还不是大睁白眼地看着她卖身？

"我把爱藏在心中，"她说，"拿肉体挣来的茶饭营养着它。我深恐肉体死了，爱便不存在，其实我是错了；先不用说这个吧。他非常地妒忌，永远跟着我，无论我是干什么，上哪儿去，他老随着我。他找不出我的破绽来，可是觉得出我是不爱他。慢慢地，他由讨厌变为公开地辱骂我，甚至于打我，他逼得我没法不承认我的心是另有所寄。忍无可忍也就顾不及饭碗问题了。他把我赶出来，连一件长衫也没给我留。我呢，父亲照样和我要钱，我自己得吃得穿，而且我一向是吃好的穿好的惯了。为满足肉体，还得利用肉体，身体是现成的本钱。凡给我钱的便买去我点筋肉的笑。我很会笑；我照着镜子练习那迷人的笑。环境的不同使人做退一步想，这样零卖，倒是比终日叫那一个阔公子管着强一些。在街上，有多少人指着我的后影叹气，可是我到底是自由的，甚至是自傲的，有时候我与些打扮得不漂亮的女子遇上，我也有些得意。我一共打过四次胎，但是创痛过去便又笑了。

"最初。我颇有一些名气，因为我既是做过富宅的玩物，又能识几个字，新派旧派的人都愿来照顾我，我没工夫去思想。甚至于不想积蓄一点钱，我完全为我的服装香粉活着。今天的漂亮是今天的生活。明天自有明天管照着自己，身体的疲倦，只管眼前的刺激，不顾将来，不久，这种生活也不能维持了。父亲的烟是无底的深坑。打胎需要许多花费。以前不想剩钱；钱自然不会自己剩下。我连一点无聊的傲气也不敢存了。我得极下贱地去找钱了，有时候是明抢。有人指着我的后影叹气，我也回头向他笑一笑了。打一次胎增加两三岁。镜子是不欺人的，我已老丑。疯狂足以补足衰老。我尽着肉体的所能伺候人们，不然，我没有生意。我敞着门睡着，我是大众的，不是我自己的，一天廿四小时，什么时间也可以买我的身体。我消失在欲海里。在清醒的世界中我并不存在。我看着人们在我身上狂动，我的手指算计着钱数。我不思想，只是盘算——怎能多进五毛钱。我不哭，哭不好看。只为钱着急，不管我自己。"

她休息了一会儿，我的泪已滴湿她的衣襟。

"你回来了！"她继续着说："你也三十多了；我记得你是十七岁的小学生。你的眼已不是那年——多少年了？——看我那双绿拖鞋的眼。可是，多少还是你自己，我，早已死了。你可以继续做那初恋的梦，我已无梦可做。我始终一点也不怀疑,我知道你要是回来,必定要我。及至见着你,我自己已找不到我自己,拿什么给你呢?你没回来的时候,我永远不拒绝,不论是对谁说,我是爱你;你回来了,我只好狂笑。单等我落到这样,你才回来,这不是有意戏弄人?假如你永远不回来,我老有个南洋做我的梦景,你老有个我在你的心中,岂不很美?你偏偏地回来了,而且回来这样迟——"

"可是来迟了并不就是来不及了。"我插了一句。

"晚了就是来不及了。我杀了自己。"

"什么?"

"我杀了我自己。我命定的只能住在你心中,生存在一首诗里,生死有什么区别?在打胎的时候我自己下了手。有你在我左右,我没法子再笑。不笑,我怎么挣钱?只有一条路,名字叫死。你回来迟了,我别再死迟了;我再晚死一会儿,我便连住在你心中的希望也没有了。我住在这里,这里便是你的心。这里没有阳光,没有声响,只有一些颜色。颜色是更持久的,颜色画成咱们的记忆。看那双小鞋,绿的,是点颜色,你我永远认识它们。"

"但是我也记得那双脚。许我看看吗?"

她笑了,摇摇头。

我很坚决,我握住她的脚,扯下她的袜,露出没有肉的一支白脚骨。

"去吧!"她推了我一把。"从此你我无缘再见了!我愿住在你的心中,现在不行了;我愿在你心中永远是青春。"

太阳已往西斜去;风大了些,也凉了些,东方有些黑云。春光在一个梦中惨淡了许多。我立起来,又看见那片暗绿的松树。立了不知有多久。远处来了些蠕动的小人,随着一些听不甚真的音乐。越来越近了,田中惊起许多白翅的鸟,哀鸣着向山这边飞。我看清了,一群人们匆匆地走,带起一些灰土。三五鼓手在前,几个白衣的在后,最后是一口棺材。春天也要埋人的。撒起一把纸钱,蝴蝶似的落在麦田上。东方的黑云更厚了,柳条的绿色加深了许多,绿得有些凄惨。心中茫然,只想起那双小绿拖鞋。像两片树叶在永生的树上做着春梦。

原载 1933 年 10 月 1 日《文学》第一卷第四号

开市大吉

我，老王，和老邱，凑了点钱，开了个小医院。老王的夫人做护士主任，她本是由看护而高升为医生太太的。老邱的岳父是庶务兼会计。我和老王是这么打算好，假如老丈人报花账或是携款潜逃的话，我们俩就揍老邱；合着老邱是老丈人的保证金。我和老王是一党，老邱是我们后约的，我们俩总得防备他一下。办什么事，不拘多少人，总得分个党派，留个心眼。不然，看着便不大像回事儿。加上王太太，我们是三个打一个，假如必须打老邱的话。老丈人自然是帮助老邱喽，可是他年岁大了，有王太太一个人就可把他的胡子扯净了。老邱的本事可真是不错，不说屈心的话。他是专门割痔疮，手术非常的漂亮，所以请他合作。不过他要是找揍的话，我们也不便太厚道了。

我治内科，老王花柳，老邱专门痔漏兼外科，王太太是看护士主任兼产科，合着我们一共有四科。我们内科，老老实实地讲，是地道二五八。一分钱一分货，我们的内科收费可少呢。要敲是敲花柳与痔疮，老王和老邱是我们的希望。我和王太太不过是配搭，她就根本不是大夫，对于生产的经验她有一些，因为她自己生过两个小孩。至于接生的手术，反正我有太太决不叫她接生。可是我们得设产科，产科是最有利的。

只要顺顺当当地产下来,至少也得住十天半月的;稀粥烂饭地对付着,住一天拿一天的钱。要是不顺顺当当地生产呢,那看事做事,临时再想主意。活人还能叫尿憋死?

我们开了张。"大众医院"四个字在大小报纸已登了一个半月。名字起得好——办什么赚钱的事儿,在这个年月,就是别忘了"大众"。不赚大众的钱,赚谁的?这不是真情实理吗?自然在广告上我们没这么说,因为大众不爱听实话的;我们说的是:"为大众而牺牲,为同胞谋幸福。一切科学化,一切平民化,沟通中西医术,打破阶级思想。"真花了不少广告费,本钱是得下一些的。把大众招来以后,再慢慢收拾他们。专就广告上看,谁也不知道我们的医院有多么大。院图是三层大楼,那是借用近邻转运公司的相片,我们一共只有六间平房。

我们开张了。门诊施诊一个星期,人来得不少,还真是"大众",我挑着那稍像点样子的都给了点各色的苏打水,不管害的是什么病。这样,延迟过一星期好正式收费呀;那真正老号的大众就干脆连苏打水也不给,我告诉他们回家洗洗脸再来,一脸的滋泥,吃药也是白搭。

忙了一天,晚上我们开了紧急会议,专替大众不行啊,得设法找"二众"。我们都后悔了,不该叫"大众医院"。有大众而没贵族,由哪儿发财去?医院不是煤油公司啊,早知道还不如干脆叫"贵族医院"呢。老邱把刀子沾了多少回消毒水,一个割痔疮的也没来!长痔疮的阔老谁能上"大众医院"来割?

老王出了主意:明天包一辆能驶的汽车,我们轮流地跑几趟,把二姥姥接来也好,把三舅母装来也行。一到门口看护赶紧往里搀,接上这么三四十趟,四邻的人们当然得佩服我们。

我们都很佩服老王。

"再赁几辆不能驶的。"老王接着说。

"干吗?"我问。

"和汽车行商量借给咱们几辆正在修理的车,在医院门口放一天。一会儿叫咕嘟一阵。上咱们这儿看病的人老听外面咕嘟咕嘟地响,不知道咱们又来了多少坐汽车的。外面的人呢,老看着咱们的门口有一队汽车,还不唬住?"

我们照计而行,第二天把亲戚们接了来,给他们碗茶喝,又给送走。两个女看护是见一个搀一个,出来进去,一天没住脚。那几辆不能活动而能咕嘟的车由一天亮就运来了,五分钟一阵,轮流地咕嘟,刚一出太阳就围上一群小孩。我们给汽车队照了个像,托人给登晚报。老邱的丈人作了篇八股,形容汽车往来的盛况。当天晚上我们都没能吃饭,车咕嘟得太厉害了,大家都有点头晕。

不能不佩服老王,第三天刚一开门,汽车,进来位军官。老王急于出去迎接,忘了屋门是那么矮,头上碰了个大包。花柳;老王顾不得头上的包了,脸笑得一朵玫瑰似的,似乎再碰它七八个包也没大关系。三言五语,卖了一针六○六。我们的两位女看护给军官解开制服,然后四只白手扶着他的胳臂,王太太过来先用小胖食指在针穴轻轻点了两下,然后老王才给用针。军官不知道东西南北了,看着看护一个劲儿说:"得劲!得劲!得劲!"我在旁边说了话,再给他一针。老邱也是福至心灵,早预备好了——香片茶加了点盐。老王叫看护扶着军官的胳臂,王太太又过来用小胖食指点了点,一针香片下去了。军官还说得劲,老王这回是自动地又给了他一针龙井。我们的医院里吃茶是讲究的,老是香片龙井两着沏。两针茶,一针六○六,我们收了他二十五块钱。本来应当是十元一针,因为三针,减收五元。我们告诉他还得接着来,有十次管保除根。反正我们有的是茶,我心里说。

把钱交了,军官还舍不得走,老王和我开始跟他瞎扯,我就夸奖他的不瞒着病——有花柳,赶快治,到我们这里来治,准保没危险。花柳是伟人病,正大光明,有病就治,几针六○六,完了,什么事也没有。就怕像铺子里的小伙计，或是中学的学生，得了药藏藏掩掩，偷偷地去找老虎大夫，或是袖口来袖口去买私药——广告专贴在公共厕所里，非糟不可。军官非常赞同我的话，告诉我他已上过二十多次医院。不过哪一回也没有这一回舒服。我没往下接茬儿。

老王接过去，花柳根本就不算病，自要勤扎点六〇六。军官非常赞同老王的话，并且有事实为证——他老是不等完全好了便又接着去逛；反正再扎几针就是了。老王非常赞同军官的话，并且愿拉个主顾，军官要是长期扎扎的话，他愿减收一半药费：五块钱一针。包月也行，一月一百块钱，不论扎多少针。军官非常赞同这个主意，可是每次得照着今天的样子办，我们都没言语，可是笑着点了点头。

军官汽车刚开走，迎头来了一辆，四个丫环搀下一位太太来。一下车，五张嘴一齐问：有特别房没有？我推开一个丫环，轻轻地托住太太的手腕，搀到小院中。我指着转运公司的楼房说，"那边的特别室都住满了。您还算得凑巧，这里——我指着我们的几间小房说——还有两间头等房，您暂时将就一下吧。其实这两间比楼上还舒服，省得楼上楼下地跑，是不是，老太太？"

老太太的第一句话就叫我心中开了一朵花，"咳，这还像个大夫——病人不为舒服，上医院来干吗？东生医院那群大夫，简直的不是人！"

"老太太，您上过东生医院？"我非常惊异地问。

"刚由那里来，那群王八羔子！"

乘着她骂东生医院——凭良心说，这是我们这里最大最好的医院——我把她搀到小屋里，我知道，我要是不引着她骂东生医院，她决不会住这间小屋，"您在那儿住了几天？"我问。

"两天；两天就差点要了我的命！"老太太坐在小床上。

我直用腿顶着床沿，我们的病床都好，就是上了点年纪，爱倒。"怎么上那儿去了呢？"我的嘴不敢闲着，不然，老太太一定会注意到我的腿的。

"别提了！一提就气我个倒仰——。你看，大夫，我害的是胃病，他们不给我东西吃！"老太太的泪直要落下来。

"不给您东西吃？"我的眼都瞪圆了。"有胃病不给东西吃？蒙古大夫！就凭您这个年纪？老太太您有八十了吧？"

老太太的泪立刻收回去许多，微微地笑着："还小呢。刚五十八岁。"

"和我的母亲同岁，她也是有时候害胃口疼！"我抹了抹眼睛。"老太太，您就在这儿住吧，我准把那点病治好了。这个病全仗着好保养，想吃什么就吃：吃下去，心里一舒服，病就减去几分，是不是，老太太？"

老太太的泪又回来了，这回是因为感激我。"大夫，你看，我专爱吃点硬的，他们偏叫我喝粥，这不是故意气我吗？"

"您的牙口好，正应当吃口硬的呀！"我郑重地说。

"我是一会儿一饿，他们非到时候不准我吃！"

"糊涂东西们！"

"半夜里我刚睡好，他们把小玻璃棍放在我嘴里，试什么度。"

"不知好歹！"

"我要便盆，那些看护说，等一等，大夫就来，等大夫查过病去再说！"

"该死的玩意儿！"

"我刚挣扎着坐起来，看护说，躺下。"

"讨厌的东西！"

我和老太太越说越投缘，就是我们的屋子再小一点，大概她也不走了。爽性我也不再用腿顶着床了，即使床倒了，她也能原谅。

"你们这里也有看护呀？"老太太问。

"有，可是没关系，"我笑着说。"您不是带来四个丫环吗？叫她们也都住院就结了。您自己的人当然伺候得周到；我干脆不叫看护们过来，好不好？"

"那敢情好啦，有地方呀？"老太太好像有点过意不去了。

"有地方，您干脆包了这个小院吧。四个丫环之外，不妨再叫个厨子来，您爱吃什么吃什么。我只算您一个人的钱，丫环厨子都白住，就算您五十块钱一天。"

老太太叹了口气："钱多少的没有关系，就这么办吧。春香，你回家去把厨子叫来，告诉他就手儿带两只鸭子来。"

我后悔了：怎么才要五十块钱呢？真想抽自己一顿嘴巴！幸而我没说药费在内；好吧，在药费上找齐儿就是了；反正看这个来派，这位老太太至少有一个儿子当过师长。况且，她要是天天吃火烧夹烤鸭，大概不会三五天就出院，事情也得往长里看。

医院很有个样子了：四个丫环穿梭似的跑出跑入，厨师傅在院中墙根砌起一座炉灶，好像是要办喜事似的。我们也不客气，老太太的果子随便拿起就尝，全鸭子也吃它几块。始终就没人想起给她看病，因为注意力全用在看她买来什么好吃食。

老王和我总算开了张，老邱可有点挂不住了。他手里老拿着刀子。我都直躲他，恐怕他拿我试试手。老王直劝他不要着急，可是他太好胜，非也给医院弄个几十块不甘心。我佩服他这种精神。

吃过午饭，来了！割痔疮的！四十多岁，胖胖的，肚子很大。王太太以为他是来生小孩，后来看清他是男性，才把他让给老邱。老邱的眼睛都红了。三言五语，老邱的刀子便下去了。四十多岁的小胖子疼得直叫唤，央告老邱用点麻药。老邱可有了话：

"咱们没讲下用麻药哇！用也行，外加十块钱。用不用？快着！"

小胖子连头也没敢摇。老邱给他上了麻药。又是一刀，又停住了："我说，你这可有管子，刚才咱们可没讲下割管子。还往下割不割？往下割的话，外加三十块钱。不的话，这就算完了。"

我在一旁，暗伸大指，真有老邱的！拿住了往下敲，是个办法！

四十多岁的小胖子没有驳回，我算计着他也不能驳回。老邱的手术漂亮，话也说得脆，一边割管子一边宣传："我告诉你，这点事儿值得你二百块钱；不过，我们不敲人；治好了只求你给传传名。赶明天你有工夫的时候，不妨来看看。我这些家伙用四万五千倍的显微镜照，照不出半点微生物！"

胖子一声也没出，也许是气糊涂了。

老邱又弄了五十块。当天晚上我们打了点酒，托老太太的厨子给做了几样菜。菜的材料多一半是利用老太太的。一边吃一边讨论我们的事业，我们决定添设打胎和戒烟。老王主张暗中宣传检查身体，凡是要考学校或保寿险的，哪怕已经做下寿衣，预备下棺材，我们也把体格表填写得好好的；只要交五元的检查费就行。这一案也没费事就通过了。老邱的老丈人最后建议，我们匀出几块钱，自己挂块匾。老人出老办法。可是总算有心爱护我们的医院，我们也就没反对。老丈人已把匾文拟好——仁心仁术。陈腐一点，不过也还恰当。我们议决，第二天早晨由老丈人上早市去找块旧匾。王太太说，把匾油饰好，等门口有过娶妇的，借着人家的乐队吹打的时候，我们就挂匾。到底妇女的心细，老王特别显着骄傲。

原载 1933 年 10 月 10 日《矛盾》第二卷第二期

柳家大院

这两天我们的大院里又透着热闹,出了人命。

事情可不能由这儿说起,得打头儿来。先交代我自己吧,我是个算命的先生。我也卖过酸枣落花生什么的,那可是先前的事了。现在我在街上摆卦摊,好了呢一天也抓弄个三毛五毛的。老伴儿早死了,儿子拉洋车。我们爷儿俩住着柳家大院的一间北房。

除了我这间北房,大院里还有二十多间房呢。一共住着多少家子?谁记得清!住两间房的就不多,又搭上今个搬来,明儿又搬走,我没有那么好记性。大家见面招呼声"吃了吗",透着和气;不说呢,也没什么。大家一天到晚嘴奔命,没有工夫扯闲盘儿。爱说话的自然也有啊,可是也得先吃饱了。

还就是我们爷儿俩和王家可以算作老住户,都住了一年多了。早就想搬家,可是我这间屋子下雨还算不十分漏;这个世界哪去找不十分漏水的屋子?不漏的自然有哇,也得住得起呀!再说,一搬家又得花三份儿房钱,莫如忍着吧。晚报上常说什么"平等",铜子儿不平等,什么也不用说。这是实话。就拿媳妇们说吧,娘家要是不使彩礼,她们一定少挨点揍,是不是?

王家是住两间房。老王和我算是柳家大院里最"文明"的人了。"文明"是三孙子，话先说在头里。我是算命的先生，眼前的字儿颇念一气。天天我看俩大子的晚报。"文明"人，就凭看篇晚报，别装孙子啦！老王是给一家洋人当花匠，总算混着洋事。其实他会种花不会，他自己晓得；若是不会的话，大概他也不肯说。给洋人院里剪草皮的也许叫作花匠；无论怎说吧，老王有点好吹。有什么意思？剪草皮又怎么低得呢？老王想不开这一层。要不怎么穷人没起色呢，穷不是，还好吹两句！大院里这样的人多了，老跟"文明"人学；好像"文明"人的吹胡子瞪眼睛是应当应分。反正他挣钱不多，花匠也罢，草匠也罢。

老王的儿子是个石匠，脑袋还没石头顺溜呢，没见过这么死巴的人。他可是好石匠，不说屈心话。小王娶了媳妇，比他小着十岁，长得像搁陈了的窝窝头，一脑袋黄毛，永远不乐，一挨揍就哭，还是不短挨揍。老王还有个女儿，大概也有十四五岁了，又贼又坏。他们四口住两间房。

除了我们两家，就得算张二是老住户了；已经在这儿住了六个多月。虽然欠下俩月的房钱，可是还对付着没叫房东给撵出去。张二的媳妇嘴真甜甘，会说话；这或者就是还没叫撵出去的原因。自然她只是在要房租来的时候嘴甜甘；房东一转身，你听她那个骂。谁能不骂房东呢；就凭那么一间狗窝，一月也要一块半钱？！可是谁也没有她骂得那么到家，那么解气。连我这老头子都有点爱上她了，不为别的，她真会骂。可是，任凭怎么骂，一间狗窝还是一块半钱。这么一想，我又不爱她了。没真章儿，骂骂算得了什么呢。

张二和我的儿子同行，拉车。他的嘴也不善，喝俩铜子的猫尿能把全院的人说晕了；穷嚼！我就讨厌穷嚼，虽然张二不是坏心肠的人。张二有三个小孩，大的捡煤核，二的滚车辙，三的满院爬。

提起孩子来了，简直地说不上来他们都叫什么。院子里的孩子足够一混成旅，怎能记得清楚呢？男女倒好分，反正能光眼子就光着。在院子里走道总得小心点；一慌，不定踩在谁的身上呢。踩了谁也得闹一场气。大人全憋着一肚子委屈，可不就抓个碴儿吵一阵吧。越穷，孩子越多，难道穷人就不该养孩子？不过，穷人也真得想个办法。这群小光眼子将来都干什么去呢？又跟我的儿子一样，拉洋车？我倒不是说拉洋车就低得，我是说人就不应当拉车；人吗，当牲口？可是，好些个还活不到拉车的年纪呢。今年春天闹瘟疹，死了一大批。最爱打孩子的爸爸也咧着大嘴地哭，自己的孩子有个不心疼的？可是哭完也就完了，小席头一卷，夹出城去；死了死了，省吃是真的。腰里没钱心似铁，我常这么说。这不像一句话，是得想个办法！

除了我们三家子，人家还多着呢。可是我只提这三家子就够了。我不是说柳家大院出了人命吗？死的就是王家那个小媳妇——像窝窝头的那位。我又说她像窝窝头，这可不是拿死人打哈哈。我也不是说她"的确"像窝窝头。我是替她难受，替和她差不多的姑娘媳妇们难受。我就常思索，凭什么好好的一个姑娘，养成像窝窝头呢？从小儿不得吃，不得喝，还能油光水滑的吗？是，不错，可是凭什么呢？

少说闲话吧；是这么回事：老王第一个不是东西。我不是说他好吹吗？是，事事他老学那些"文明"人。娶了儿媳妇，喝，他不知道怎么好了。一天到晚对儿媳妇挑鼻子弄眼睛，派头大了。为三个钱的油，两个大的醋，他能闹得翻江倒海。我知道，穷人肝气旺，爱吵架。老王可是有点存心找毛病；他闹气，不为别的，专为学学"文明"人的派头。他是公公；妈的，公公几个子儿一个！我真不明白，为什么穷小子单要充"文明"，这是哪一股儿毒气呢？早晨，他起得早，总得也把小媳妇叫起来，其实有什么事呢？他要立这个规矩，穷酸！她稍微晚起来一点，听吧，这一顿揍！

我知道，小媳妇的娘家使了一百块的彩礼。他们爷儿俩大概再有一年也还不清这笔亏空，所以老拿小媳妇泄气。可是要专为这一百块钱闹气，也倒罢了，虽然小媳妇已经够冤枉的。他不是专为这点钱。他是学"文明"人呢，他要做足了公公的气派。他的老伴不是死了吗，他想把婆婆给儿媳妇的折磨也由他承办。他变着方儿挑她的毛病。她呢，一个十七岁的孩子可懂得什么？跟她要排场？我知道他那些排场是打哪儿学来的：在茶馆里听那些"文明"人说的。他就是这么个人——和"文明"人要是过两句话，替别人吹几句，脸上立刻能红堂堂的。在洋人家里剪草皮的时候，洋人要是跟他过一句半句的话，他能把尾巴摆动三天三夜。他确是有尾巴。可是他摆了一辈子的尾巴了，还是他妈的住破大院啃窝窝头。我真不明白！

老王上工去的时候，把磨折儿媳妇的办法交给女儿替他办。那个贼丫头！我一点也没有看不起穷人家的娘娘的意思；她们给人家做丫环去呀，做二房去呀，当窑姐去呀，是常有的事（不是应该的事），那能怨她们吗？不能！可是我讨厌王家这个二妞，她和她爸爸一样的讨人嫌，能钻天觅缝地给她嫂子小鞋穿，能大睁白眼地造旱谣言给嫂子使坏。我知道她为什么这么坏，她是由那个洋人供给着在一个工读学校念书，她一万多个看不上她的嫂子。她也穿双整鞋，头发上也戴着把梳子，瞧她那个美！我就这么琢磨这回事：世界上不应当有穷有富。可是穷人要是狗着[1]有钱的，往高处爬，比什么也坏。老王和二妞就是好例子。她嫂子要是做双青布新鞋，她变着方儿给踩上泥，然后叫他爸爸骂儿媳妇。我没工夫细说这些事儿，反正这个小媳妇没有一天得着好气；有的时候还吃不饱。

小王呢，石厂子在城外，不住在家里。十天半月地回来一趟，一

---

[1]狗着：讨好、巴结。

定揍媳妇一顿。在我们的柳家大院，揍儿媳妇是家常便饭。谁叫老婆吃着男子汉呢，谁叫娘家使了彩礼呢，挨揍是该当的。可是小王本来可以不揍媳妇，因为他轻易不家来，还愿意回回闹气吗？哼，有老王和二妞在旁边唧咕啊。老王罚儿媳妇挨饿，跪着；到底不能亲自下手打，他是自居为"文明"人的，哪能落个公公打儿媳妇呢？所以挑唆儿子去打；他知道儿子是石匠，打一回胜似别人打五回的。儿子打完了媳妇，他对儿子和气极了。二妞呢，虽然常拧嫂子的胳臂，可也究竟是不过瘾，恨不能看着哥哥把嫂子当作石头，一锤子锤碎才痛快，我告诉你，一个女人要是看不起一个女人的，那就是活对头。二妞自居女学生；嫂子不过是花一百块钱买来的一个活窝窝头。

王家的小媳妇没有活路。心里越难受，对人也越不和气；全院里没有爱她的人。她连说话都忘了怎么说了。也有痛快的时候，见神见鬼地闹"撞客"。总是在小王揍完她走了以后，她又哭又说，一个人闹欢了。我的差事来了，老王和我借宪书，抽她的嘴巴。他怕鬼，叫我去抽。等我进了她的屋子，把她安慰得不哭了——我没抽过她，她要的是安慰，几句好话——他进来了，掐她的人中，用草纸熏；其实他知道她已缓醒过来，故意地惩治她。每逢到这个节骨眼，我和老王吵一架。平日他们吵闹我不管；管又有什么用呢？我要是管，一定是向着小媳妇；这岂不更给她添堵？所以我不管。不过，每逢一闹撞客，我们俩非吵不可了，因为我是在那儿，眼看着，还能一语不发？奇怪的是这个，我们俩吵架，院里的人总说我不对；妇女们也这么说。他们以为她该挨揍。他们也说我多事。男的该打女的，公公该管教儿媳妇，小姑子该给嫂子气受，他们这群男女信这个！怎么会信这个呢？谁教给他们的呢？那个王八蛋三孙子"文明"可笑，又可哭，肚子饿得像两层皮的臭虫，还信"文明"呢？！

前两天，石匠又回来了。老王不知怎么一时心顺，没叫儿子揍媳妇，小媳妇一见大家欢天喜地，当然是喜欢，脸上居然有点像要笑的意思。二妞看见了这个，仿佛是看见天上出了两个太阳。一定有事！她嫂子正在院子里做饭，她到嫂子屋里去搜开了。一定是石匠哥哥给嫂子买来了贴己的东西，要不然她不会脸上笑出来。翻了半天，什么也没翻出来。我说"半天"，意思是翻得很详细；小媳妇屋里的东西还多得了吗？我们的大院里凑到一块也找不出两张整桌子来，要不怎么不闹贼呢。我们要是有钱票，是放在袜筒儿里。

二妞的气大了。嫂子脸上敢有笑容？不管查得出私弊查不出，反正得惩治她！

小媳妇正端着锅饭澄米汤，二妞给了她一脚。她的一锅饭出了手。"米饭"！不是丈夫回来，谁敢出主意吃"饭"！她的命好像随着饭锅一同出去了。米汤还没澄干，稀粥似的，雪白的饭，摊在地上。她拼命用手去捧，滚烫，顾不得手；她自己还不如那锅饭值钱呢。实在太热，她捧了几把，疼到了心上，米汁把手糊住。她不敢出声，咬上牙，扎着两只手，疼得直打转。

"爸！瞧她把饭全洒在地上啦！"二妞喊。

爷儿俩全出来了。老王一眼看见饭在地上冒热气，登时就疯了。他只看了小王那么一眼，已然是说明白了："你是要媳妇。还是要爸爸？"

小王的脸当时就涨紫了，过去揪住小媳妇的头发，拉倒在地。小媳妇没出一声，就人事不知了。

"打！往死了打！打！"老王在一旁嚷，脚踢起许多土来。

二妞怕嫂子是装死，过去拧她的大腿。

院子里的人都出来看热闹，男人不过来劝解，女的自然不敢出声；男人就是喜欢看别人揍媳妇——给自己的那个老婆一个榜样。

我不能不出头了。老王很有揍我一顿的意思。可是我一出头，别的男人也蹭过来。好说歹说，算是劝开了。

第二天一清早，小王老王全去做工。二妞没上学，为是继续给嫂子气受。

张二嫂动了善心，过来看看小媳妇，因为张二嫂自信会说话，所以一安慰小媳妇，可就得罪了二妞。她们俩抬起来了。当然二妞不行，她还说得过张二嫂！"你这个丫头要不下窑子，我不姓张！"一句话就把二妞骂闷过去了，"三秃子给你俩大子，你就叫他亲嘴；你当我没看见呢？有这么回事没有？有没有？"二嫂的嘴就堵着二妞的耳朵眼，二妞直往后退，还说不出话来。

这一场过去，二妞搭讪着上了街，不好意思再和嫂子闹了。

小媳妇一个人在屋里，工夫可就大啦。张二嫂又过来看一眼，小媳妇在炕上躺着呢，可是穿着出嫁时候的那件红袄。张二嫂问了她两句，她也没回答，只扭过脸去。张家的小二，正在这么工夫跟个孩子打起来，张二嫂忙着跑去解围，因为小二被敌人给按在底下了。

二妞直到快吃饭的时候才回来，一直奔了嫂子的屋子去，看看她做好了饭没有。二妞向来是不动手做饭的，女学生嘛！一开屋门，她失了魂似的喊了一声，嫂子在门梁上吊着呢！院子的人全吓惊了，没人想起把她摘下来，好鞋不踩臭狗屎，谁肯往人命事儿里搀合呢？

二妞捂着眼吓成孙子了。"还不找你爸爸去？！"不知道谁说了这么一句，她扭头就跑，仿佛鬼在后头追她呢。

老王回来也傻了。小媳妇是没有救儿了；这倒不算什么，脏了房，人家房东能饶得了他吗？再娶一个，只要有钱；可是上次的债还没归清呢？这些个事叫他越想越气，真想咬吊死鬼儿几块肉才解气！

娘家来了人，虽然大嚷大闹，老王并不怕。他早有了预备，早问明白了二妞，小媳妇是受张二嫂的挑唆才想上吊；王家没逼她死，王家没给她气受。你看,老王学"文明"人真学得到家,能瞪着眼扯谎。

张二嫂可抓了瞎,任凭怎么能说会道,也禁不住贼咬一口,入骨三分!人命,就是自己能分辩,丈夫回来也得闹一阵。打官司自然是不会打的,柳家大院的人还敢打官司?可是老王和二妞要是一口咬定,小媳妇的娘家要是跟她要人呢,这可不好办!柳家大院是不讲情理的,老王要是咬定了她,她还就真跑不了。谁叫自己平日爱说话呢,街坊们有不少恨着她的,就棍打腿,他们还不一拥而上把她"打倒",用个晚报上的字眼。果不其然,张二一回来就听说了,自己的媳妇惹了祸。谁还管青红皂白,先揍完再说,反正打媳妇是理所当然的事。张二嫂挨了顿好的,全大院都觉得十分的痛快。

小媳妇的娘家不打官司;要钱;没钱再说厉害。老王怕什么偏有什么;前者娶儿媳妇的钱还没还清,现在又来了一档子!可是,无论怎样,也得答应着拿钱,要不然屋里放着吊死鬼,总不像句话。

小王也回来了,十分的像个石头人,可是我看得出,他的心里很难过,谁也没把死了的小媳妇放在心上,只有小王进到屋中,在尸首旁边坐了半天。要不是他的爸爸"文明",我想他决不会常打她。可是,爸爸"文明",儿子也自然是要孝顺了,打吧!一打,他可就忘了他的胳臂本是砸石头的。他一声没出,在屋里坐了好大半天,而且把一条新裤子——就是没补钉的呀——给媳妇穿上。他的爸爸跟他说什么,他好像没听见。他一个劲儿地吸蝙蝠牌的烟,眼睛不错眼珠地看着点什么——别人都看不见的一点什么。

娘家要一百块钱——五十是发送小媳妇的,五十归娘家人用。小王还是一语不发。老王答应了拿钱。他第一个先找了张二去。"你的媳妇惹的祸,没什么说的,你拿五十,我拿五十;要不然我把吊死鬼搬到你屋里来。"老王说得温和,可又硬张。

张二刚喝了四个大子的猫尿,眼珠子红着。他也来得不善:"好王大爷的话，五十？我拿！看见没有？屋里有什么你拿什么好了。要不然我把这两个大孩子卖给你，还不值五十块钱？小三的妈！把两个大的送到王大爷屋里去！会跑会吃，决不费事，你又没个孙子，正好吗！"

老王碰了个软的。张二屋里的陈设大概一共值不了四个子儿！俩孩子？叫张二留着吧。可是，不能这么轻轻地便宜了张二；拿不出五十呀，三十行不行？张二唱开了《打牙牌》，好像很高兴似的。"三十干吗？还是五十好了，先写在账上，多咱我叫电车轧死，多咱还你。"

老王想叫儿子揍张二一顿。可是张二也挺壮，不一定能揍了他。张二嫂始终没敢说话，这时候看出一步棋来，乘机会自己找找脸："姓王的你等着好了，我要不上你屋里去上吊，我不算好老婆，你等着吧！"

老王是"文明"人，不能和张二嫂斗嘴皮子。而且他也看出来，这种野娘们什么也干得出来，真要再来个吊死鬼，可就更吃不了兜着走了。老王算是没敲上张二，张二由《打牙牌》改成了《刀劈三关》。

其实老王早有了"文明"主意，跟张二这一场不过是虚晃一刀。他上洋人家里去，洋大人没在家，他给洋太太跪下了，要一百块钱。洋太太给了他，可是其中的五十是要由老王的工钱扣的，不要利钱。

老王拿着钱回来了，鼻子朝着天。

开张殃榜就使了八块；阴阳生要不开这张玩意，麻烦还小得了吗，这笔钱不能不花。

小媳妇总算死得值，一身新红洋缎的衣裤，新鞋新袜子，一头银白铜的首饰。十二块钱的棺材。还有五个和尚念了个光头三。娘家弄了四十多块去；老王无论如何不能照着五十的数给。

事情算是过去了，二妞可遭了报，不敢进屋子，无论干什么，她老看见嫂子在门梁上挂着，穿着红袄，向她吐舌头。老王得搬家。可是，脏房谁来住呢？自己住着，房东也许马马虎虎不究真儿；搬家，不叫赔房才怪呢。可是二妞不敢进屋睡觉也是个事儿。况且儿媳妇已经死了，何必再住两间房？让出那一间去，谁肯住呢？这倒难办了。

老王又有了高招儿，儿媳妇变成吊死鬼，他更看不起女人了。四五十块花在吊死鬼身上，还叫她娘家拿走四十多，真堵得慌。因此，连二妞的身份也落下来了。干脆把她打发了，进点彩礼，然后赶紧再给儿子续上一房。二妞不敢进屋子呀，正好，去她的。卖个三百二百的，除给儿子续娶之外，自己也得留点棺材本儿。

他搭讪着跟我说这个事。我以为要把二妞给我的儿子呢；不是，他是托我给留点神，有对事的外乡人肯出三百二百的就行。我没说什么。

正在这个时候，有人来给小王提亲，十八岁的大姑娘，能洗能做，才要一百廿块钱的彩礼。老王更急了，好像立刻把二妞铲下去才痛快。

房东来了，因为上吊的事吹到他耳朵里。老王把他唬回去了：房脏了，我现在还住着呢！这个事怨不上来我呀，我一天到晚不在家；还能给儿媳妇气受？架不住有坏街坊，要不是张二的娘们，我的儿媳妇能想起上吊？上吊也倒没什么，我呢现在又给儿子张罗着，反正混着洋事，自己没钱呀，还能和洋人说句话，接济一步。就凭这回事说吧，洋人送了我一百块钱！

房东叫他给唬住了，跟旁人一打听，的的确确是由洋人那儿拿来的钱，而且大家都很佩服老王。房东没再对老王说什么，不便于得罪混洋事的。可是张二这个家伙不是好调货，欠下两个月的房租，还由着娘们拉舌头扯簸箕，撺他搬家！张二嫂无论怎么说，也得补上俩月的房钱,赶快滚蛋!

张二搬走了,搬走的那天,他又喝得醉猫似的。

等着看吧。看二妞能卖多少钱,看小王又娶个什么样的媳妇。什么事呢!"文明"是三孙子,还是那句!

原载1933年11月《大众画报》第一期

抱孙

难怪王老太太盼孙子呀；不为抱孙子，娶儿媳妇干吗？也不能怪儿媳妇成天着急；本来吗，不是不努力生养呀，可是生下来不活，或是不活着生下来，有什么法儿呢！就拿头一胎说吧：自从一有孕，王老太太就禁止儿媳妇有任何操作，夜里睡觉都不许翻身。难道这还算不小心？哪里知道，到了五个多月，儿媳妇大概是因为多眨巴了两次眼睛，小产了！还是个男胎；活该就结了！再说第二胎吧，儿媳妇连眨巴眼都拿着尺寸；打哈欠的时候有两个丫环在左右扶着。果然小心谨慎没错处，生了个大白胖小子。可是没活了五天，小孩不知为了什么，竟自一声没出，神不知鬼不觉地与世长辞了。那是十一月天气，产房里大小放着四个火炉，窗户连个针尖大的窟窿也没有，不要说是风，就是风神，想进来是怪不容易的。况且小孩还盖着四床被，五条毛毯，按说够温暖的了吧？哼，他竟自死了。命该如此！

现在，王少奶奶又有了喜，肚子大得惊人，看着颇像轧马路的石碾。看着这个肚子，王老太太心里仿佛长出两只小手，成天抓弄得自己怪要发笑的。这么丰满体面的肚子，要不是双胎才怪呢！子孙娘娘有灵，赏给一对白胖小子吧！王老太太可不只是祷告烧香呀，儿媳妇要吃活人脑子,老太太也不驳回。半夜三更还给儿媳妇送肘子汤,鸡丝挂面……儿媳妇也真作脸,越躺着越饿,点心点心就能吃二斤翻毛月饼;吃得顺着枕头往下流油,被窝的深处能扫出一大碗什锦来。孕妇不多吃怎么生胖小子呢?婆婆儿媳对于此点完全同意。婆婆这样,娘家妈也不能落后啊。她是七趟八趟来"催生",每次至少带来八个食盒。两亲家,按着哲学上说,永远应当是对仇人。娘家妈带来的东西越多,婆婆越觉得这是有意羞辱人;婆婆越加紧张罗吃食,娘家妈越觉得女儿的嘴亏。这样一竞争,少奶奶可得其所哉,连嘴犄角都吃烂了。

收生婆已经守了七天七夜,压根儿生不下来。偏方儿,丸药,子孙娘娘的香灰,吃多了;全不灵验。到第八天头上,少奶奶连鸡汤都顾不得喝了,疼得满地打滚。王老太太急得给子孙娘娘跪了一股香,娘家妈把天仙庵的尼姑接来念催生咒;还是不中用。一直闹到半夜,小孩算是露出头发来。收生婆施展了绝技,除了把少奶奶的下部全抓破了别无成绩。小孩一定不肯出来。长似一年的一分钟,竟自过了五六十来分,还是只见头发不见孩子。有人说,少奶奶得上医院。上医院?王老太太不能这么办。好吗,上医院去开肠破肚不自自然然地产出来,硬由肚子里往外掏!洋鬼子,二毛子,能么办;王家要"养"下来的孙子,不要"掏"出来的。娘家妈也发了言,养小孩还能快了吗?小鸡生个蛋也得到了时候呀!况且催生咒还没念完,忙什么?不敬尼姑就是看不起神仙!

又耗了一点钟,孩子依然很固执。少奶奶直翻白眼。王老太太眼中含着老泪,心中打定了主意:保小的不保大人。媳妇死了,再娶一个;孩子更要紧。她翻白眼呀,正好一狠心把孩子拉出来。找奶妈养着一样的好,假如媳妇死了的话。告诉了收生婆,拉!娘家妈可不干了呢,眼看着女儿翻了两点钟的白眼!孙子算老几,女儿是女儿。上医院吧,别等念完催生咒了;谁知道尼姑们念的是什么呢,假如不是催生咒,岂不坏了事?把尼姑打发了。婆婆还是不答应;"掏",行不开!婆婆不赞成,娘家妈还真没主意。嫁出的女儿泼出的水,活是王家的人,死是王家的鬼呀。两亲家彼此瞪着,恨不能咬下谁一块肉才解气。

又过了半点多钟,孩子依然不动声色,干脆就是不肯出来。收生婆见事不好,抓了一个空儿溜了。她一溜,王老太太有点拿不住劲儿了。娘家妈的话立刻增加了许多分量:"收生婆都跑了,不上医院还等什么呢?等小孩死在胎里哪!"

"死"和"小孩"并举,打动了王老太太的心。可是"掏"到底是行不开的。

"上医院去生产的多了,不是个个都掏。"娘家妈力争,虽然不一定信自己的话。

王老太太当然不信这个;上医院没有不掏的。幸而娘家爹也赶到了。娘家妈的声势立刻浩大起来。娘家爹也主张上医院。他既然也这样说,只好去吧。无论怎说,他到底是个男人。虽然生小孩是女人的事,可是在这生死关头,男人的主意多少有些力量。

两亲家,王少奶奶,和只露着头发的孙子,一同坐汽车上了医院。刚露了头发就坐汽车,真可怜的慌,两亲家不住地落泪。

一到医院,王老太太就炸了烟。怎么,还得挂号?什么叫挂号呀?生小孩子来了,又不是买官米打粥,按哪门子号头呀?王老太太气坏了,孙子可以不要了,不能挂这个号。可是继而一看,若是不挂号,人家大有不叫进去的意思。这口气难咽,可是还得咽;为孙子什么也得忍受。设若自己的老爷还活着,不立刻把医院拆个土平才怪;寡妇不行,有钱也得受人家的欺侮。没工夫细想心中的委屈,赶快把孙子请出来要紧。挂了号,人家要预收五十块钱。王老太太可抓住了:"五十?五百也行,老太太有钱!干脆要钱就结了,挂哪门子浪号,你当我的孙子是封信呢!"

医生来了。一见面，王老太太就炸了烟，男大夫？男医生当接生婆？我的儿媳妇不能叫男子大汉给接生。这一阵还没炸完，又出来两个大汉，抬起儿媳妇就往床上放。老太太连耳朵都哆嗦开了！这是要造反呀，人家一个年青青的孕妇，怎么一群大汉来动手脚的？"放下，你们这儿有懂人事的没有？要是有的话，叫几个女的来！不然，我们走！"

恰巧遇上个顶和气的医生，他发了话："放下，叫她们走吧！"

王老太太咽了口凉气，咽下去砸得心中怪热的，要不是为孙子，至少得打大夫几个最响的嘴巴！现官不如现管，谁叫孙子故意闹脾气呢。抬吧，不用说废话。两个大汉刚把儿媳妇放在帆布床上，看！大夫用两只手在她肚子上这一阵按！王老太太闭上了眼，心中骂亲家母：你的女儿，叫男子这么按，你连一声也不发，德行！刚要骂出来，想起孙子；十来个月的没受过一点委屈，现在被大夫用手乱杵，嫩皮嫩骨的，受得住吗？她睁开了眼，想警告大夫。哪知道大夫反倒先问下来了："孕妇净吃什么来着？这么大的肚子！你们这些人没办法，什么也给孕妇吃，吃得小孩这么肥大。平日也不来检验，产不下来才找我们！"他没等王老太太回答，向两个大汉说："抬走！"

王老太太一辈子没受过这个。"老太太"到哪儿不是圣人，今天竟自听了一顿教训！这还不提，话总得说得近情近理呀；孕妇不多吃点滋养品，怎能生小孩呢，小孩怎会生长呢？难道大夫在胎里的时候专喝西北风？西医全是二毛子！不便和二毛子辩驳；拿娘家妈杀气吧，瞪着她！娘家妈没有意思挨瞪，跟着女儿就往里走。王老太太一看，也忙赶上前去。那位和气生财的大夫转过身来："这儿等着！"

两亲家的眼都红了。怎么着，不叫进去看看？我们知道你把儿媳妇抬到哪儿去啊？是杀了，还是剐了啊？大夫走了。王老太太把一肚子邪气全照顾了娘家妈："你说不掏，看，连进去看看都不行！掏？还许大切八块呢！宰了你的女儿活该！万一要把我的孙子——我的老命不要了。跟你拼了吧！"

娘家妈心中打了鼓，真要把女儿切了，可怎办？大切八块不是没有的事呀，那回医学堂开会不是大玻璃箱里装着人腿人腔子吗？没办法！事已至此，跟女儿的婆婆干吧！"你倒怨我？是谁一天到晚填我的女儿来着？没听大夫说吗？老叫儿媳妇的嘴不闲着，吃出毛病来没有？我见人见多了，就没看见一个像你这样的婆婆！"

"我给她吃？她在你们家的时候吃过饱饭吗？"王太太反攻。

"在我们家里没吃过饱饭，所以每次看女儿去得带八个食盒！"

"可是呀，八个食盒，我填她，你没有？"

两亲家混战一番，全不示弱，骂得也很具风格。

大夫又回来了。果不出王老太太所料，得用手术。手术二字虽听着耳生，可是猜也猜着了，手要是竖起来，还不是开刀问斩？大夫说：用手术，大人小孩或者都能保全。不然，全有生命的危险。小孩已经误了三小时，而且决不能产下来，孩子太大。不过，要施手术，得有亲族的签字。

王老太太一个字没听见。掏是行不开的。

"怎样？快决定！"大夫十分地着急。

"掏是行不开的！"

"愿意签字不？快着！"大夫又紧了一板。

"我的孙子得养出来！"

娘家妈急了："我签字行不行？"

王老太太对亲家母的话似乎特别的注意："我的儿媳妇！你算哪道？"

大夫真急了，在王老太太的耳根子上扯开脖子喊："这可是两条人命的关系！"

"掏是不行的！"

"那么你不要孙子了?"大夫想用孙子打动她。

果然有效,她半天没言语。她的眼前来了许多鬼影,全似乎是向她说:"我们要个接续香烟的,掏出来的也行!"

她投降了。祖宗当然是愿要孙子;掏吧!"可有一样,掏出来得是活的!"她既是听了祖宗的话,允许大夫给掏孙子,当然得说明了——要活的。掏出个死的来干吗用?只要掏出活孙子来,儿媳妇就是死了也没大关系。

娘家妈可是不放心女儿:"准能保大小都活着吗?"

"少说话!"王老太太教训亲家太太。

"我相信没危险,"大夫急得直流汗,"可是小孩已经耽误了半天,难保没个意外;要不然请你签字干吗?"

"不保准呀?乘早不用费这道手!"老太太对祖宗非常地负责任;好吗,掏了半天都再不会活着,对得起谁!

"好吧,"大夫都气晕了,"请把她拉回去吧!你可记住了,两条人命!"

"两条三条吧,你又不保准,这不是瞎扯!"

大夫一声没出,抹头就走。

王老太太想起来了,试试也好。要不是大夫要走,她决想不起这一招儿来。"大夫,大夫!你回来呀,试试吧!"

大夫气得不知是哭好还是笑好。把单子念给她听,她画了个十字儿。

两亲家等了不晓得多么大的时候,眼看就天亮了,才掏了出来,好大的孙子,足分量十三磅!王老太太不晓得怎么笑好了,拉住亲家母的手一边笑一边刷刷地落泪。亲家母已不是仇人了,变成了老姐姐。大夫也不是二毛子了,是王家的恩人,马上赏给他一百块钱才合适。假如不是这一掏,叫这么胖的大孙子生生地憋死,怎对祖宗呀?恨不能跪下就磕一阵头,可惜医院里没供着子孙娘娘。

胖孙子已被洗好,放在小儿室内。两位老太太要进去看看。不只是看看,要用一夜没洗过的老手指去摸摸孙子的胖脸蛋。看护不准两亲家进去,只能隔着玻璃窗看着。眼看着自己的孙子在里面,自己的孙子,连摸摸都不准!娘家妈摸出个红封套来——本是预备赏给收生婆的——递给看护;给点运动费,还不准进去?事情都来得邪,看护居然不收。王老太太揉了揉眼,细端详了看护一番,心里说:"不像洋鬼子妞呀,怎么给赏钱都不接着呢?也许是面生,不好意思的?有了,先跟她闲扯几句,打开了生脸就好办了。"指着屋里的一排小篮说:"这些孩子都是掏出来的吧?"

"只是你们这个,其余的都是好好养下来的。"

"没那个事,"王老太太心里说。"上医院来的都得掏。"

"给孕妇大油大肉吃才掏呢。"看护有点爱说话。

"不吃,孩子怎能长这么大呢!"娘家妈已和王老太太立在同一战线上。

"掏出来的胖宝贝总比养下来的瘦猴儿强!"王老太太有点觉得不掏出来的孩子没有住医院的资格。"上医院来'养',脱了裤子放屁,费什么两道手!"

无论怎说,两亲家干瞪眼进不去。

王老太太有了主意,"丫环,"她叫那个看护,"把孩子给我,我们家去。还得赶紧去预备洗三请客呢!"

"我既不是丫环,也不能把小孩给你。"看护也够和气的。

"我的孙子,你敢不给我吗?医院里能请客办事吗?"

"用手术取出来的,大人一时不能给小孩奶吃,我们得给他奶吃。"

"你会,我们不会?我这快六十的人了,生过儿养过女,不比你懂得多;你养过小孩吗?"老太太也说不清看护是姑娘,还是媳妇,谁知道这头戴小白盔的是什么呢。

"没大夫的话,反正小孩不能交给你!"

"去把大夫叫来好了,我跟他说;还不愿意跟你费话呢!"

"大夫还没完事呢,割开肚子还得缝上呢。"

看护说到这里,娘家妈想起来女儿。王老太太似乎还想不起儿媳妇是谁。孙子没生下来的时候,一想起孙子便也想到媳妇;孙子生下来了,似乎把媳妇忘了也没什么。娘家妈可是要看看女儿,谁知道女儿的肚子上开了多大一个洞呢?割病室不许闲人进去,没法,只好陪着王老太太瞭望着胖小子吧。

好容易看见大夫出来了。王老太太赶紧去交涉。

"用手术取小孩,顶好在院里住一个月。"大夫说。

"那么三天满月怎么办呢?"王老太太问。

"是命要紧,还是办三天要紧呢?产妇的肚子没长上,怎能去应酬客人呢?"大夫反问。

王老太太确是以为办三天比人命要紧,可是不便于说出来,因为娘家妈在旁边听着呢。至于肚子没长好,怎能招待客人,那有办法:"叫她躺着招待,不必起来就是了。"

大夫还是不答应。王老太太悟出一条理来:"住院不是为要钱吗?好,我给你钱,叫我们娘们走吧,这还不行?"

"你自己看看去,她能走不能?"大夫说。

两亲家反都不敢去了。万一儿媳妇肚子上还有个盆大的洞,多么吓人?还是娘家妈爱女儿的心重,大着胆子想去看看。王老太太也不好意思不跟着。

到了病房,儿媳妇在床上放着的一张卧椅上躺着呢,脸就像一张白纸。娘家妈哭得放了声,不知道女儿是活还是死。王老太太到底心硬,只落了一半个泪,紧跟着炸了烟:"怎么不叫她平平正正地躺下呢?这是受什么洋刑罚呢？"

"直着呀，肚子上缝的线就绷了，明白没有？"大夫说。

"那么不会用胶粘上点吗？"王老太太总觉得大夫没有什么高明主意。

娘家妈想和女儿说几句话，大夫也不允许。两亲家似乎看出来，大夫不定使了什么坏招儿，把产妇弄成这个样。无论怎说吧，大概一时是不能出院。好吧。先把孙子抱走，回家好办三天呀。

大夫也不答应，王老太太急了。"医院里洗三不洗？要是洗的话，我把亲友全请到这儿来；要是不洗的话，再叫我抱走；头大的孙子，洗三不请客办事，还有什么脸得活着？"

"谁给小孩奶吃呢？"大夫问。

"雇奶妈子！"王老太太完全胜利。

到底把孙子抱出来了。王老太太抱着孙子上了汽车，一上车就打嚏喷，一直打到家，每个嚏喷都是照准了孙子的脸射去的。到了家，赶紧派人去找奶妈子，孙子还在怀中抱着，以便接收嚏喷。不错，王老太太知道自己是着了凉；可是至死也不能放下孙子。到了晌午，孙子接了至少有二百多个嚏喷，身上慢慢地热起来。王老太太更不肯撒手了。到了下午三点来钟，孙子烧得像块火炭了。到了夜里，奶妈子已雇妥了两个，可是孙子死了，一口奶也没有吃。

王老太太只哭了一大阵；哭完了，她的老眼瞪圆了："掏出来的！掏出来的能活吗？跟医院打官司！那么沉重的孙子会只活了一天，哪有的事？全是医院的坏，二毛子们！"

王老太太约上亲家母，上医院去闹。娘家妈也想把女儿赶紧接出来，医院是靠不住的！

把儿媳妇接出来了；不接出来怎好打官司呢？接出来不久，儿媳妇的肚子裂了缝，贴上"产后回春膏"也没什么用，她也不言不语地死了。好吧，两案归一，王老太太把医院告了下来。老命不要了，不能不给孙子和媳妇报仇！

原载 1933 年 12 月 1 日《东方杂志》第三十卷第二十三号

黑白李

　　爱情不是他们哥儿俩这档子事的中心,可是我得由这儿说起。

　　黑李是哥,白李是弟,哥比弟大着五岁。俩人都是我的同学,虽然白李刚一入中学,黑李和我就毕业了。黑李是我的好友,因为常到他家去,所以对白李的事儿我也略知一二。五年是个长距离,在这个时代。这哥儿俩的不同正如他们的外号——黑,白。黑李要是古人,白李是现代的。他们俩并不因此打架吵嘴,可是对任何事的看法也不一致。黑李并不黑;只是在左眉上有个大黑痣。因此他是"黑李";弟弟没有那么个记号,所以是"白李";这在给他们送外号的中学生们看,是很逻辑的。其实他俩的脸都很白,而且长得极相似。

　　他俩都追她——恕不道出姓名了——她说不清到底该爱谁,又不肯说谁也不爱。于是大家替他们弟兄捏着把汗。明知他俩不肯吵架,可是爱情这玩意是不讲交情的。

　　可是,黑李让了。

　　我还记得清清楚楚:正是个初夏的晚间,落着点小雨,我去找他闲谈,他独自在屋里坐着呢,面前摆着四个红鱼细瓷茶碗。我们俩是用不着客气的,我坐下吸烟,他摆弄那四个碗。转转这个,转转那个,把红鱼要一点不差地朝着他。摆好,身子往后仰一仰,像画家设完一层色那么退后看看。然后,又逐一地转开,把另一面的鱼们摆齐。又往后仰身端详了一番,回过头来向我笑了笑,笑得非常天真。

他爱弄这些小把戏。对什么也不精通,可是什么也爱动一动。他并不假充行家,只信这可以养性。不错,他确是个好脾性的人。有点小玩意,比如粘补旧书等等,他就能平安地销磨半日。

叫了我一声,他又笑了笑,"我把她让给老四了",按着大排行,白李是四爷,他们的伯父屋中还有弟兄呢。"不能因为个女子失了兄弟们的和气。"

"所以你不是现代人。"我打着哈哈说。

"不是;老狗熊学不会新玩意了。三角恋爱,不得劲儿。我和她说了,不管她是爱谁,我从此不再和她来往。觉得很痛快!"

"没看见过?这么讲恋爱的。"

"你没看见过?我还不讲了呢。干她的去,反正别和老四闹翻了。赶明儿咱俩要来这么一出的话,希望不是你收兵,就是我让了。"

"于是天下就太平了?"

我们笑开了。

过了有十天吧,黑李找我来了。我会看,每逢他的脑门发暗,必定是有心事。每逢有心事,我俩必喝上半斤莲花白。我赶紧把酒预备好,因为他的脑门不大亮吗。

喝到第二盅上,他的手有点哆嗦。这个人的心里存不住事。遇上点事,他极想镇定,可是脸上还泄露出来。他太厚道。

"我刚从她那儿来。"他笑着,笑得无聊;可还是真的笑,因是要对个好友道出胸中的闷气。这个人若没有好朋友,是一天也活不了的。

我并不催促他;我俩说话用不着忙,感情都在话中间那些空子里流露出来呢。彼此对看着,一齐微笑,神气和默中的领悟,都比言语更有分量。要不怎么白李一见我俩喝酒就叫我们"一对糟蛋"呢。

"老四跟我好闹了一场。"他说。我明白这个"好"字——第一他不愿说兄弟间吵了架,第二不愿只说弟弟不对,即使弟弟真是不对。这个字带出不愿说而又不能不说的曲折。"因为她。我不好,太不明白女子心理。那天不是告诉我,我让了吗?我是居心无愧之好,她可出了花样。她以为我是故意羞辱她。你说对了,我不是现代人,我把恋爱看成该怎样就怎样的事,敢情人家女子愿意'大家'在后面追随着。她恨上了我。这么报复一下——我放弃了她,她断绝了老四。老四当然跟我闹了。所以今天又找她去,请罪。她骂我一顿,出出气,或者还能和老四言归于好。我这么希望。哼,她没骂我。她还叫我和老四都做她的朋友。这个,我不能干,我并没这么明对她讲,我上这儿跟你说。我不干,她自然也不再理老四。老四就得再跟我闹。"

"没办法!"我替他补上这一小句。待了会儿,"我找老四一趟,解释一下?"

"也好。"他端着酒盅愣了会儿,"也许没用。反正我不再和她来往。老四再跟我闹呢,我不言语就是了。"

我们俩又谈了些别的,他说这几天正研究宗教。我知道他的读书全凭兴之所至,决不因为谈到宗教而想他有点厌世,或是精神上有什么大的变动。

哥哥走,弟弟来了。白李不常上我这儿来,这大概是有事。他在大学还没毕业,可是看起来比黑李精明着许多。他这个人,叫你一看,你就觉得他应当到处做领袖。每一句话,他不是领导着你走上他所指出的路子,便是把你绑在断头台上。他没有客气话,和他哥正相反。

我对他也不便太客气了,省得他说我是"糟蛋"。

"老二当然来过了?"他问;黑李是大排行行二。"也当然跟你谈到我们的事?"我自然不便急于回答,因为有两个"当然"在这里。果然,没等我回答,他说了下去:"你知道,我是借题发挥?"

我不知道。

"你以为我真要那个女玩意?"他笑了,笑得和他哥哥一样,只是黑李的向来不带着这不屑于对我笑的劲儿。"我专为和老二捣乱,才和她来往;不然,谁有工夫招呼她?男与女的关系。从根儿上说,还不是兽欲的关联?为这个,我何必非她不行?老二以为这个兽欲的关系应当叫作神圣的,所以他郑重地向她磕头,及至磕了一鼻子灰,又以为我也应当去磕,对不起,我没那个瘾!"他哈哈地笑起来。

我没笑,也不敢插嘴。我很留心听他的话,更注意看他的脸。脸上处处像他哥哥,可是那股神气又完全不像他的哥哥。这个,使我忽而觉得是和一个顶熟识的人说话,忽而又像和个生人对坐着。我有点不舒坦——看着个熟识的面貌,而找不到那点看惯了的神气。

"你看,我不磕头;得机会就吻她一下。她喜欢这个,至少比受几个头更过瘾。不过,这不是正笔。正文是这个,你想我应当老和二爷在一块儿吗?"

我当时回答不出。

他又笑了笑——大概心中是叫我糟蛋呢。"我有我的前途,我的计划;他有他的。顶好是各走各的路,是不是?"

"是;你有什么计划?"我好容易想起这么一句;不然便太僵得慌了。

"计划,先不告诉你。得先分家,以后你就明白我的计划了。"

"因为要分居,所以和老二吵;借题发挥?"我觉得自己很聪明似的。

他笑着点了头,没说什么,好像准知道我还有一句呢。我确是有一句:"为什么不明说,而要吵呢?"

"他能明白我吗?你能和他一答一和地说,我不行。我一说分家,他立刻就得落泪。然后，又是那一套——母亲去世的时候，说什么来着？不是说咱俩老得和美吗？他必定说这一套，好像活人得叫死人管着似的。还有一层，一听说分家，他管保不肯，而愿把家产都给了我，我不想占便宜。他老拿我当作'弟弟'，老拿自己的感情限定住别人的举止，老假装他明白我，其实他是个时代落伍者。这个时代是我的，用不着他来操心管我。"他的脸上忽然地很严重了。

看着他的脸，我心中慢慢地起了变化——白李不仅是看不起"两糟蛋"的狂傲少年了，他确是要树立住自己，我也明白过来，他要是和黑李慢慢地商量，必定要费许多动感情的话，要讲许多弟兄间的情义；即使他不讲，黑李总要讲的。与其这样，还不如吵，省得拖泥带水，他要一刀两断，各自奔前程。再说，慢慢地商议。老二决不肯干脆地答应。老四先吵嚷出来，老二若还不干，便是显着要霸占弟弟的财产了。猜到这里，我心中忽然一亮：

"你是不是叫我对老二去说？"

"一点不错。省得再吵。"他又笑了。"不愿叫老二太难堪了，究竟是弟兄。"似乎他很不喜说这末后的两个字——弟兄。

我答应了给他办。

"把话说得越坚决越好。二十年内，我俩不能做弟兄。"他停了一会儿，嘴角上挤出点笑来。"也给老二想了，顶好赶快结婚，生个胖娃娃就容易把弟弟忘了。二十年后，我当然也落伍了，那时候，假如还活着的话，好回家做叔叔。不过，告诉他，讲恋爱的时候要多吻少磕头，要死追，别死跪着。"他立起来，又想了想，"谢谢你呀。"他叫我明明地觉出来，这一句是特意为我说的，他并不负要说的责任。

为这件事，我天天找黑李去。天天他给我预备好莲花白。吃完喝完说完，无结果而散。至少有半个多月的工夫是这样。我说的，他都明白，而且愿意老四去闯练闯练。可是临完的一句老是"舍不得老四呀！"

"老四的计划？计划？"他走过来，走过去，这么念道。眉上的黑痣夹陷在脑门的皱纹里，看着好似缩小了些。"什么计划呢？你问问他，问明白我就放心了。"

"他不说。"我已经这么回答过五十多次了。

"不说便是有危险性！我只有这么一个弟弟！叫他跟我吵吧，吵也是好的。从前他不这样，就是近来和我吵。大概还是为那个女的！劝我结婚？没结婚就闹成这样，还结婚！什么计划呢？真！分家？他爱要什么拿什么好了。大概是我得罪了他，我虽不跟他吵，我知道我也有我的主张。什么计划呢？他要怎样就怎样好了，何必分家……"

这样来回磨，一磨就是一点多钟。他的小玩意也一天比一天增多：占课，打卦，测字，研究宗教……什么也没能帮助他推测出老四的计划，只添了不少小恐怖。这可并不是说，他显着怎样的慌张。不，他依旧是那么婆婆慢慢的。他的举止动作好像老追不上他的感情，无论心中怎着急，他的动作是慢的，慢得仿佛是拿生命当作玩意儿似的逗弄着。

我说老四的计划是指着将来的事业而言，不是现在有什么具体的办法。他摇头。

就这么耽延着，差不多又过了一个多月。

"你看，"我抓住了点理，"老四也不催我，显然他说的是长久之计，不是马上要干什么。"

他还是摇头。

时间越长，他的故事越多。有一个礼拜天的早晨，我看见他进了礼拜堂。也许是看朋友，我想。在外面等了他会儿。他没出来。不便再等了，我一边走一边想：老李必是受了大的刺激——失恋，弟兄不和，或者还有别的。只就我知道的这两件事说，大概他已经支持不下去。

他的动作仿佛是拿生命当作小玩意，那正是因他对任何小事都要慎重地考虑。茶碗上的花纹摆不齐都觉得不舒服。那一件小事也得在他心中摆好，摆得使良心上舒服。上礼拜堂去祷告，为是坚定良心。良心是古圣先贤给他制备好了的，可是他又不愿将一切新事新精神一笔抹杀。结果，他"想"怎样老不如"已是"怎样来得现成，他不知怎样才好。他大概是真爱她，可是为弟弟不能不放弃她，而且失恋是说不出口的。他常对我说，"咱们也坐一回飞机"。说完，他一笑，不是他笑呢，是"身体发肤，受之父母"笑呢。

过了晌午，我去找他。按说一见面就得谈老四，在过去的一个多月都是这样。这次他变了花样，眼睛很亮，脸上有点极静适的笑意，好像是又买着一册善本的旧书。

"看见你了。"我先发了言。

他点了点头，又笑了一下，"也很有意思"！

什么老事情被他头次遇上，他总是说这句。对他讲个闹鬼的笑话，也是"很有意思"！他不和人家辩论鬼的有无，他信那个故事，"说不定世上还有比这更奇怪的事"。据他看，什么事都是可能的。因此，他接受得容易，可就没有什么精到的见解。他不是不想多明白些，但是每每在该用脑子的时候，他用了感情。

"道理都是一样的，"他说，"总是劝人为别人牺牲。"

"你不是已经牺牲了个爱人？"我愿多说些事实。

"那不算，那是消极的割舍，并非由自己身上拿出点什么来。这十来天，我已经读完'四福音书'。我也想好了，我应当分担老四的事，不应当只不准他离开我。你想想吧，设若他真是专为分家产，为什么不来跟我明说？"

"他怕你不干。"我回答。

"不是！这几天我用心想过了，他必是真有个计划，而且是有危险性的。所以他要一刀两断，以免连累了我。你以为他年青，一冲子性？他正是利用这个骗咱们；他实在是体谅我，不肯使我受屈。把我放在安全的地方，他好独做独当地去干。必定是这样！我不能撒手他，我得为他牺牲！母亲临去世的时候——"他没往下说，因为知道我已听熟了那一套。

我真没想到这一层。可是还不深信他的话；焉知他不是受了点宗教的刺激而要充分地发泄感情呢？

我决定去找白李，万一黑李猜得不错呢！是，我不深信他的话，可也不敢要悬虚。

怎么找也找不到白李。学校，宿舍，图书馆，网球场，小饭铺，都看到了，没有他的影儿。和人们打听，都说好几天没见着他。这又是白李之所以为白李；黑李要是离家几天，连好朋友们他也要通知一声。白李就这么人不知鬼不觉地不见了。我急出一个主意来——上"她"那里打听打听。

她也认识我，因为我常和黑李在一块儿。她也好几天没见着白李。她似乎很不满意李家兄弟，特别是对黑李。我和她打听白李，她偏跟我谈论黑李。我看出来，她确是注意——假如不是爱——黑李。大概她是要圈住黑李，做个标本。有比他强的呢，就把他免了职；始终找不到比他高明的呢，最后也许就跟了他。这么一想，虽然只是一想，我就没乘这个机会给他和她再撮合一下；按理说应当这么办，可是我太爱老李，总觉得他值得娶个天上的仙女。

从她那里出来，我心中打开了鼓。白李上哪儿去了呢？不能告诉黑李！一叫他知道了，他能立刻登报找弟弟，而且要在半夜里起来占课测字。可是，不说吧，我心中又痒痒。干脆不找他去？也不行。

走到他的书房外边，听见他在里面哼唧呢。他非高兴的时候不哼唧着玩。可是平日他哼唧,不是诗便是那句代表一切歌曲的"深闺内,端的是玉无瑕"。这次的哼唧不是这些。我细听了听,他是练习圣诗呢。他没有音乐的耳朵,无论什么,到他耳中都是一个味儿。他唱出的时候,自然也还是一个味儿。无论怎样吧,反正我知道他现在是很高兴。为什么事高兴呢?

我进到屋中,他赶紧放下手中的圣诗集,非常地快活:"来得正好,正想找你去呢!老四刚走。跟我要了一千块钱去。没提分家的事,没提!"

显然他是没问弟弟,那笔钱是干什么用。要不然他不能这么痛快。他必是只求弟弟和他同居,不再管弟弟的行动;好像即使弟弟有带危险的计划,自要不分家,便也没什么可怕的了。我看明白了这点。

"祷告确是有效,"他郑重地说。"这几天我天天祷告,果然老四就不提那回事了。即使他把钱都扔了,反正我还落下个弟弟!"

我提议喝我们照例的一壶莲花白。他笑着摇摇头:"你喝吧,我陪着吃菜,我戒了酒。"

我也就没喝,也没敢告诉他,我怎么各处去找老四。老四既然回来了,何必再说?可是我又提起"她"来。他连接茬儿也没接,只笑了笑。

对于老四和"她",似乎全没什么可说的了。他给我讲了些圣经上的故事。我一面听着,一面心中嘀咕——老李对弟弟与爱人所取的态度似乎有点不大对;可是我说不出所以然来。我心中不十分安定,一直到回在家中还是这样。

又过了四五天,这点事还在我心中悬着。有一天晚上,王五来了。他是在李家拉车,已经有四年了。

王五是个诚实可靠的人,三十多岁,头上有块疤——据说是小时候被驴给啃了一口。除了有时候爱喝口酒,他没有别的毛病。

他又喝多了点,头上的疤都有点发红。

"干吗来了,王五?"我和他的交情不错,每逢我由李家回来得晚些,他总张罗把我拉回来,我自然也老给他点酒钱。

"来看看你。"说着便坐下了。

我知道他是来告诉我点什么。"刚沏上的茶,来碗?"

"那敢情好;我自己倒;还真有点渴!"

我给了他支烟卷,给他提了个头儿:"有什么事吧?"

"哼,又喝了两壶,心里痒痒;本来是不应当说的事!"他用力吸了口烟。

"要是李家的事,你对我说了准保没错。"

"我也这么想,"他又停顿了会儿,可是被酒气催着,似乎不能不说:"我在李家四年零三十五天了!现在叫我很难。二爷待我不错,四爷呢,简直是我的朋友。所以不好办。四爷的事,不准我告诉二爷;二爷又是那么傻好的人。对二爷说吧,又对不起四爷——我的朋友。心里别提多么为难了!论理说呢,我应当向着四爷。二爷是个好人,不错;可究竟是个主人。多么好的主人也还是主人,不能肩膀齐为弟兄。他真待我不错,比如说吧,在这老热天,我拉二爷出去,他总设法在半道上耽搁会儿,什么买包洋火呀,什么看看书摊呀,为什么?为是叫我歇歇,喘喘气。要不怎说,他是好主人呢,他好,咱也得敬重他,这叫作以好换好。久在街上混,还能不懂这个?"

我又让了他碗茶,显出我不是不懂"外面"的人。他喝完,用烟卷指着胸口说:"这儿,咱这儿可是爱四爷。怎么呢?四爷年青,不拿我当个拉车的看。他们哥儿俩的劲儿——心里的劲儿——不一样。二爷吧,一看天气热就多叫我歇会儿,四爷就不管这一套,多么热的天也说拉着他飞跑。可是四爷和我聊起来的时候;他就说,证什么人应当拉着人呢?他是为我们拉车的——天下的拉车的都算在一块儿——抱不平。二爷对'我'不错,可想不到大家伙儿。所以你看,二爷来的小,四爷来的大。四爷不管我的腿,可是管我的心;二爷是家长里短,可怜我的腿,可不管这儿。"他又指了指心口。

我晓得他还有话呢,直怕他的酒气被酽茶给解去,所以又紧他一板:"往下说呀,王五!都说了吧,反正我还能拉老婆舌头,把你搁里!"

他摸了摸头上的疤,低头想了会儿。然后把椅子往前拉了拉,声音放得很低:"你知道,电车道快修完了?电车一开,我们拉车的全玩完!这可不是为我自个儿发愁,是为大家伙儿。"他看了我一眼。

我点了点头。

"四爷明白这个;要不怎么我俩是朋友呢。四爷说:王五,想个办法呀!我说:四爷,我就有一个主意,揍!四爷说:王五,这就对了,揍!一来二去,我们可就商量好了。这我不能告诉你。我要说的是这个,"他把声音放得很低了,"我看见了,侦探跟上了四爷!未必然是为这件事,可是叫侦探跟着总不妥当。这就来到坐蜡的地方了:我要告诉二爷吧:对不起四爷;不告诉吧,又怕把二爷也饶在里面。简直的没法儿!"

把王五支走,我自己琢磨开了。

黑李猜得不错,白李确是有个带危险性的计划。计划大概不一定就是打电车,他必定还有厉害的呢。所以要分家,省得把哥哥拉扯在内。他当然是不怕牺牲,也不怕牺牲别人,可是还不肯一声不发地牺牲了哥哥——把黑李牺牲了并无济于事。电车的事来到眼前,连哥哥也顾不得了。

我怎办呢?警告黑李是适足以激起他的爱弟弟的热情。劝白李,不但没用,而且把王五搁在里边。

事情越来越紧了,电车公司已宣布出开车的日子。我不能再耗着了,得告诉黑李去。

他没在家,可是王五没出去。

"二爷呢?"

"出去了。"

"没坐车?"

"好几天了,天天出去不坐车?"

由王五的神气,我猜着了:"王五,你告诉了他?"

王五头上的疤都紫了:"又多喝了两盅不由得就说了。"

"他呢?"

"他直要落泪。"

"说什么来着?"

"问了我一句——老五,你怎样?我说,王五听四爷的。他说了声,好。别的没说,天天出去,也不坐车。"

我足足地等了三点钟,天已大黑,他才回来。

"怎样?"我用这两个字问到了一切。

他笑了笑,"不怎样。"

决没想到他这么回答我。我无须再问了,他已决定了办法。我觉得非喝点酒不可,但是独自喝有什么味呢。我只好走吧。临别的时候,我提了句:"跟我出去玩几天,好不好?"

"过两天再说吧。"他没说别的。

感情到了最热的时候是会最冷的。想不到他会这样对待我。

电车开车的头天晚上,我又去看他。他没在家,直等到半夜,他还没回来。大概是故意地躲我。

王五回来了,向我笑了笑,"明天!"

"二爷呢?"

"不知道。那天你走后,他用了不知什么东西,把眉毛上的黑痦子烧去了，对着镜子直出神。"

完了，没了黑痣，便是没有了黑李。不必再等他了。

我已经走出大门，王五把我叫住："明天我要是——"他摸了摸头上的疤，"你可照应着点我的老娘！"

约摸五点多钟吧，王五跑进来，跑得连裤子都湿了。"全——揍了！"他再也说不出话来。直喘了不知有多大工夫，他才缓过气来，抄起茶壶对着嘴喝了一气。"啊！全揍了！马队冲下来，我们才散。小马六叫他们拿去了，看得真真的。我们吃亏没有家伙，专仗着砖头哪行！小马六要玩完。"

"四爷呢？"我问。

"没看见。"他咬着嘴唇想了想，"哼，事闹得不小！要是拿的话呀，准保是拿四爷。他是头目。可也别说，四爷并不傻，别看他青年。小马六要玩完，四爷也许不能。"

"也没看见二爷？"

"他昨天就没回家。"他又想了想，"我得在这儿藏两天。"

"那行。"

第二天早晨，报纸上登出——砸车暴徒首领李——当场被获一同被获的还有一个学生，五个车夫。

王五看着纸上那些字只认得一个"李"字，"四爷玩完了！四爷玩完了！"低着头假装抓那块疤，泪落在报上。

消息传遍了全城，枪毙李——和小马六，游街示众。

毒花花的太阳，把路上的石子晒得烫脚，街上可是还挤满了人。一辆敞车上坐着两个人，手在背后捆着。土黄制服的巡警，灰色制服的兵，前后押着，刀光在阳光下发着冷气。车越走越近了，两个白招子随着车轻轻地颤动。前面坐着的那个，闭着眼，额上有点汗，嘴唇微动,像是祷告呢。离我不远,他在我头前坐着摆动过去。我的泪迷住了我的心。等车过去半天,我才醒了过来,一直跟着车走到行刑场。他一路上连头也没抬一次。

他的眉皱着点,嘴微张着,胸上汪着血,好像死的时候还正在祷告。我收了他的尸。

过了几个月,我在上海遇见了白李,要不是我招呼他,他一定就跑过去了。

"老四!"我喊了他一声。

"啊?"他似乎受了一惊。"呕,你?我当是老二复活了呢。"

大概我叫得很像黑李的声调,并非有意的,或者是在我心中活着的黑李替我叫了一声。

白李显着老了一些,更像他的哥哥了。我们俩并没说多少话,他好似不大愿意和我多谈。只记得他的这么两句:

"老二大概是进了天堂,他在那里顶合适了;我还在这儿砸地狱的门呢。"

原载 1934 年 1 月 1 日《文学季刊》创刊号

附录　　我怎样写短篇小说

我最早的一篇短篇小说还是在南开中学教书时写的；纯为敷衍学校刊物的编辑者，没有别的用意。这是十二三年前的事了。这篇东西当然没有什么可取的地方，在我的写作经验里也没有一点重要，因为它并没引起我的写作兴趣。我的那一点点创作历史应由《老张的哲学》算起。

这可就有了文章：合起来，我在写长篇之前并没有写短篇的经验。我吃了亏。短篇想要见好，非拼命去做不可。长篇有偷手。写长篇，全篇中有几段好的，每段中有几句精彩的，便可以立得住。这自然不是理应如此，但事实上往往是这样；连读者仿佛对长篇——因为是长篇——也每每格外地原谅。世上允许很不完整的长篇存在，对短篇便不很客气。这样，我没有一点写短篇的经验，而硬写成五六本长的作品；从技巧上说，我的进步的迟慢是必然的。短篇小说是后起的文艺，最需要技巧，它差不多是仗着技巧而成为独立的一个体裁。可是我一上手便用长篇练习，很有点像练武的不习"弹腿"而开始便举"双石头"，不被石头压坏便算好事；而且就是能够力举千斤也是没有什么用处的笨劲。这点领悟是我在写了些短篇后才得到的。

上段末一句里的"些"字是有作用的。《赶集》与《樱海集》里所收的二十五篇,和最近所写的几篇——如《断魂枪》与《新时代的旧悲剧》等——可以分为三组。第一组是《赶集》里的前四篇和后边的《马裤先生》与《抱孙》。第二组是自《大悲寺外》以后,《月牙儿》以前的那些篇。第三组是《月牙儿》《断魂枪》,与《新时代的旧悲剧》等。第一组里那五六篇是我写着玩的:《五九》最早,是为给《齐大月刊》凑字数的。《热包子》是写给《益世报》的《语林》,因为不准写长,所以故意写了那么短。写这两篇的时候,心中还一点没有想到我是要练习短篇;"凑字儿"是它们唯一的功用。赶到"一二八"以后,我才觉得非写短篇不可了,因为新起的刊物多了,大家都要稿子,短篇自然方便一些。是的,"方便"一些,只是"方便"一些;这时候我还有点看不起短篇,以为短篇不值得一写,所以就写了《抱孙》等笑话。随便写些笑话就是短篇,我心里这么想。随便写笑话,有了工夫还是写长篇;这是我当时的计划。可是,工夫不容易找到,而索要短篇的越来越多;我这才收起"写着玩",不能老写笑话啊!《大悲寺外》与《微神》开始了第二组。

第二组里的《微神》与《黑白李》等篇都经过三次的修正;既不想再闹着玩,当然就得好好地干了。可是还有好些篇是一挥而就,乱七八糟的,因为真没工夫去修改。报酬少,少写不如多写;怕得罪朋友,有时候就得硬挤;这两桩决定了我的——也许还有别人——少而好不如多而坏的大批发卖。这不是政策,而是不得不如此。自己觉得很对不起文艺,可是钱与朋友也是不可得罪的。有一次有位姓王的编辑跟我要一篇东西,我随写随放弃,一共写了三万多字而始终没能成篇。为怕他不信,我把那些零块儿都给他寄去了。这并不是表明我对写作是怎样郑重,而是说有过这么一回,而且只能有这么"一"回。假如每回这样,不累死也早饿死了。累死还倒干脆而光荣,饿死可难受而不体面。每写五千字,设若,必扔掉三万字;而五千字只得二十元钱或更少一些,不饿死等什么呢?不过,这个说得太多了。

第二组里十几篇东西的材料来源大概有四个:第一,我自己的经验或亲眼看见的人与事。第二,听人家说的故事。第三,模仿别人的作品。第四,先有了个观念而后去撰构人与事。列个表吧:

第一类:《大悲寺外》《微神》《柳家大院》《眼镜》《牺牲》《毛毛虫》《邻居们》

第二类:《也是三角》《上任》《柳屯的》《老年的浪漫》

第三类:《歪毛儿》

第四类:《黑白李》《铁牛和病鸭》《末一块钱》《善人》

第三类——模仿别人的作品——的最少,所以先说它。《歪毛儿》是模仿 J.D.Beresford 的 *The Hermit*。因为给学生讲小说,我把这篇奇幻的故事翻译出来,讲给他们听。经过好久,我老忘不了它,也老想写这样的一篇。可是我始终想不出旁的路儿来,结果是照样摹了一篇;虽然材料是我自己的,但在意思上全是抄袭的。

第一类里的七篇,多数是亲眼看见的事实,只有一两篇是自己做过的事。这本没有什么可说的,假若不是《牺牲》那篇得到那么坏的批评。《牺牲》里的人与事是千真万确的,可凡是批评过我的短篇小说的全拿它开刀,甚至有的说这篇是非现实的。乍一看这种批评,我与一般人一样地拿这句话反抗:"这是真事呀!"及至我再去细看它,我明白了:它确是不好。它摇动,后边所描写的不完全帮助前面所立下的主意。它破碎,随写随补充,像用旧棉花做褥子似的,东补一块西补一块。真事原来靠不住,因为事实本身不就是小说,得看你怎么写。太信任材料就容易忽略了艺术。反之,在第二类中的几篇倒都平稳,虽然其中的事实都是我听朋友们讲的。正因为是听来的，所以我才分外地留神，小心是没有什么坏处的。同样，第四类中的几篇也有很像样子的，其实其中的人与事全是想象的，全是一个观念的子女。《黑白李》与《铁牛和病鸭》都是极清楚地由两个不同的人代表两个不同的意思。先想到意思，而后造人，所以人物的一切都有了范围与轨道；他们闹不出圈儿去。这比乱七八糟一大团好，我以为。经验丰富想象，想象确定经验。

这些篇的文字都比我长篇中的老实，有的是因为屡屡修改，有的是因为要赶快交卷；前者把火气扇（用"删"字也许行吧）去，后者根本就没劲。可是大致地说，我还始终保持着我的"俗"与"白"。对于修辞，我总是第一要清楚，而后再说别的。假若清楚是思想的结果，那么清楚也就是力量。我不知道自己的文字是否清楚而有力量，不过我想这么做就是了。

该说第三组的了。这一组里的几篇——如《月牙儿》《阳光》《断魂枪》，与《新时代的旧悲剧》——并没有什么特别的好处。一个事实，一点觉悟，使我把它们另作一组来说说。前面说过了，第一组的是写着玩的，坏是当然的，好也是碰巧劲。第二组的虽然是当回事儿似的写，可还有点轻视短篇，以为自己的才力是在写长篇。到了第三组，我的态度变了。事实逼得我不能不把长篇的材料写作短篇了，这是事实，因为索稿子的日多，而材料不那么方便了，于是把心中留着的长篇材料拿出来救急。不用说，这么由批发而改为零卖是有点难过。可是及至把十万字的材料写成五千字的一个短篇——像《断魂枪》——难过反倒变成了觉悟。经验真是可宝贵的东西！觉悟是这个：用长材料写短篇并不吃亏，因为要从够写十几万字的事实中提出一段来，当然是提出那最好的一段。这就是愣吃仙桃一口，不吃烂杏一筐了。再说呢，长篇虽也有个中心思想，但因事实的复杂与人物的繁多，究竟在描写与穿插上是多方面的。假如由这许多方面之中挑选出一方面来写,当然显着紧凑精到。长篇的各方面中的任何一方面都能成个很好的短篇,而这各方面散布在长篇中就不易显出任何一方面的精彩。长篇要匀调,短篇要集中。拿《月牙儿》说吧,它本是《大明湖》中的一片段。《大明湖》被焚之后。我把其他的情节都毫不可惜地忘弃,可是忘不了这一段。这一段是,不用说,《大明湖》中最有意思的一段。但是,它在《大明湖》里并不像《月牙儿》这样整齐,因为它是夹在别的一堆事情里,不许它独当一面。由现在看来,我愣愿要《月牙儿》而不要《大明湖》了。不是因它是何等了不得的短篇,而是因它比在《大明湖》里"窝"着强。

《断魂枪》也是如此。它本是我所要写的"二拳师"中的一小块。"二拳师"是个——假如能写出来——武侠小说。我久想写它,可是谁知道写出来是什么样呢?写出来才算数,创作是不敢"预约"的。在《断魂枪》里,我表现了三个人,一桩事。这三个人与这一桩事是我由一大堆材料中选出来的,他们的一切都在我心中想过了许多回,所以他们都能立得住。那件事是我所要在长篇中表现的许多事实中之一,所以它很利落。拿这么一件小小的事,联系上三个人,所以全篇是从从容容的,不多不少正合适。这样,材料受了损失,而艺术占了便宜;五千字也许比十万字更好。文艺并非肥猪,块儿越大越好。不过呢,十万字可以得到三五百元,而这五千字只得了十九块钱,这恐怕也就是不敢老和艺术亲热的原因吧。为艺术而牺牲是很好听的,可是饿死谁也是不应当的,为什么一定先叫作家饿死呢?我就不明白!

设若没有《月牙儿》,《阳光》也许显着怪不错。有人说,《阳光》的失败在于题材。在我自己看,《阳光》所以被《月牙儿》比下去的原因是这个:《月牙儿》是由《大明湖》中抽出来而加以修改,所以一气到底，没有什么生硬勉强的地方；《阳光》呢，本也是写长篇的材料，可是没在心中储蓄过多久，所以虽然是在写短篇，而事实上是把临时想起的事全加进去，结果便显着生硬而不自然了。有长时间地培养，把一件复杂的事翻过来掉过去地调动。人也熟了，事也熟了，而后抽出一节来写个短篇，就必定成功，因为一下笔就是地方，准确产出调匀之美。写完《月牙儿》与《阳光》我得到这么点觉悟。附带着要说的，就是创作得有时间。这也就是说，写家得有敢尽量花费时间的准备，才能写出好东西。这个准备就是最伟大的一个字——"饭"。我常听见人家喊：没有伟大的作品啊！每次听见这个呼声，我就想到在这样呼喊的人的心中，写家大概是只喝点露水的什么小生物吧？我知道自己没有多么高的才力，这一世恐怕没有写出伟大作品的希望了。但是我相信，给我时间与饭，我确能够写出较好的东西，不信咱们就试试！

《新时代的旧悲剧》有许多的缺点。最大的缺点是有许多人物都见首不见尾，没有"下回分解"。毛病是在"中篇"。我本来是想拿它写长篇的，一经改成中篇，我没法不把精神集注在一个人身上，同时又不能不把次要的人物搬运出来，因为我得凑上三万多字。设若我把它改成短篇，也许倒没有这点毛病了。我的原来长篇计划是把陈家父子三个与宋龙云都看成重要人物；陈老先生代表过去，廉伯代表七成旧三成新，廉仲代表半旧半新，龙云代表新时代。既改成中篇，我就减去了四分之三，而专去描写陈老先生一个人，别人就都成了影物，只帮着支起故事的架子，没有别的作用。这种办法是危险的，当然没有什么好结果。不过呢，陈老先生确是有个劲头；假如我真是写了长篇，我真不敢保他能这么硬梆。因此，我还是不后悔把长篇材料这样零卖出去，而反觉得武戏文唱是需要更大的本事的，其成就也绝非乱打乱闹可比。

这点小小的觉悟是以三十来个短篇的劳力换来的。不过,觉悟是一件事,能否实际改进是另一件事,将来的作品如何使我想到便有点害怕。也许呢"老牛破车"是越走越起劲的,谁晓得。

原载 1936 年 1 月 1 日《宇宙风》第八期

在喧嚣的世界里，
坚持以匠人心态认认真真打磨每一本书，
坚持为读者提供
有用、有趣、有品位、有价值的阅读。
愿我们在阅读中相知相遇，在阅读中成长蜕变！

好读，只为优质阅读。

我这一辈子

策划出品：好读文化	装帧设计：所以设计馆
监　　制：姚常伟	内文制作：尚春芩
产品经理：罗　元	责任编辑：钱　丛
特约编辑：牛　雪	

图书在版编目（CIP）数据

我这一辈子 / 老舍著 . —杭州：浙江人民出版社，2021.12
 ISBN 978-7-213-10269-1

Ⅰ.①我… Ⅱ.①老… Ⅲ.①中篇小说—小说集—中国—现代②短篇小说—小说集—中国—现代 Ⅳ.① I246.7

中国版本图书馆 CIP 数据核字（2021）第 169809 号

我这一辈子
WO ZHE YIBEIZI
老舍 著

出版发行	浙江人民出版社（杭州市体育场路347号 邮编 310006）
责任编辑	钱　丛
责任校对	陈　春
封面设计	所以设计馆
电脑制版	尚春苓
印　　刷	河北鹏润印刷有限公司
开　　本	840毫米×1194毫米　1/32
印　　张	10
字　　数	250千字
版　　次	2021年12月第1版
印　　次	2021年12月第1次印刷
书　　号	ISBN 978-7-213-10269-1
定　　价	39.50元

如发现印装质量问题，影响阅读，请与市场部联系调换。
质量投诉电话：010－82069336